講談社文庫

武神の賽

千里伝

仁木英之

講談社

武神《ぶしん》の賽《さい》　千里伝◎目次

武神の賽　千里伝　登場人物

千里《せんり》　高《こう》家の御曹司《おんぞうし》。本名は「高駢《べん》」。千里は字《あざな》。幼児の外見を持つ。

高崇文《すうぶん》　千里の祖父。高名な武将であったが引退し成都に暮らす。

高承簡《しょうかん》　千里の父。征東大将軍。父・崇文の跡を継《つ》ぎ軍を率《ひき》いる。

紅葉《こうよう》　千里の母。異類《いるい》の出身だが、承簡に惹《ひ》かれ妻となる。

麻姑《まこ》　千里が修行する弓の武宮《ぶきゅう》・丹霞洞麻姑山《たんかどうまこさん》を統《す》べる仙女。

竦斯《しょうし》　麻姑山の道院長。恰幅《かっぷく》の良い初老の女だが、時に巨大な家鴨《あひる》に姿を変える。

文魁之《ぶんかいし》　何かと千里を目の敵《かたき》にする麻姑山の同輩。

鄭紀昌《ていきしょう》　麻姑山での千里の弟分。

絶海《ぜつかい》　少林寺《しょうりんじ》の少年僧だったが破門され、独《ひと》り〝武〟の鍛錬《たんれん》に励んでいる。

蔑収《べっしゅう》　異界から来た、強く美しい少女。かつて絶海と一戦を交えたことがある。

甘蟬《かんせん》　絶海を導く謎の老人。

バソン　西蔵《チベット》高原（吐蕃《とばん》王国）に住む高原の民。高原一の狩人。

ピキ　バソンの妻。村一番の器量良しにして、村一番の力持ち。

明珠《めいしゅ》　崖州《がいしゅう》・額井峰《がくせいほう》にある茶屋の女主人。美しい娘の顔に、七色の羽毛に覆《おお》われた鳥の体を持つ仙人。

朱甲《しゅこう》　額井峰を支配する兄弟の兄。

黄乙《こうおつ》　額井峰を支配する兄弟の弟。

玄冥《げんめい》　幼くして亡くなった、千里の双子の兄。異界で暮らしている。

共工《きょうこう》　異界の王。玄冥の父。

趙帰真《ちょうきしん》　皇帝・武宗《ぶそう》の信頼を得る茅山《ぼうざん》の道士。

呂用之《りょようし》　若くして道の深奥《しんおう》に至ったという謎の少年道士。

砂漠
遼河
遼陽
営州
陰山山脈
平壌
フフホト
幽州（北京）
ソウル
恒山
黄河
オルドス
定州
瀛州
霊州
太原（晋陽）
黄河
泰山
魏州
洛陽
蘭州
鳳翔
長安
大運河
嵩山少林寺
汴州
渭水
華山
陝州
揚州
煬帝陵
南京
興元府
長江
武漢
杭州
越州
風山
成都
大賽会場
長沙
衡山
福州
丹霞洞麻姑山
泉州
昆明
珠江
広州
ハノイ
N
崖州
額井峰
0
500km

タリム河
ロプノール
ゴ
ビ
エチナ河
タクラマカン砂漠
敦煌
酒泉
張掖
祁連山脈
チャイダム盆地
涼州
(武威)
崑崙山脈
青海
ヤッラダッゼ山
西蔵《チベット》高原
吐蕃
納木湖
ヤルツァンポ河
ラサ
ヒマラヤ山脈
ガンジス河
ベナレス

武《ぶ》神《しん》の賽《さい》

千里伝

序

人が足を踏み入れることのない湖北の深山に、濃密な木立の香りが立ちこめている。ひときわ木々が豊かに茂る一角に、隠れるように小さな洞門が口を開いていた。一たびその中に足を踏み入れれば、雲間を無数の飛天が袖をひらめかして舞い歌い、琵琶《びわ》をつま弾《び》いている姿を見ることであろう。だが声は聞こえず、旋律も響かない。生けるが如《ごと》きその彫像たちは巨大な白き岩の穹廬《きゅうろ》に刻まれており、雲と見えるのは立ちこめる濛気《もうき》であった。

濛気の源《みなもと》は磨《みが》き上げられた黒石に穿《うが》たれた、八角の浴槽である。聖なる泰山《たいざん》から切り出された黒石の浴槽には満々と湯が湛《たた》えられ、一面に桃の花弁が浮かべられている。芳《かぐわ》しい香りが漂う湯船には、五寸ほどの桃の果実も浮いていた。

白く薄い練り絹の襦袢《じゅばん》を着た、痩身の男が広い浴槽に一人つかり、目の前の桃の実を摑《つか》んだ。男は果実を摑む己の指をじっと見つめると、ふっと小さく笑って指を開いた。少女の頰のような色をした桃は湯気の向こうへと消え、男は袖の中に指を隠して肩まで湯につかる。

「お食べになればよろしいのに。私が苦労して仙境から取ってまいりました桃ですよ」

道服を着た青年が、湯船の縁《へり》に漂い着いた桃を拾い上げ、典雅な指使いで皮を剝《む》くと、かぶりついた。形のいい薄紅のくちびるの端から果汁がこぼれ落ちる。

「甘い……。ですが温かい桃は今一つ鮮烈さに欠けますね」

青年は口元に留まっている濃厚な果汁を袖で拭《ぬぐ》った。

「私はまだ、甘い果実の味も、この湯の温かさもわからぬ。おかしなものだ」

湯船の中から、静かな声が青年に向けられた。広い浴室に響くその声を、青年は目を閉じて心地よさそうに聞いていた。

「間もなくでございます、陛下」

床に膝をつき、青年は恭《うやうや》しく頭を下げ、両手を差し出した。

「呂用之《りょようし》よ、私を陛下と呼ぶ必要はない。今や私は楊広《ようこう》というただの死人に過ぎない。煬帝《ようだい》、などという青史に例を見ない不名誉な諡《おくりな》をつけられた、憐《あわ》れな男だ」

「私にとって、あなた以外に我が主と呼べる方はおりません。我が命の父であり、この天地の帝であるあなた以外には」

煬帝は手を伸ばし、青年の手を摑んだ。乾いた音がして、皮膚が剝《は》がれ落ちる。花弁に混じったその皮膚の一部は青黒く縮んで、一際《ひときわ》醜《みにく》い。

「我ながらひどい姿だな」

自嘲気味に煬帝は笑った。

「申し訳ありません。私が至らぬばかりに、陛下をこのようなお姿で甦《よみがえ》らせること となってしまいました」

「気にするな。お前はよくやってくれている。再生の実である人参果《にんじんか》を手に入れ、時の輪を味方に引き込んで我が力にしようとした。これはお前でなければ出来ない大業である」

無念そうに叩頭《こうとう》した呂用之だったが、気を取り直したように明るい表情を作った。

「こちらへ、陛下」

若く美しい道士は、浴室の奥にある祭壇の前へと、煬帝の手を引きつつ進む。湯を吸い込んだ煬帝の皮膚はふやけ、襦袢の合わせ目から見える胸には肋《あばら》が露《あら》わとなっている。その内に守られるべき五臓はなく、顔の七孔も虚《うつ》ろであり、眼窩《がんか》には暗い闇が渦巻いている。

祭壇には何もなかった。祀《まつ》られるべき神の名も記されておらず、香や花が手向《たむ》けられてもいない。羊の生贄《いけにえ》もなければ、果実が盛られているわけでもない。幅一丈ほどの白木で築かれた堅牢な祭壇が、浴槽の濛気のかからぬ洞《ほら》の奥深くに設《しつら》えられている。

呂用之は祭壇の上に煬帝を座らせ、拝跪《はいき》する。この祭壇に祀られ、祈りを捧げられるのは煬帝自身であった。

「死を生に、無を有に、逆を正に……」

呂用之は反魂呪《はんごんじゅ》を唱えつつ立ち上がると煬帝の四肢に符を貼り、祭壇上に座る煬帝に向けて白い手を差し伸べた。そして懐《ふところ》から、龍の浮彫《うきぼり》を施した小刀を取り出すと、指の腹に刃を当て、ゆっくりとなぞる。白き肌に血の球が浮き出て、やがて雫《しずく》となって煬帝の額《ひたい》へと垂れる。血を受け止めた青黒い肌が、一瞬だけ生気を取り戻し、また乾いていった。

「無駄に血を使うでない。お前の血は高貴の一滴。道士であれば盗んでも使いたい霊具の類《たぐい》だ」

「高貴な物は高貴な者に使われてこそ価値があります。お気づかい無用です」

呂用之の声はあくまでも優しい。

「しかし、やはり私の血と力では、全ての因果を逆転させることは出来ません」

「五嶽真形図《ごがくしんぎょうず》が散逸したのは、残念だったな。せっかく図と器が揃ったというのに」

煬帝が呂用之の頬に触れると、道士は嬉しそうに目を細めた。

「図は散ってしまいましたが、まだ器は残っています。それにこの天地には、仙人たちが己の虚栄心と功名心を凝《こ》らして作った、今の神仙以外には無用の宝が眠っているのですよ」

「無用の宝、か……」

「武を弄《もてあそ》び、その因果と勝敗を操る宝貝《ほうばい》を作った末、使いようもなく飾りにしているのですから、神仙とは阿呆の集まりですよ」

「いちいちそのような物の力を借りねばならんとは、つまらぬ仕儀だな」

煬帝は虚ろな眼を閉じてため息をついた。

「無用も知恵と志《こころざし》で有意な物に変えることが出来ます。私の力で陛下の用に足るよう、変えて差し上げますから。その準備は着々と進んでおります。どうぞご安心を」

煬帝は頷《うなず》くと、祭壇から下りて再び湯船に向かった。桃の香りが満ちる湯気の向こうに、ぱらぱらと落ちる乾いた皮膚が見えた。

第一章　共工《きょうこう》の娘

一

弓弦《ゆみづる》の材料となる苧《からむし》の大きな群落の周囲を、雀榕《あこう》の巨木が取り巻いている。枝の間からのぞく青空には、筆で散らしたような小さな雲が点々と浮いて流れていく。

中国大陸の南端に近い嶺南道《れいなんどう》、果てしのない波濤《はとう》に似た山並みの中に、一際奇妙な形をした岩峰が聳《そび》えている。天に突き立つ岩の尖塔《せんとう》は、鳥仙であり弓の達人である麻《ま》姑《こ》の住処《すみか》である。

地表にうねる雀榕の根に腰をかけた若い僧の耳には、矢が風を切る音や、若者たちが鍛錬で発する気合いの入った掛け声が届いていた。

僧は立ち上がり、剃《そ》りあげた頭に浮かんだ汗をぬぐう。

時を司《つかさど》る輪を操る少年と、空に遍《あまね》く舞う少女は、一体となって虚空へと姿を消した。嵩山《すうざん》の武僧である絶海《ぜっかい》は、安堵の後に徒労感のような空《むな》しい疲れを覚えてため息をつく。

吐蕃《とばん》の狩人は、既に少年の姿に戻って高原へと戻っている。

「また近いうちに会えるんじゃないの？」

白い歯と赤い頬を輝かせたバソンは、絶海の肩を痛いほど叩いたものだ。絶海はバソンのことがたまらなく好きである。自分にない明るさも強さも、天分のものとしてその内に蔵している。

だからこそ、時折無性に疎《うと》ましくなる。

バソンが去る時、絶海は寂しくもあった。また時輪《じりん》と空翼《くうよく》の騒動に似た大事件が巻き起こり、また共に戦えたらどんなに幸せなことだろう、とすら考えた。だがその雪豹の腰巻に巨大な二叉槍の影が山陰に消えた途端、絶海の心は一転して暗くいじけた感情にさいなまれることになった。

（また私は役に立てなかった……）

時の狂いの中で垣間見たバソンの姿は、まさに強さの権化《ごんげ》であった。絶海は相手の強さをその気配からほぼ正確に測ることが出来るが、成人となったバソンに蔵された力はあまりにも巨大で、絶海もその強さの底を見通せたかどうか自信がない。もし見通すことが出来たとして、バソンが到達した強さは彼がどう努力しても追い付きようがないほどの高みにあったのだ。

そして千里《せんり》である。

武門の名家、高《こう》一族の血を受け継ぎ、かつ天地を一変させるほどの宝貝《ほうばい》、五嶽真形《ごがくしんぎょう》図《ず》の器としてバソンや絶海と共に西王母《せいおうぼ》の意思が注がれた人中の宝である。

初めて出会った時、高駢《こうべん》千里という少年の印象は決して良いものではなかった。己の力を知った上で偽りを吐き、人を欺《あざむ》き、傷つけ、己よりも地位が低く、弱い者には傲岸に接する。見た目は四尺ほどの幼児であるのに、その狷介《けんかい》さは滅多に怒らない絶海ですら度々不快にさせた。

しかし千里自身にとっても世の人々にとっても幸運だったことに、千里は己よりも強い者と出会い、そして己の知らない世界に触れる機会を得た。

己より強い者の存在は、千里にわずかではあるが謙虚さを授けた。痛みを知ることは千里の心を成長させ、成らぬまでも人に恋心を抱かせるところまで育てたのである。

心が育つことで、いびつだった千里の内外は整いはじめ、武技にまで影響を与え始めている。ただでさえ、人並み外れた体術と弓の技を持っていた千里は、もう一段上の階梯に昇っていることが見てとれた。

翻《ひるがえ》って自分は、と絶海はくちびるを噛《か》む。

己をどう鍛えるかの手がかりを、道士趙帰真《ちょうきしん》に示してもらったものの、バソンや千里の桁《けた》はずれの強さにはまるで届かないでいる。時輪と空翼が再び結合を目指す際にも、絶海はその働きで全て二人に大きく後れを取っていた。

（私だって特別なはずなのだ……）

五嶽真形図の器となったのは、確かに千里であるかも知れない。だが、絶海とて西王母の意をその魂《たましい》の中に蔵している。少なくとも、バソンとは互角でなければ納得がいかない。

「どうした。恐い顔をして」

物思いに沈んでいた彼の前で、一羽の雲雀《ひばり》が羽ばたいている。

「麻姑さま……」

絶海は叩頭《こうとう》し、武の山を統《す》べる仙人を拝跪《はいき》する。

「立つがよい。若き修行者よ」

言い終わるなり雲雀は美しく、そして威厳に満ち溢《あふ》れた長身の女性へと姿を変えた。釣りあがった目に尖《とが》った鼻、そして薄いくちびるは、触れれば切れそうな鋭さを帯びている。

大陸にある武の聖地、武宮《ぶきゅう》の一つである丹霞洞《たんかどう》麻姑山の主だ。

世界の創始者である老君《ろうくん》の命によって地に下った仙人たちは、大陸の四方に行場を築き、若者を受け入れては鍛え上げている。麻姑は己の名を冠した山に座し、各地から集まって来る青年たちを鍛え上げているのだ。

「懊悩《おうのう》で溺《おぼ》れそうな顔をしておるな」

「見苦しいところをお見せして申し訳ありません」

麻姑は絶海の言葉に微笑《ほほえ》んで首を振った。

「見苦しいことなどあるものか。何故悩むか。それは考えているからだ。お前の悩みは武を志す者が一度は、いや何度も通る道だ」

「そうなのでしょうか……」

千里やバソンが自分と同じ悩みを抱いているとは到底思えなかった。

「己より強き者たちに囲まれている時、人は周囲を断崖に囲まれてただ一人行き場を失っているような心持ちになる」

麻姑は絶海を手招きし、麻姑山でも最も険しい崖を指さした。

「そして頂《いただき》を極めることは困難だ。だがお前ならあの山を登ることが出来るな？」

遠くから見れば、確かに人が近づくことすら拒んでいるような峻峰だ。だが絶海にとって、その崖を登ることは決して難しいことではない。麻姑の暮らす洞の中枢はそこにあったし、絶海も何度も往復した。

「では何故登ることが出来たのかな」

「それは……」

己の重さを引き上げるだけの腕力と、支えるだけの脚力があったからである。そう答えると、麻姑は再び訊《たず》ねた。

「ではその腕はどこにかかり、脚はどこを踏んでいたのだ」

「崖の適当な場所を選んで摑み、踏んでおりました」

「そういうことだ。武の道は、険しく聳え立って遠くから見れば手がかりも足がかりも皆無に見える。多くの者は、その険しさを遠望するだけで諦《あきら》め、引き返そうとするであろう。だが、大きな勇を振るって崖の下までたどり着いた者は、その険しさに圧倒されることがあっても、手をかけ、脚の踏み場となる場所が必ずあることに気付く。それが武の道の第一歩ではないか」

絶海は麻姑が言わんとしていることがよくわかった。しかし彼の悩みはそこではないのだ。武の道の険しさは十分理解している。

「一歩一歩、進めば良いではないか。お前は悩んでいるが、進む方向を間違えているわけでは決してない」

「間違えてはいないかも知れませんが、遅すぎるのです」

「誰が?」

麻姑に揶揄《やゆ》されている、と絶海は面白くなかった。自分と千里たちの力量にはあまりにも大きな開きがある。その程度のことが武宮の仙人にわからない筈《はず》はないのだ。

「遅いと何か不都合があるのか」

「遅ければ追いつけません」

「何故？」

さすがの絶海も腹が立ってきた。

「麻姑さまはどうして私をからかわれるのですか。確かに私は凡夫であり、麻姑さまは聖なる境地に達せられた仙人でいらっしゃいますが、あんまりです」

「からかってもいないし、蔑《さげす》んでもいない。もしそうなら、こうして言葉を交わすこともないではないか」

「は……」

麻姑は梅の木の下に立ち、蝶の蛹《さなぎ》を一つ指に摘《つ》まんだ。

「お前はまだ花開く前だ。そして千里とバソンの武も、まだ美しく咲いているわけではない。ところで絶海よ。この蛹の中で何が行われているか、お前は知っているか。花は最初から咲き乱れているわけではない。かつて地を這《は》う毛虫であったものが美しく蝶としてはばたくには、一度己の姿を全て捨てなければならぬ」

じっと麻姑の言葉に耳を傾ける。

「蝶の姿を得る前に、これまでの姿を自ら溶かし、新たな己を創り上げる。虫ですら、そのようなことが出来るのだ。お前に出来ぬことはない。そして、お前は誰からも遅れていないことを忘れてはならぬ」

「お教え、心に刻みます」

拱手《きょうしゅ》して頭を下げる。だが、心から納得いったわけではなかった。確かに、千里もバソンもまだ未熟な所はあろう。だが、同じ蛹であるにしても、羽化して羽ばたいた蝶の美醜《びしゅう》は明らかにあるのだ。

「焦《あせ》らず励め」

麻姑は立ち去りかけて、振り返った。

「絶海は武宮大賽《たいさい》のことを知っているか」

「武宮大賽……。五年に一度行われる、武宮を代表する使い手が戦う試合のことですか」

「そうだ。その予選会がそろそろ始まる。千里ももちろん、各地の武宮から腕ききが集まって来るぞ。もしお前も出たいなら、私の弟子として登録しておいてやるが、どうだ？　もっとも、麻姑山での選抜試験を潜《くぐ》り抜けなければならないがな」

絶海は硬い表情で断った。

「そうか……。気が変わったらいつでも来るがいい」

「麻姑さま。お世話になりましたが、私は狭い武宮の修行者と競うのではなく、広い天下に武を求めようと思うのです」

「無礼なことを言う奴だな。大賽の勝者が触れることを許される武神賽《ぶしんさい》は、因果の奥義を見せてくれる無二の宝貝だぞ。武の修練を積む者なら誰もが目指す境地へ導いてくれるというのに」

麻姑が呆れて肩をすくめるのを見て、絶海は耳まで紅潮させて謝罪する。

「怒ってはおらん。だがお前のその気負いが、時折噴き出して何か大きな揉《も》め事を起こしはせぬかと心配しておるのだ」

仙人の優しさに動揺した絶海は、礼を述べて山を駆け下りた。

二

考えれば考えるほど、口に出せば出すほど情けなくなるとはこのことで、麻姑山を振り返った絶海は深いため息を何度もつくしかない。

「私はなんと小さな男か」

弟子には厳しさを隠さない麻姑ですら、自分に優しくしてくれる。それは決して嬉しいことではない。武を以って若者を鍛える仙人が優しくする相手など、戦いから身を引いた老人か、その腕に期待をかけていない未熟者だけだ。

(厳しくされることすら、なかった……)

この言い知れぬ悔しさをどこにぶつければいいのか。絶海は、武宮の強さを認めたくなかった。そこには千里がいる。そして高原の強さに触れるのも、憚《はばか》られた。そこにはバソンがいる。二人の強さを敬し、人となりを愛していたとしても、日々己の無力さに苛《さいな》まれ続けるのは耐えられなかった。

となれば、別に強さの手がかりを求めるしかない。

その心当たりはあった。武宮ではなく、さりとて西の高原でもない。だが桁《けた》はずれの強さを持つ者たちが暮らす天地があった。かつて五嶽真形図を争い、時輪と空翼の騒動の時にも手を貸してくれた、古《いにしえ》の魔神共工《きょうこう》の血を受け継ぐ者たちである。

(彼らの力を己のものとすることが出来れば)

そうすれば千里やバソンにも匹敵する力を手にすることが出来る。そして絶海の脳裏には、一人の少女が像を結びつつあった。

共工には三人の子がいた。玄冥《げんめい》、句芒《こうぼう》、そして蔑収《べつしゅう》であった。それぞれが凄まじい武の持ち主であり、絶海自身も衡山《こうざん》の山頂では危うく蔑収に殺されるところであった。

しかし、である。その時以来、絶海の心の片隅に、常にその乾いた血の色をした衣を着た少女が住みつくようになった。

言葉を交わしたことも数えるほどだし、こちらを敵視して良い印象などないはずなのに、絶海は事あるごとに蔑収のことを思い浮かべていた。特に、千里が空翼に惹《ひ》かれている時などは甚《はなは》だしかった。玄冥に会わせてくれるよう頼みそうにすらなった。

（そうだ。確かにあんな姿だった）

いま、絶海の空想中にいる蔑収は、茶褐色の衣を脱ぎ捨てて、漢人の娘が着るような胡服を身にまとっていた。

足を覆う長い裙《くん》は薄桃と純白の色が交互に現れる縞模様で、腰から上は玉を散らしたような文様の袍《ほう》をまとっている。長い髪は二つ輪に結われ、以前見た時よりも随分と大人びて見えた。

美しい、と絶海は思わず口にしてしまう。

彼は嵩山を出て千里たちと旅を共にしてからも、酒を飲むことも肉を食らうことも避けてきた。肉を食らわなければ先に進めないという試練があっても、その戒を破らなかった。当然、女犯《にょぼん》の禁を破るなど考えたこともない。思い浮かべるだけでも罪であるとわかっているのに、絶海は耐えきれず手を伸ばした。

目の前に立つ少女は目を閉じ、瞑想しているようにも見える。

触れてはならないものに触れる禁忌が、絶海を不思議な興奮に誘っていた。だがそのすべらかな手に絶海の指先が触れなんとしたその瞬間、冷たい風音が耳元で鳴った。

そして重い響きと共に背後で何かが折れた。後ろを振り返ると、巨木が土煙を上げて倒れている。

我に返った絶海は慌てて手を引いた。

「……お前か」

ゆっくりと瞼《まぶた》を開いた蔑収は、失望したようにため息をついた。その指の間には彼女が得意とする飛鏢《ひひょう》が四本、ぞっとするような光を放っている。以前対峙《たいじ》した時より随分長く、そして鋭さを増した飛鏢は、既に暗器の域を超えているかのように見えた。

絶海の呆然とした顔を一瞥《いちべつ》した蔑収は、飛鏢を瞬時に手の内へと消した。

「何の用だ」

「え？」

思わず絶海は訊《き》き返してしまった。目の前に突然現れたのは蔑収であったのに、不機嫌そうに何の用だとこちらを睨《にら》む。

「不服そうな目だな。殺してやろうか」

「ちょ、ちょっと落ち着いて下さい」

蔑収の指の間に、白い光芒が再び姿を現す。絶海は先ほどまで甘い懸想をしていたことを忘れて、必死に手を振って宥《なだ》めた。

「蔑収さんこそどうしてこちらに？」

「私か……」

　異界の少女は言いづらそうに頬を掻《か》いた。

「ちょっとな」

「ちょっと？」

「私のことなどどうでもいい。しかし貴様、私の前に姿を現したということは、また我が行く道を遮るつもりか」

「い、いえ」

　何を目指して現れたのかもわからないのに、遮るも何もなかった。

「答えられないなら死ね」

　今度は飛鏢が飛んできた。だが鋭利な四つの光を前にして、絶海の心は澄みわたる。

「随心棍《ずいしんこん》よ！」

　心に随《したが》って姿を変える嵩山の秘宝が二つに分裂し、双節棍となって絶海の手に収まる。鎖で中央を繋《つな》いだ残像を残して凄まじい速さで回転した。その回転に吸い込まれた飛鏢は乾いた音を上げて地に落ちる。

「腕を上げたか」

　しかし地に落ちた飛鏢は再び舞い上がり、宙に明滅して絶海の視界を混乱させる。

「お前の心にある平穏など、その辺りの水たまり程度のものだ」

蔑収の言葉に心を乱されないよう、呼吸を整える。

（私だって強くなっているのだ）

それを試すには、蔑収は格好の相手と言えた。間合いを取った絶海に向かい、蔑収はさらりと手招きするように宙を撫《な》でた。

絶海はその仕草に肌が粟立《あわだ》った。そのしなやかな指先の動きに、一瞬心を奪われてしまったからである。だが、それでも絶海の肉体は危機を感じて、その身を地に伏せさせた。

小さな風音が頭の上すれすれを掠《かす》めていく。

「避けたのか。つまらん」

さらにいくつかの風が飛んできて、絶海を襲う。今度は精神を集中させて風を読み、すんでのことでかわした。

絶海は蔑収の指先の動きに合わせて、その風が舞っていることに気付く。

（糸か何かで操っているのか……）

極限まで薄くした刃を高速で飛ばせば、目で捉えることは難しい。だが、絶海の目も以前より鋭くなっている。風を避けながら、その正体を懸命に見極めようとした。

（指先と風の間には何かある。それを断ち切れば）

だが蔑収は二段の構えをとっていた。

鋭い切れ味を孕《はら》んだ風が作る距離の向こうに、袖に隠された飛鏢の作る決死の領域を城壁のように築いている。優雅な胡服に触れるのは、たやすいことではなさそうだった。

「逃げているだけか？」

失望した蔑収は嘲笑《あざわら》う。

「だったら呼ばなければよかったのに」

「だから呼んでません。あなたが自らの意思でここに現れたのですよ」

「私が会いたいのは、我が師となる者だ」

蔑収がそう口にした途端、絶海は不思議な感覚に襲われた。二重の城壁のようであった蔑収の気配が揺らぎ、蟻の一穴が視界に入ったのであった。鉄壁の間合いに何が起こったかを考えている暇はなかった。

（そこだ！）

この機を逃して勝ちはない。

絶海の心は揺れなかった。風の間をゆるりと抜け、飛鏢を一分の距離で見切った。

「は、入れた」

そのことに彼自身が驚いた。そして、すぐ目の前に蔑収の顔があったことに、もっと驚いた。かつて一つの武宮をためらいなく滅ぼしたとはとても思えない、澄んだ赤い瞳が絶海を見つめている。

「己で間合いに踏み込んでおいてうろたえるな」

「べ、蔑収、さん……」

蔑収は一つ絶海の頭をはたいたが、その音は随分と小さなものであった。

三

麻姑山から離れて貴陽《きよう》まで来ても、蔑収は絶海と旅路を共にしていた。真ん中の膨《ふく》らんだ樽《たる》に似た蘇鉄《そてつ》が、びっしりと街道沿いに立ち並んでいる。

南国の道は蒸し暑く、絶海は疲れこそ覚えないものの、額に汗を光らせている。だが蔑収は涼しい顔で、足首までかかって歩きづらいはずの長い裾を乱すことすらない。

「どこに向かっているのだ」

「どこって……まずは貴陽の街に向かっています」

「向かってどうする」

「旅の用意を整え直して、北に向かうつもりです。江淮《こうわい》から中原《ちゅうげん》にかけては武芸の達者も多いですし、腕を磨くにはもってこいです。その……一緒にいらっしゃいますか」

ためらいがちに絶海は訊ねる。

「何が悲しくてお前などと一緒に行かねばならんのだ」

そう口では言うくせに、絶海の数歩後ろをついてくる。彼が止まれば止まり、走れば走る。そして食事にすれば懐から何やら見たことのない青紫の木の実を取り出してはかじっている。

「あの」

声をかけられた蔑収は木の実を口に運ぶのを止めて絶海を見た。

「あなたこそどこに向かっているのです」

「お前に言う必要はない」

そっぽを向いて木の実を口に放り込む。ぽりぽりと小気味いい音を聞いているうちに、絶海は力が抜けて来た。

「さようですか。ではご随意になさって下さい。私はそろそろ出立しますので」

そう言って立ち上がると、木の実を口にするのはやめて付いてくるのである。夜になればどこかにふらりと消えて、朝になって絶海が顔を洗っているといつの間にかそこにいるのである。

貴陽までの旅路を共にしているうちに、蔑収が何をしたいのかがおぼろげながらにわかってきた。この日もそうであった。

「おい」

街道を歩いていると、何人もの人間とすれ違う。それは商人であることも農民であることも、官吏や兵士の場合もある。老いも若きもいるが、威勢のよさそうな男を見つけると、蔑収は呼び止めるのである。そして、

「私と手合わせしろ」

と傲然と言い放つのである。多くの者は、おかしな奴に絡《から》まれたと首を傾《かし》げつつ去って行くが、時折血気盛んに食ってかかる者もいた。

「すみません。私の妹は心を病んでおりまして」

そう絶海が頭を下げて、何とか見逃してもらうようにしていた。その度に蔑収は不満げな表情を浮かべたが、それ以上は絡むこともなかった。

「何をしているのですか」

絶海がたしなめると、

「腕を見たいと思っているだけだ」

と憮然と答えるのみであった。

「いちいち決闘を申し込まなくても、あなたは相手の力量がわからないわけではありますまい」

「そうだ。私は確かに相手の強さを見通すことが出来る。そう自分でも思っていた。だが、私たちは敗北してしまった」

「敗北？」

「ほう……再び私に屈辱の過去を語らせて己の誇りを満足させたいか」

「そんなことは望んでいません。五嶽真形図を巡ってのことを仰《おつしや》っているのでしたら、誰も敗れていませんよ」

「勝者の余裕というやつだな」

蔑収の顔が殺気を孕みつつあるのを見て、絶海は首を振って話を終わらせた。しかしこのままではまずいと考え直し、

「ともかく、そのような無礼を働き続けていると、命を縮めますよ。武芸者と見える人に戦いを挑む場合でも、それなりの礼儀というものがあるのですから」

と注意をしようとした矢先に、蔑収は数間先で別の人間に絡んでいた。

「おい」

蔑収が一人の老人に声をかけている。

「私と手合わせするのだ」

老人は目を丸くして驚いている。絶海はその様《さま》を見て頭を抱えた。傲然と胸を反らし、命じているような態度と口調である。

「この娘、正気かの」

老人が蔑収を指さし、絶海に訊ねる。じっと老人を見据える蔑収の顔つきはあくまでも真剣で、それだけに傍《はた》から見れば正気の沙汰には見えないだろう。絶海は頭を下げつつ蔑収を道の端へと寄せようと袖を引っ張ったが、その体はびくとも動かなかった。

「ちょっと、蔑収さん」

「気安く触るな」

と言われて慌てて飛び下がる。指先に絹のなめらかな感触が残り、鼻孔の奥には百《ゆ》合《り》の花に似た香りが漂っていた。

「ほほ、若いもんはいいのう。良かろう、相手をして進ぜようかの」

老人がのどかな顔で笑っているが、絶海は一刻も早く去ってもらいたかった。蔑収は今のところ普通の通行人に飛鏢を飛ばすようなことはないものの、戯《たわむ》れであっても戦いを挑む者には何をしでかすかわからない。

「ご老人、無礼は重々謝りますので、冗談でもそのようなことを仰らないで下さい」

「いやいや、わしは戦士の申し出を冗談で返すような無粋《ぶすい》なことはせんぞ」

と言うので絶海は思わず老人をまじまじと見つめた。

よれよれの麻衣に釣り竿を担ぎ、腰には小さな魚籠《びく》が結わえてある。髪もまばらに白く、顔の皺《しわ》も深いごく普通の年寄りである。こんな人を蔑収に当てるなどもってのほかである。

「あなたの壮気には感服いたしますが、これある少女はご老人の手に負えるような者ではないのです」

「わかっておるよ。この娘からは異界の香りがするわい」

「え……」

絶海は驚いて立ちすくんだ。慌てて老人の気を探るが、どこをどう見ても蔑収の力を見抜き、その出自まで言い当てるような、達人の気配はない。

「絶海、どいていろ」

蔑収の声には緊迫の色が混じり始めていた。そして絶海もようやく、目の前の老人が異様な力を持つ者であることに気付いた。穏やかな笑みを浮かべているくちびるにかかる灰色の髭《ひげ》は、今にも風に散りそうなほどに乾き切っている。人が良さそうにさがった目じりの奥には、何の光もない。

「この老人は……」

「どけ！」

十本の飛鏢が絶海の体を掠めて老人へと殺到する。いつしか老人は弓を引いていた。絶海は一瞬、銀色に光るその姿を目にした気がしたが、よく目を凝らして見るとそこに弓はない。老人はただ、弓を引く姿勢を取っているだけだ。

「下来《おちよ》！」

老人が叫ぶと、飛鏢は全て地に落ちる。だが蔑収の飛び道具はこれだけではない。その指先が優しく宙を撫でた。風が唸《うな》りを上げ始め、八方から老人を襲う。老人は避けることもしない。ただ弓を引く姿勢だけを崩さず、指先を風のする方へゆるりと向ける。

それが八回繰り返され、やがて風音は止んだ。

「遠慮はするなよ。若いもんがする遠慮は罪だわい」

歯の抜けた口を開けて老人は哄笑《こうしよう》した。焦りを覚えた絶海が蔑収の方を振り向くと、彼女はどこから取り出したのか大槍を肩に担いでいた。気付くと、絶海の手元にあった随心棍がない。

「死ぬがいい」

蔑収の体が急激に膨らんだように、絶海には見えた。だがそれは幻《まぼろし》ではなかった。槍を担ぎ、露わになった腕が戦神の如くに太くなると同時に、五体もそれに応じて大きさを増していく。

「べ、蔑収さん……」

たおやかだった少女の姿は消え、巨大な狼のような咆哮《ほうこう》をあげた蔑収はその大槍を気合いと共に老人に向けて放った。轟音と共に迫った大槍を、やはり老人は避けない。それどころか、左手の指先を前に突き出したまま、動かない。その指先の中心に、槍の穂先が突き立った。

ぎいん、と音がした瞬間、絶海は思わず膝を突いた。老人を中心に広がった衝撃の波が街道の脇の木立を薙《な》ぎ倒している。

「まあ、今のお前ではこれが限界かのう」

老人は指先だけで大槍をつまみあげると、ひょいと空へ投げあげた。数十丈も飛んだ大槍に向けて指先を向けた老人は再び、

「下来！」

と声を放つ。すると槍は空中でぱっと弾け、姿を消すと、呆然と見上げている絶海の頭に、ぱらぱらと破片が落ちてきた。欠片《かけら》は這うようにして絶海の足元に集まると、もとの随心棍へと戻る。

「これは……」

どういうことかを訊ねようと老人の方に目を向けると、既に彼は背中を見せて歩き出していた。やや右足を引きずるような歩き方には、何の備えもない。だが、絶海は一歩も動けなかった。

「何者なのだ……」

額に浮かぶ汗をぬぐう。だがその横を蔑収が通り過ぎて行った。

「蔑収さん？」

「尋ね人が見つかったようだ。さらば」

そう言って老人の後をついて行く。絶海も慌ててその後を追った。

四

老人の力も不思議ならば、その歩みも不思議でならなかった。歩みが不自由であるかのように見えるのに、蔑収と絶海がどれほど走っても追い付けないのである。

「何かの術なのでしょうか」

絶海が訊ねてみても、蔑収はちらりと彼を一瞥して舌打ちをするのみであった。

「己の想像を超えることは術のせいにするものじゃない」

「す、すみません。しかし蔑収さんの技も凄かったですね」

「あんなものは児戯だ」

と蔑収は吐き捨てる。

「私なりの試行錯誤の末に身に付いたが、あの通り役には立たん。外力を奮《ふる》い立たせて肉体を膨らませて、さらに随心棍に注いで大槍に変えても、所詮《しょせん》は風船のようなものだ。あの老人には敵《かな》わぬ」

「随心棍があなたに心を開くとは……」

「聞き分けの良い子だ」

蔑収はにこりともせずに言う。絶海は改めて老人の小さく細い背中を見やる。

「あのご老人そのままの力で、蔑収さんの攻撃を跳ね返したというのですか」

「忌々《いまいま》しいが、そうなのだろうな」

絶海は、人が何か特別な力を発揮する時、その気配が大きなうねりを発することを知っている。千里やバソンも、強大な力を発する際にはその内側で何かが変化すると感じていた。

だが老人からは、出会った時から蔑収の攻撃を避け大槍を砕いて今に至るまで全く変化を感知することは出来ないのだ。

(つまりあの老人は常の状態であれほどの力を発揮するというのか)

だとしたら恐ろしい使い手である。趙帰真のような優れた道士であっても、術力を発動させる際にはその内側に蔵された力が振動するのだ。

「それにしても蔑収さん。あの老人が尋ね人とは、お知り合いなのですか」

「全く知らん」

蔑収の体は既に元の美しい少女の姿に戻っている。体が膨れ上がったせいで帯が緩み、襟元から白い胸元がわずかにはだけている。絶海は顔が熱くなり、思わず目を背《そむ》けた。

気付くと、蔑収が間近で顔を覗《のぞ》き込んでいる。

「貴様」

冷たい声をかけられて、彼はぎくりと肩を震わせる。だが蔑収は目を離さないまま、

「歩を緩めるな。あの老人に置いていかれる」

そう言うと、一気に速度を上げた。

老人はやがて街道から外れ、急峻《きゅうしゅん》な山肌を登り始めている。老人は岩を跳び、藪《やぶ》をすり抜けて、やはり速さが落ちることはない。

「この山は……」

見たことのない形をしていた。登れば登るほどに斜度が上がる。麻姑の住んでいた岩峰も急峻であったが、絶海にとってはそれほど難しいものではなかった。だがこの山は、文字通り人を拒む何かがあった。

岩は滑り、木々には鋭い棘《とげ》が生え、手がかりとする場所もない。ただ、老人はその岩肌を軽やかに歩み登っていく。ついに絶海は足が止まってしまった。

「これは……」

辛うじて両の足で立てる岩棚から下を覗き込めば、臓腑がせり上がって来そうなほどの絶景が広がっている。蔑収は不機嫌な顔で絶海の数尺左側の岩に貼りついている。

「何故足を止める。あの老人を見失ったではないか」

山を見上げると、頂は雲の中に隠れておぼろとなって見えない。老人の姿も蔑収の言う通り雲中に消えていた。

「これ以上はゆっくりとしか行けません。蔑収さんはお先に」

気を遣《つか》って絶海が言うが、蔑収は不快そうに鼻を鳴らしたまま動かないでいる。

「いいからさっさと登れ」

仕方なく絶海は再び岩肌に挑み始めた。岩棚からしばらく登ると斜度はほぼ垂直となり、岩の凹凸《おうとつ》すらない。十数丈何とか進んだが、そこから前進も後退もままならなくなってしまった。

「これは困った……」

思わず下を見て、今度は恐怖に囚《とら》われる。

「怖がるな」

蔑収はまだ余裕があるのか、岩肌に指先を食いこませて体を保っている。

「摑もうとせず、岩を突け」

確かに、蔑収の指先は岩の隙間に食い込ませているのではなく、手刀で突いて手がかりを作っているのが見てとれた。絶海も己の拳《こぶし》は硬いと思っているし、鉄砂で指先も鍛えていたが、岩峰を貫くほどの功夫《カンフー》があるかは自信がない。

「お前はどんな修行をしていたのだ」

呆れたように蔑収が叱咤《しった》する。

「私や兄上に見せた力は幻か。これまで身に付けたことを思い出せ」

歯がみした絶海は、逆に大きく息を吐いて自らを落ち着かせる。嵩山での修行、趙帰真との出会い、そして千里やバソンたちを身近で見て己の限界を知った。外力と内力の歪《ゆが》みを少しずつすり合わせていく中で、ようやく本来の力を発することが出来るようになったのだ。

「内側の力を肉体へと編み込む」

なるほど、と絶海はすとんと腑に落ちる感覚を得た。

(すり合わせるのではなく、編み込むのか……)

内力と外力は、相反しながら同時に互いを必要とする。絶海はこれまで、両者が斥《しりぞ》けあう側面にとらわれすぎていた。絶海の心の中に、新たな像が生まれる。心中の内力がほどけて糸となり、筋骨へと巻きついていく。

内外を編み上げて強靱《きょうじん》となった指先を、絶海は気合いと共に岩肌へと打ち込んだ。

堅牢な岩が礫《つぶて》となって飛び散り、絶海の腕は肘《ひじ》まで岩に埋まる。

「やった」

これなら岩峰がどれほど急峻になろうと、岩肌が滑《すべ》ろうと問題はなくなる。だが、絶海はそこで別の困難に突き当たった。腕が抜けないのである。岩は表面こそ硬いが、突き貫いてみるとやや柔らかく、腕が突きこまれた瞬間に千鈞《せんきん》の重みが四方からかけられて激痛が走る。

「く……」

焦った絶海はしゃにむに抜こうとするが、やはり抜けない。そんな絶海を、蔑収は冷ややかに見ていた。

「ほら、言っただろう。お前の明鏡止水《めいきょうしすい》など、水たまり程度の静けさをやっと保てる程度のものだ。こんな小さな困難に出会った瞬間に、水が飛び散らんばかりに揺れるのだ」

口惜《くや》しいが、蔑収の言う通りであった。岩に腕を飲み込まれて身動きが取れなくなった瞬間、絶海は平静さを失った。

「こんな時に襲われたらどうする。私がお前を殺そうとしたら、どう対するつもりだったんだ」

「それは……どうしようも出来ません」

「今のお前は私が殺す価値もない。さっさと心を戻して腕を抜け。上で爺さまが待ちくたびれているぞ」

氷水のような言葉にかえって冷静さを取り戻した絶海は、腕を突きこんだ時と同じく、内力と外力の編み込みを遣って腕に力を漲《みなぎ》らせると、一気に引き抜いた。後はそれを繰り返し、一歩一歩登っていく。

老人に後れを取り、蔑収を待たせていることも気にならなかった。いつしか日は陰り、夜になった。そして朝が来て、また夜になった。水しか口にしなかったが、不思議と空腹は覚えない。だが三日目の払暁《ふつぎょう》、遂に絶海は頂に手をかけた。

「着いたな」

一歩先に登り切っていた蔑収が腕を差し出す。一度躊躇《ためら》って握ると、百合花のあでやかな香りが全身を包んだ。

「いいご褒美をもらったようじゃな」

引き上げてもらって一息ついていると、老人の声がかかった。

「そこの娘は来ると思ったが、まさかお前さんまで登り切るとはな。しかも馬鹿力で峰を殴り続けるもんじゃから、見てみい」

と苦笑しながら背後の庵《いおり》を指さす。粗末な小屋が右に大きく傾いでいた。

「まあ手先は器用そうじゃから、後で直してもらうとしようかの。しかし挨拶は大切じゃ。口上を聞こうではないか」

蔑収は老人と胸を突き合わせるほど近くまで歩み寄る。また喧嘩を売るのではないかと絶海はひやひやしたが、蔑収はその場で膝をつき、拝跪した。

「弟子にしろ。……して下さい」

叩頭して頼むさまはまさに懇願であったが、その言葉は相変わらずぞんざいで、取ってつけたように丁寧に言っているだけである。だが老人は乾いた髭を撫《ぶ》して頷く。

そして絶海に向かい、

「お前はどうするんじゃ」

と訊ねた。

「私は……」

一瞬絶海は答えに困った。彼には既に師が二人いる。嵩山の恵海《けいかい》と、道士の趙帰真である。特に趙帰真とは、師弟の契りを交わしたわけではないが私淑すること甚だしかった。その教えもまだ中途だというのに、新たな師をいただくのは後ろめたかった。

「くだらん未練じゃのう」

老人はくちびるの端を歪めながら嘲笑った。

「道の深奥を伝えるのに、百万の言葉は必要ないわ。山の頂に至る道は無数にあれど、その頂点は一つしかない。師が何人いようと、頂に至る念願があるのであればどこから登ろうと構わん」

絶海は膝をつき、教えを請う。

「ま、そうは言っても道は易しくもなったり険しくもなったりする。お前たちを弟子に取るかどうかは、これから決める」

老人は甘蟬《かんせん》、と名乗った。

第二章　大賽《たいさい》準備

一

麻姑山《まこさん》には秋が訪れようとしていた。山の木々が山頂から色を変えていく中で、修行者たちの鍛錬は激しさを増している。

弓の弦が鳴り、鏃《やじり》が風を切って的に当たる乾いた音が、山中に無数に響く。細い道を駆ける激しい息遣いや、体術の鍛錬における気合いがあちこちから聞こえてくる。

山の主である麻姑は山の上空をゆったりと旋回しながら、若者たちの修行を目を細めて見つめていた。彼女自身が教えることはほとんどないが、ごく稀《まれ》に降りて行って一言二言、助言を与えることもある。

修行者にとっては、この麻姑から言葉を何度もらったかが、自慢の種となっている。もちろん、麻姑はそんなことはお構いなしに目についた者に言葉をかけている。

一通り見て回った麻姑は何度か羽ばたいて高度を上げ、山の頂《いただき》近くにある洞《ほら》へと帰って来た。

「竦斯《しょうし》」

腹心で道院長をしている仙女を呼ぶ。

「こちらに」

ふくよかな体を丸めるように、竦斯は麻姑を拝した。

「みな励んでいるようだ」

「ありがとうございます」

「だが今一つ物足りぬな」

仙人は飛鷹《ひよう》の彫刻がほどこされた豪奢な椅子に座り、鋭角の部品を組み合わせて作ったような顔を洞の外へと向けている。

普段麻姑がいる広間は吹き抜けになっており、正面と上方から青空が望める。麻姑は仕事があろうとなかろうと、ここにいて風に吹かれているのを何よりも好んだ。

「果たしてこれで他の武宮《ぶきゆう》に勝てるのか」

「今の修行者たちは中々に見込みがある者どもです。もちろん、麻姑さまの危惧《きぐ》はよくわかります。こたびの大賽《たいさい》はここ麻姑山で行われますから、絶対に敗れることは許されません」

竦斯がとりなすように言うが、麻姑は険しい表情のままだ。

天下に散在する武の聖地、武宮では五年に一度、各地から修行者が集まってその技を競い合う大試合が行われる。武宮大賽と呼ばれるその試合で名を上げた者は、武人として大きな尊敬を向けられるばかりか、高官に伝手《つて》を持たぬ者でも仕官で大変有利に働く。

だが、千里の祖父や父のような使い手でも、その首冠を獲《え》てはいない。

その大賽が、今年は麻姑山を舞台に行われることとなっている。二ヵ月後、冬至の夜明けより日暮れまでの間行われる勝ち抜き戦の中で武の優劣が争われる。

試合には、その会場となる武宮でもっとも修行される得物《えもの》が使用される。麻姑山を舞台にするということは、当然弓と弩《ど》が使われるが、そうである以上麻姑山の修行者たちが負けるわけにはいかない。

「誰が選抜に残りそうか」

「そこはやはり、高千里《こうせんり》、文魁之《ぶんかいし》あたりが有力ではないかと」

大賽は武宮の代表、三人が一組となって試合に出る。試合の形式は武宮の主の合議で決められるが、先日行われた会議で決定された方式が、なおさら麻姑を不安にしていたのである。ある武宮の仙人が、こんなことを言った。

「これまでの武宮大賽では、開催地となっているところが八割がた勝ってしまい面白くない。そろそろ手を入れてみてはどうか」

南岳衡山《こうざん》にほど近い場所にある武宮、香酔洞《こうすいどう》の仙人、立角《りっかく》の提案に多くの仙人が乗った。立角の正体は玉帝《ぎょくてい》の飼っていた白狐であり、その腹中には一物も二物もあると評判である。

「あのクソ狐、何を企んでいるんでしょうね」

　竦斯も顔をしかめる。武宮は普段から交流がある。大賽がない年には修行者が出《で》稽《げい》古《こ》にやってくることもある。香酔洞の山はとりわけ熱心に弟子を出稽古に出すのだが、それは専《もっぱ》ら他の武宮を探るためであると言われていたし、麻姑もそう考えていた。

「で、あのお狐さまはどうしろと言ってきたのです？」

「ただの武で勝負するのはやめないかと言い出した」

「武宮の修行者が武で戦わなくてどうするのですか」

「皆そう言っていた。だが立角の奴、真のつわものたる者、武辺だけを誇るようでは匹夫《ひっぷ》である。知勇共に兼ね備えていることこそ必須であるし、競う場もそう変えるべきなんだと。その会場を武宮の仙人たちで用意するのだとか」

「絶対何か仕掛けてきますよ」

　麻姑は目じりを吊り上げたまま何か考え込んでいたが、

「相手の策をどうこう考えるよりも、仕掛けごと噛《か》み破った方がいい」

　その言葉を聞いて、竦斯はぱっと表情を輝かせた。

「さすがは麻姑さまです。小《こ》賢《ざか》しい考えを破ろうとすればこそそのご不安だったのですね。しかし大丈夫です。今回の大賽、誰がどのような悪だくみをしようと負けない力を持った者がおります」

「千里だけだろう」

「いえ、千里の陰に隠れがちですが、文魁之と鄭紀昌《ていきしよう》の成長には目覚ましいものがあります」

「ほほう」

興味深そうに麻姑は目を細めた。

「文魁之はもとよりその素養は図抜けておりましたから不思議はありません。ですが鄭紀昌は時輪《じりん》の轍《わだち》にはまり込んで老人となり、元の姿に戻って以降別人のように励むようになったのです」

「そう言われてみれば、千里の稽古について行こうとする姿勢が見られるようになったな」

「もともと鄭紀昌は地道に鍛錬を続ける気質ではありましたが、時輪から世の不思議を見せられて何か開眼したと見えます」

「ふむ……私にはまだしかとは見えぬが、日々あの子たちの傍《かたわ》らにいるお前が言うことなれば、疑う必要はあるまい。期待している」

竦斯は満足げな微笑を浮かべたが、すぐに表情を引き締めた。

「若者たちは三日鍛えれば刮目《かつもく》すべき成長を見せることもありますが、また脆《もろ》いものでもあります。大賽近くになれば選抜戦を行い、その力を確たるものにしてやらねばなりません」

「お前にも不安はあるというわけだな」

「不安だらけですよ」

そう腹を叩《たた》いたので、麻姑もようやく表情を崩して笑みを浮かべた。

二

麻姑山の矢場で、千里は胡坐《あぐら》をかいて頬杖をついていた。

「ねえ大将、もう稽古は終わりだよ。帰りましょうよ」

稽古を終え、掃除も済ませた鄭紀昌が腕組みして千里を呼ぶ。

「……先に帰ってろ」

どうにも不機嫌な千里の声である。

「最近そればっかじゃん。文魁之の荷物も全部素通りだしさ。つまらないったらありゃしないよ」

「何か言ったか」

いいえ何にも、と肩を竦《すく》めて鄭紀昌は逃げ出した。それを追いかけることもなく、千里はじっと座りこんで眉根を寄せている。

「どうにも変だ」

最近、というか物ごころがついてこの方、己の強さが右肩上がりなことに疑いはなかった。五嶽真形図《ごがくしんぎょうず》を巡る騒動も、時輪や空翼《くうよく》との一件の中でも、勝ち負けはあったにせよ、着実に実力は伸びている。その快感はたまらないものがあった。上がる快感が大きいだけに、停滞の苦痛も激しかった。

「何故なんだ」

理由の半分はわかっている。遠くへ行ってしまった想い人のことを考えると、どうにも苦しくなる。

(空翼……)

世の全てを覆い、常に傍らにいるのが〝空〟である。だが誰の独占も許さず、触れることもかなわない。そんな少女に千里は恋をし、そして破れた。初めての経験に千里の心は乱れ、食事ものどを通らないほどであった。しかし最近になってようやく食欲は戻り、鍛錬にも集中出来るようになっている。

だが、やはり何かがおかしい。

体に力が入らないもどかしさである。矢を射ることに問題はない。的を外すこともなければ百発打って外すこともない。もとより、高霞寓《こうかぐう》に課された過酷な課題をこなすことによって、弓手としての力は人並み外れたものとなっていた。

手元の矢を弄《もてあそ》ぶ。矢を一本番《つが》え、的へと狙いを定める。

目で的を見る。左手が弓の中央にあてがわれ、その指に矢が触れる。鏃の冷たさと矢柄《やがら》の温かさを感じつつ、右手で弦をゆっくりと引く。左腕の筋肉が伸び、右腕のそれが縮んで力を加えるうちに、弓と弦は円弧に近づいていく。

そうするうちに、弓、矢と腕、そして体幹が一体となる。

ここまでいけば力は一切不要だ。むしろ、羽毛を扱うような繊細さで弦から指を離す。すると、矢は螺旋《らせん》を描いて的へと飛ぶのだ。

ごく小さな黒い岩の的は、千里や文魁之など竦斯に認められた者にしか許されない鍛錬用のものである。鋼《はがね》より固く、また表面が滑《すべ》りやすいために射貫《いぬ》くには相当な技と力がいる。

引き絞り弦からそっと指を離すと、黒岩の真ん中に命中して砕き割った。だが、千里は己の手を見て、首を傾げる。

何であれ、武器の要諦《ようてい》は己の力を失うことなく伝えることにある。剣でも槍でも、力があらぬ方向に逃げていれば相手に致命傷を与えることは出来ない。

飛び道具である弓矢はやや事情が違う。弓勢の強さは、どれほど強い力で弦を張っているかだけではなく、心身が弓とどれだけ一体となっているかがより大切だ。

千里が使っているのは、祖父の高崇文《こうすうぶん》から譲ってもらった弓であり、その弓勢は恐ろしく強い。彼の天分と修行によって、数里ほどの距離から岩を砕くことも可能となった。実際、内外の力が極限まで解放された時には、異界からきた共工《きょうこう》という魔神ですら押し戻すことが出来た。

だが最近、どれほど鍛錬を積もうと、力がどこかに流れ出している気がするのだ。それが不快でならない。立ち上がり、心を静かに保ち矢を番えずに弦を力一杯に、ゆっくりと引く。一杯に引いたところで止まる。弓の力が腕へと伝わって来る。

「駄目だ……」

ため息をついた瞬間に、高い音を立てて弦は切れてしまった。猛烈な速度ではねた弦の一端が千里の頬に小さな切り傷を作った。

「悩みは深いんじゃないの」

振り向くと、文魁之がにやにやしながら立っていた。

「何だよ。今は喧嘩する気分じゃないんだ」

「おや、高千里さまともあろうお方が、最初に逃げを打つなんてお珍しい」

麻姑山で最も手下の数が多い天狐《てんこ》組の頭領は、六尺近い大弓を担いでいる。千里が祖父から受け継いだものと大きさは変わらないが、文魁之の並はずれた体格のために随分と小さく見えた。

「好きに言ってろ」

文魁之は珍しいことに、弓を抱えて千里の隣に座った。そして五十間先の黒岩の的に目をやる。そして千里の姿と交互に見て、

「お前、座ったまま射貫いてたよな」

「それがどうかしたか」

「いや、すげえな、と思って」

千里は嫌そうに距離をとる。それを見て苦笑した文魁之は、寝そべって空を見上げた。

「なあ、今度の大賽は出るんだろ」

探るような口調で訊《たず》ねる。千里は面倒くさそうに口の中で、ああ、と返事する。千里にとって、麻姑山の面目よりも己の不調の方がよほどの大事である。考え事を続けている千里の隣で、文魁之が寝そべったまま矢を番えて弓を引き絞った。

千里は見るともなく、文魁之の方に目をやる。おや、と千里は不思議に思った。これまでの文魁之の気配とは違う、猛々《たけだけ》しいまでの気力がその弓と矢に宿っている。

一杯にまで引かれた弦にかけられた指が離された。斜め上に高々と放たれた矢は瞬《また》く間《ま》に見えなくなる。

千里は思わず立ち上がった。空を睨《にら》んでいると、黒い小点が現れて地響きとともに地面へと突き立ち、地面を数尺四方にわたって吹き飛ばした。飛んできた破片の一つが千里の顔に向かって飛び、彼は手のひらで受け止める。

弓は射る姿勢も重要だ。徒歩であっても馬上であっても、そして樹上であっても、狙いを外さないためには巌《いわお》のごとく不動の構えが必要となる。寝そべったまま矢を放って大地を穿《うが》つには、かなりの修練が求められる。

「ふうん」

千里は黒い欠片《かけら》を放り出して歩き出した。

「大したことねえじゃん」

内心の驚きを隠して、冷淡に評する。

「千里、大賽になれば俺とお前が選ばれるのは間違いない」

「だから仲良くなろうっての？　あほくさ」

「別にただで仲良くなってくれなんて思ってない。これまでの経緯もあるからよ。だから一つだけ、手土産を持ってきた」

あり得ないほどの殊勝な言葉に胡散《うさん》臭そうに眉をしかめつつ、千里は振り向いた。

「手土産って何だよ。お前の父ちゃんから送られてきた荷物ならいらないぞ。欲しけりゃ勝手にもらうだけだ」

「違うって。お前のお悩みを解消できるかもしれないことだ」

去りかけた千里は思わず足を止める。

「興味あるだろ？」

「お前の子分になる、とかいうんじゃなければ聞いてやる」

えらそうな奴だ、と文魁之は呆れつつも座れよと促した。

「お前の力は恐ろしいな。化け物じみてる。人間離れし過ぎてて気味が悪いくらいだ。見ての通り、俺だって腕を上げてるが、自分が強くなるほど、お前に与えられた力の強大さがわかってきた」

千里も文魁之の力がわからないわけではなかった。大したことはないと悪態はついたが、時輪と空翼の騒ぎでばたばたしている間にも、その技量は凄まじく上がっていた。それは鄭紀昌にも言えることだ。それがまた、千里自身の焦りを招いていることもわかっている。

「何だかとんでもないことに巻き込まれて、その都度うまくやってるって話じゃないか」

五嶽真形図のことも、時輪空翼のことも、内密にしているわけではないが関わっている人物がごく少ないこともあって知る者は少ない。だが文魁之のように武門の動きに敏感な者なら、何かを感じ取れるようであった。

「別に、大したことねえよ」

「お前の大したことない、は嘘くさいんだよな」

文魁之の声には余裕があった。

「さっさと本題に入れよ」

しゃあねえな、と勿体《もったい》をつけて文魁之は千里を見据えると、

「合ってないんだよ」

といきなり断言した。

「お前の化け物じみた力を受け止めるほどの力が、その弓にはない」

「おい、お祖父《じい》さまの弓を馬鹿にするんじゃねえぞ」

千里は文魁之を睨みつけた。

「馬鹿にしてるんじゃないさ。お前だってわかっているはずだ。どれほど鍛錬を積もうと、何千本矢を射ようと、己の力が流れ出しているってな」

図星を指されて、千里は言葉を失った。

「お前にそんなことわかるもんか」

「そうやって言うことが、当てられた証《あかし》だよな」

苛立《いらだ》った千里は先を促した。

「そう焦るなって。ちょっと弓を貸してくれよ。ああ、心配すんな。弓はこの山じゃ

神聖なものだ。他人の弓を辱《はずかし》めるのは重罪だからな」

千里は怪しみながらも弓を手渡す。

「元通りにしておけよ」

「わかってるって」

美しい手つきで弦を外し、弓を両手でしならせてその強さを測る。江蘇《こうそ》の竹に黔南《けんなん》の竹を秘伝の膠《にかわ》で貼り合わせて麻糸できつく縛り、漆《うるし》を塗って仕上げてある。

「こうやって近くで見ると見事な逸品だな……。代わりの弦、持ってるんだろ」

感心したように、文魁之は何度も持ちかえながら飽きることなく弓を眺めている。

そして千里から受け取った弦をかけようとして、その弓勢の強さに驚いた。

「お前、その小さな体でこんな強弓を引いていたのか」

「文句あんのか」

「いちいち噛みつくな。ともかく、この弓は普通の人間からするととてつもなく強い。今の俺でもちょっと手に余る」

そうは言いながら、文魁之は軽々と弦をかけた。千里はそれを見て少し驚いた。高崇文ですら、気合いをこめないとかからない弦を話しながらかけたのだ。

「だが、お前の力量とは全く合ってないんだ」

「うそだろ。これまでずっと一緒に戦ってきた弓なんだ」

「確かにそうだろう。だがよく考えてみろ。この弓はもともとお前の祖父である高崇文さまのために作られたものだ。いくら血が繋《つな》がっているとはいえ、しっくりと手に馴染《なじ》むというわけにはいかないだろ」

それに、と文魁之は続ける。

「お前はチビじゃないか」

と言ったものだから千里は文魁之に摑《つか》みかかる。体術になるとさすがの千里も文魁之に敵《かな》わない。しばらく拳《こぶし》を交錯させた後、文魁之に、

「最後まで黙って聞け」

たしなめられてようやく腰を下ろし直す。

「外力にも内力にも、そして手にも合ってないんだから、そりゃ力も漏れて流れるよ」

「だからどうしろっての？」

「口惜《くや》しいがお前は人の力を超えた何かを持ってる。それに見合った、お前だけの弓を作れってことだよ」

「ぼくだけの弓？」

「お前だって弓くらい作れるんだろ。麻姑山の修行者なら木や獣角を削って弓を作り、苧《からむし》を撚《よ》って弦を張れるはずだ」

「そりゃあ、出来るけどさ……。その辺りの材料じゃしっくり来るものは作れない」

「じゃあ〝その辺り〟じゃない材料を探せばいいんじゃないの」

さらに訊ねようとする千里を文魁之は手で押しとどめた。

「おっと、別にお前のためにこれ以上助言する気はないぜ。大賽で勝って俺さまが名を上げるには必要なことなんでね」

「余計なお節介だ。お祖父さまからいただいたこの弓でぼくは十分戦えるし、お前に教わって何かするなんて御免だね」

鼻を広げて立ち上がると、千里は大股で立ち去る。その後ろ姿を見て、文魁之はにやりと笑みを浮かべた。

三

修行者が悩みの沼に沈む時、その力になるのは道院長を務める竦斯である。甘くはないが、山で修行に励む若者たちを母のように愛し、見守っているのも彼女であった。真剣な相談には真剣に答えることも仕事の一つである。

「夜中に突然誰かと思ったわ」

竦斯は千里に椅子を勧めてやる。

「弓が合ってない、か。文魁之がそんなことを言ってたんだって？」

千里が頷《うなず》くと、竦斯は笑みを浮かべた。

「あの子もよく育ってるじゃないか」

「嬉しそうですね」

千里は面白くなさそうな顔をする。

「おや、勘違いしてはいけないよ。千里は麻姑さまのかわいい弟子の一人だが、文魁之だってその一統だって同じさ。愛情は皆に等しく与えられているんだから。英雄豪傑を目指す好漢はそんな狭い見識を持たないものさ」

思わず千里は俯《うつむ》き、その様子を見て竦斯は笑う。

「明日麻姑さまに申し上げてみるわ。全ては麻姑さまのご意向次第さね」

この日は帰された千里であったが、明け方になるまで中々寝付くことは出来なかった。

武宮の一日は、夜明けと共に起床し、食事、清掃、朝の鍛錬、昼食、昼の鍛錬、夕食、清掃、就寝、と寺院のように単調で、そして鍛錬は厳しい。

翌日、朝の鍛錬が一段落して片づけを済ませた千里の元に、竦斯が近づいて来た。

「麻姑さまがお呼びだよ」

「参ります」

喜んで拱手《きょうしゅ》した千里は弓をしまうために房に戻る。鄭紀昌がちらちらと横顔を見てくるのに気付いて、何だと訊ねた。

「いいよな、大将は。麻姑さまと仲良くて」

「そんなことないよ」

「だって、大将くらいじゃん。山で修行してる連中で直々《じきじき》に呼んでもらえるのって」

「お前だって麻姑さまに目をかけてもらってるじゃないか」

鄭紀昌の上達は、千里から見ても目覚ましいものであった。それまでの薄ぼんやりとした部分が消えて、弓手としての鋭さが備わって来た。特にここ一番の正確さにおいては、千里も秘《ひそ》かに舌を巻くほどである。

特に、標的の急所を切り裂く「射切り」においては、抜群の腕を見せた。半里ほど離れた場所から、藁苞《わらづと》で作った人形を狙う訓練をした時である。

千里や文魁之は豪快に人形の頭部を吹っ飛ばして悦に入《い》っていたが、鄭紀昌は違った。最初千里は、鄭紀昌が持ち前のもたつきぶりを発揮していると思い笑っていたのだが、その時の教士が誉《ほ》めたのは、鄭紀昌一人だったのだ。

不平を洩らす修行者たちを的の所に連れて行った教士は、標的を指さす。

人形の首筋の藁が数本、見事に切り払われていた。その部分は丁度、兜《かぶと》と鎧《よろい》の僅《わず》かな隙間となる絶対の死角である。

「見よ」

鄭紀昌が射る速さは確かに千里たちの十分の一にも満たぬ程度のものであったが、鏃は全て針の穴を通すような狭い場所を間違いなく射切っていた。そんな彼の上達は麻姑の目にまで届き、直接教えの言葉をかけてもらえるまでになっていた。

「大将に比べれば全然だよ」

千里は鄭紀昌の顔をまじまじと見返す。

「お前、変わったな」

「そ、そう？」

じっと見られて鄭紀昌は急にへどもどしだした。この辺りは以前と変わらない。

「もしかして、時輪の轍に落ち込んだ時何かしていたな？」

「え？　い、いや、別に」

吐け！　と飛びかかると鄭紀昌はすぐに降参した。

「あそこで修行してたの？　よくやったじゃないか」

「それが……」

一人ではなかったのだという。

「なんつうか、気味の悪いところだったんだ。幽霊だか化け物だかよくわかんねえのがうろうろしてるし、昼だか夜だかわからないし」

「まさか幽霊や化け物に稽古をつけてもらってたんじゃないだろうな」

「実はそうなんだ」

「一言も言ってなかったじゃないか」

「だって、言っても信じてもらえないだろうし……」

「ただ言うだけならそうだろうけど、お前の腕を見れば本当なんだってわかるよ。矢筋が前とは全然違うもんな」

「爺さんになるまで許してもらえなかったんだ。もっと稽古しろ、さあ鍛えろ、って毎日やってくるんだぜ。おかげで寂しくなかったけど、きつかったぁ」

「鍛錬の成果が出てるじゃんか……待てよ」

首を傾げた千里は、鄭紀昌の肩や腕をぽんぽんと叩いた。

「時輪の轍にはまった奴は、時間が元に巻き戻る代わりに、修行で得たことも失くしてしまうってバソンが言ってたけど」

「ほとんど消えた。さすがに爺さんになるまで弓の鍛錬やらされてたから、そりゃびっくりする位に腕は上がったよ。元に戻って何にも出来なくなってたことに気付いてがっかりしたもんだ。でも必死に考えて、一つだけ思い出した」

「それが射切りの技というわけか。いや、凄いよ」

千里が誉めると、鄭紀昌はかえって表情をこわばらせた。

「どうしたんだよ？」

「大将さ、大賽の選抜試合には出るだろ？」

「麻姑さまと仲がいいからって、すんなり出るなんてことないよな」

「麻姑さまがそんなえこ贔屓《ひいき》するわけない。逆に石でも背負ってやらされそうだ」

と千里は冗談めかして言うが、鄭紀昌は思いつめた様子で千里に一歩近づいた。

「俺は選抜試合で大将と当たりたい」

「生意気言ってる。そんなことしなくても、一緒に大賽に出られるように策を考えようぜ。文魁之の手下と出るなんてごめんだよ」

だが、違うんだ、と鄭紀昌は強く首を振った。

「大将と勝負したい」

「はぁ？」

「だから選抜まで俺は、大将の子分をやめる。大将の荷物を持つことも稽古着を洗うことも、全部やめる！」

その目は大きく見開かれ、血走ってさえいた。こんな顔を鄭紀昌が見せるのは初めてだった。

「わ、わかったわかった」

「挑戦、受けてくれるのかい？」

「そりゃ試合で当たれば叩きのめしてやる」

鄭紀昌は千里の言葉を聞くと、今度は満面の笑みを浮かべて駆け出して行った。千里は怒りを覚えるどころか、どこか嬉しくなる。

「鄭紀昌のやつ、言うようになったな」

自分がバソンや絶海《ぜっかい》と騒動に巻き込まれている間、弟分や喧嘩相手も立ち止まっていたわけではない。それが腹立たしいどころか、嬉しかった。

「絶対負けないからな」

そのためにも、今の不調を乗り越えなければならない。千里は山道を駆け出し、一気に麻姑山の頂へと向かった。

四

軽々と急峻な岩肌を登り切った千里は、地の縁に立って風に吹かれている仙人の前に跪《ひざまず》いた。そして、自分に合った究極の弓を作りたいと申し出る。

「お前は私が用件を切り出す前に己の願いを言う。いつからそれほど偉くなった」

自分の失態に気付いた千里は額《ひたい》を床に擦《こす》りつけて謝罪した。

「まあいい。まずはこちらの用件を聞け」

麻姑が千里を呼び出した理由は、大賽の開会式において彼女が使う、聖なる弓を作れと命じるためであった。

「出来るか」

「は、しかし……」

千里はためらった。弓を作ることは出来るが、麻姑が満足できるような逸品を作り出せるかどうか、全く自信がない。

「やれ」

麻姑はただ一言命じた。その声には逆らうことなど許さない厳しさがあり、千里は息苦しさすら覚えた。

（鄭紀昌のやつ、ぼくが羨《うらや》ましいとか言ってるけど、知らないからだよな……）

そうは思ったものの、麻姑の弓を作るとなれば大ごとである。それに、千里は自分の弓のことも気になった。麻姑の弓を作った後で自分のものを完成させたとして、選抜の試合に間に合うか不安だった。

「何か言いたいことでもあるか」

「い、いえ、ございません」

山において麻姑の言うことは絶対である。

「でもせめて何を使えば良いか教えていただけると……」

「わからなければその辺りの木を切って適当に作れ」

「そんなので良いのですか？」

千里が驚いて訊ねると、麻姑はにやりと笑って頷いた。だが冷たい声で、

「ただし、途中で弓が折れたり矢が飛ばぬようなことになったら、私の面子《メンツ》は丸つぶれだ。そのような無様《ぶざま》な真似を私にさせたら……わかっておろうな」

「わ、わかっておりますが、麻姑さまに恥をかかせないためにも手がかりをお与えくださいませ」

と千里は叩頭《こうとう》して懇願する。麻姑はさすがに表情を和らげ、仙人たる者が使うに足りる材料を千里に教えた。

「崖州《がいしゅう》の額井峰《がくせいほう》に生える黄櫨《こうろ》、吐蕃《とばん》の納木《ナム》湖《こ》に住む嶺羊王《れいようおう》の角、そして麻姑山にある降天の苧、ですか……」

「額井の黄櫨は柔、嶺羊王の角は剛を司《つかさど》る霊物だ。そして降天の苧は剛柔を合わせて弓として一体にする」

そう言って麻姑は懐《ふところ》から細紐を取り出した。青白い輝きを放つそれは、降天の苧で紡《つむ》いだ弦である。美しさに思わず手を伸ばしかけた千里に、

「何の備えもなく触れると指が飛ぶぞ」

と彼女は警告した。

「苧は私が持っているからよいが、黄櫨と角は取りに行かねばならん。これらを揃え、私が引くに値する弓を作るのだ。さあ、わかったらさっさと行け。急がんとお前が修行してる暇がなくなるぞ」

山を出る許可をもらったのはいいが、麻姑に任を命じられた以上、それを先にやるしかない。彼はすぐさま房に戻ると、旅立つ準備にかかった。

既に帰って洗濯を済ませていた鄭紀昌が、

「大将、洗濯物は出しといてく……いや、何でもない」

そんな〝元〟弟分の様子を見て千里は苦笑する。

「ぼくはしばらくの間、山を出ることになった」

答えないでいようとしていた鄭紀昌だったが、我慢できなくなったように理由を訊ねてきた。理由を答えると、鄭紀昌は複雑な表情である。

「ほら、やっぱり」

「何がだよ。やっぱりじゃないって。そんなに言うなら代わってやろうか」

「いらない！」

鄭紀昌は必要以上に強い声で拒んだ。

「麻姑さまは大将に頼んだんだ。それは大将だったら、自分の命じたことを果たすって思っているからだろ？　同じような頼みを他の修行者が命じられたことなんて、一度もないんだから」

「そ、そりゃそうだけどさ……。だったらお前も麻姑さまが物を頼みたくなるほどになってみろよ！」

「ああっ、言ったな！」

「言うさ。でもお前が悪いんだからな。麻姑さまのことに絡《から》めて、ぼくを罵《のの》りたかったんだろう？　小さい奴だよ」

「小さいのは大将だろ？　チビ！　一回言ってやりたかったんだ」

「てめえ……もうお前なんか弟分でも何でもない。何があっても助けてやらないんだからな。お前がぼくを超えることなんて絶対に出来ないから。選抜戦の時には二度と生意気なこと言えないようにやっつけてやる」

かっとなった千里は、ついそんなことを言ってしまった。

「こっちこそ大将の弟分なんて金輪際《こんりんざい》ごめんだよ。俺は実力で選抜戦勝ってやる。そして絶対に大将に勝つから！」

鄭紀昌の決死の面持ちを見ているうちに、切なくなってきた千里はまとめた荷物を担ぐと房を荒々しく出ていく。

「何だよ。そんなにムキになることないのにさ」

麻姑山を下り、山域を出た瞬間に涙がこぼれそうになっている自分に千里は驚いた。弟分の挑戦を喜ぶ余裕は消え、虚しさが胸に満ちる。

「そんなにぼくのことが嫌いだったのかよ」

ただ堂々と勝負してくれればいいものを、あれほどつっかけてこられれば言い返したくもなる。そして千里に向かってあれほどあからさまに罵る鄭紀昌を初めて見て、千里も動揺していた。

時輪の騒動の際、老人になった鄭紀昌が鄭紀昌だと最初に確信したのは千里だった。鄭紀昌も千里に再会することを念じて、狂った時の流れを正気でやり過ごした筈《はず》であった。それだけの絆《きずな》が、二人の間にはあると千里は信じていた。

「くっそ……あんな出来の悪い弟分なんかいるもんか」

千里は洟《はな》をすすって、山と下界を隔てる小川を飛び越える。鄭紀昌と同じ房に居るのが苦痛になってしまい、山を走り出たのである。

（とりあえず弓を作るのに本体がなければどうしようもないよな……）

そう考え直した千里は、崖州の南端に聳《そび》えるという額井峰を目指すことにした。

五

崖州は別の名を海南《かいなん》ともいい、大陸が果てたさらに向こう、大海のただ中に浮かぶ巨大な島である。その広さは方二万里にも及び、王朝の南の玄関口である広州《こうしゅう》からさほど遠くない距離にあるが、漢人の数は少ない。

中原《ちゅうげん》で宮仕えを知る者であれば、その名を聞けば震えあがったことであろう。当時の官僚は左遷される際に、その先がどこになるかで権力者の敵意を知った。中原から近ければ、まだ呼び戻される希望があった。

だが吐蕃や南詔《なんしょう》に近い黔南や嶺南であれば、肩を落としたものだ。中でも、この崖州の司戸《しこ》あたりに命じられて都から放逐されれば絶望的である。途上で自害を命じられるか、波濤《はとう》の果てで死ぬまで無聊《ぶりょう》をかこつことになるのだ。だが、

「一度行ってみたいと思っていたんだよな」

祖父から譲られた弓を斜めに背負い、千里は意気軒高である。いや、意気軒高を装っていた。

(鄭紀昌のやつ……)

と数歩進むたびに湧きあがって来る腹立たしさと切なさをやり過ごすには、空元気しかない。麻姑山から崖州へと通じる航路が出ている福州《ふくしゅう》の港町までは、人通りも少ない脇街道である。

適当な戯《ざ》れ歌をがなりながら道を行くと、その声に和する者がいる。周囲を見回しても姿は見えないが子供の声だ。千里は背負っていた弓を外し、手に

持ち直した。歌うことは止めないが、既に四方の気配を探っていた。

「なあんだ」

千里はため息をつき、弓を背負いなおす。

「道士か」

「声色を変えていたんですけどね」

彼が頭上を見上げると、龍に跨《また》がった道士が穏やかな笑みを浮かべながら千里を見下ろしていた。

「都で宦官《かんがん》と遊んでたんじゃないの」

「遊びといっても、あまり爽快ではありませんでね」

「ふうん。で、こんな僻地《へきち》で偶然会うってことはないよな。ぼくに用があって来たんだろ」

「特にないんです。千里さまに会えば、また何か面白いことが起こるんじゃないかと」

「道士が言うと途方もなく嘘臭い」

「望んでしたことながら、都での諸々《もろもろ》にはうんざりしてきたのですよ。たまには外の風を吸わないと魂《たましい》から腐ってきます」

「まあいいけどさ」

千里のしかめっ面に苦笑しながら、趙帰真《ちょうきしん》は高度を下げる。龍は一度空中で身をくねらせると、黒い鉄杖となって道士の手に収まった。

「お伴してよろしいでしょうか」

「駄目だって言っても勝手についてくるんだろ」

「私の性分をよくご存じで」

「慇懃《いんぎん》に見えて誰よりも無礼だからな。それに、旅は道連れがいた方が楽しいって知ってるから」

「ありがたきお言葉です」

「ああ、でも、急にまた共工とか呼び出すのは勘弁してくれよな」

千里は半ば冗談めかして釘を刺した。

「必要とあらば」

趙帰真は敢《あ》えて否定しなかったので、千里はさらに顔をしかめた。

「道士は何を企んでるかわからない時があるから、おっかない」

「相手に予期させない。これが敵となる者との遣り取りの中で、大変効力を発揮することがあるのですよ。お約束しますが、この旅で千里さまの足元をすくうようなことはしませんよ。私がすくわなくても、ひとりでに倒れるかも知れませんからね」

「だからそういう思わせぶりなこと言うなっての」

言い合いとも言い難い軽口を叩き合っているうちに、千里は己の心がすっと晴れ渡って行くのを感じていた。

「特に手助けは要らないよ。麻姑さまに命じられた弓作りはぼく一人で成し遂げなければならないんだ」

「麻姑さまがそのように命じられたのですか？」

「……違うけど。いいんだよ。いつまでも誰かの手助けで何かをするってのは嫌なんだ」

「千里さまがそう仰《おつしや》るのでしたら敢えて手を出すことは致しません」

道は険しく、気候は南国の厳しい暑さで道行く旅人の足取りも重い。だが、趙帰真は汗一つかくことなく、千里は額に汗を浮かべながらも飛ぶように南へと進む。いくつかの峠と村落を越えると、視界が開けた。

わずかに湾曲した果てしのない弧が視界の左右に限りなく広がっている。弧の上は淡い青、そして下は深い青に塗りつぶされている。

「久々の海だな」

「そうですね。風山《ふうざん》へ向かった時以来でしょうか。あの時は東の海でしたが、今回は南の海。手にすくってみれば同じく澄んだ海水なのに、こうして遠望すればまるで趣《おもむき》が違う」

趙帰真の言う通り、江南《こうなん》の東端で見た海とは、色合いから随分と異なって見えた。長江《ちょうこう》の砂を食《は》んで青黒く染まったように見えた海と違い、南方の海はどこか突き抜けたように明るい青だった。

「風土が海の色を変え、人の色さえ変えます。私は南国の雰囲気が好きですね」

と趙帰真は目を細めた。

麻姑山は大陸の南方にあるが、千里は山を下りてあちこち歩き回ったわけではないので、趙帰真の言葉はいま一つ理解できなかった。冷涼な山と違い、ただただ蒸し暑い所だと汗をぬぐっている。

道が本街道へと合流すると、道行く人々の数も増え始めた。

「不思議なものですね」

目立たぬよう歩みを緩めた趙帰真は感心したように言う。

「都からはもう万里の彼方にいるというのに、人の暮らしはかくも変わらない。同じ車を押し、同じ馬を御し、同じ辛苦を眉間《みけん》に刻んでいる」

「道士は暇なんだな」

千里は汗を拭《ふ》きながら道士を見上げた。

「どうしてです？」

「ぼくは麻姑さまの任と大賽のことばかり考えて、どんな人間が道を歩いているかなんて気にも留めていなかった」

「千里さまはそれでいいのですよ。私はもう人を観察することくらいしか楽しみがなくてですね」

「人を弄ぶことじゃないの」

「手厳しいことを仰る。でもそれだからこその千里さまです。あんまり丸くならないで下さいね」

趙帰真は楽しげに微笑む。福州の港から崖州への船はひっきりなしに出ていた。大海に浮かぶとはいうものの、崖州は大陸から見えるほどに近い。島の高峰が作る美しい稜線の形まではっきりと見てとれた。

「崖州っていうくらいだからどれほど遠いのかと思ってた」

「遠いですよ。名前を付けるのは都の人々です。彼らからすれば、あそこはまさに地の涯《はて》、天の涯ですよ」

「なるほどね」

港に近づくにつれて、街道は涯に向かうとは思えないほどの活況を呈してきた。漢人だけではなく、諸蛮と一般に呼ばれる辺境の異民族たちも山ほどの荷物を担いだり頭に載せて往来している。

「で、千里さまはどちらへ」

「崖州の南に額井峰という山があって、その頂に生えている黄櫨が弓の材料になるんだ」

「額井峰……」

「何か知ってるの？」

「いえ」

趙帰真は笑みを浮かべたまま、それでは私はこれで、と去ろうとする。その裾を摑み、何を知っているのか教えろと千里は迫った。

「おっちゃんがそんな顔するとろくなことなさそうなんだよな。何を知ってるんだ」

「知らない方が冒険は楽しくなりますよ」

「ぼくは冒険を楽しみに行くんじゃない。麻姑さまのお使いをするだけなんだ。何がいる？　化け物か、たちの悪い仙人か何かか」

「たちの悪い、ことはないのですが……」

と趙帰真は言葉を選んでいるように見えた。

「うまくお相手して上げて下さいね。彼らのやることには悪気がない。ただそうするしかないから、そうしているのです」

「一緒に行ってくれないのかよ」

「知り合いでしてね。あの峰にお住まいの方はともかくへそ曲がりで」

「……厄介そうなのがいるんだな。力業《ちからわざ》で何とかならないのか」

趙帰真はゆっくり首を振り、諭《さと》すように、

「それだけは止めて下さい」

と重々しく言った。

「額井峰においては、その山の主こそが全ての掟《おきて》。全ての因果。彼らの言葉こそが絶対なのです」

「ああ、風山みたいなものか」

「確かに似ています。あの山においても五嶽真形図の守を任されていた者の意思に逆らう者は存在を許されなかった。だが、それでも私たちがどのように行動するかは、かなりの部分で自由を許されていた」

だが額井峰の神仙はさらに凄まじい力を持つと趙帰真は真顔で千里を脅かした。

「何か凄く恐ろしいことをおっちゃんが言っているのはわかるけど、実際どうなのかが全く想像つかない」

額に指を当ててしばらく考え込んでいた趙帰真は、地面に二本の線を描いた。

「右か左、どちらかを選んでください」

「選ぶの……えっと」

だが趙帰真はそこまで、と声をかけた。

「まだ選んでないよ」

「だが千里さまが次にどう動くか、もう決められています」

「え？　何だよそれ」

「それこそが額井峰の主で黄乙《こうおつ》と名を呼ばれる者の力なのです。力と技に頼ったところで、全ての動きの因が生まれた瞬間に果を固定してしまう。無限にある可能性から一つを決定してしまうのが、彼らの恐ろしさなのです」

「彼ら？」

「お恥ずかしい話ですが、私は彼らが何人いるのか、正確には知りません」

「顔見知りじゃないのか」

「顔は知っています。ですが彼が私の眼前で見せる可能性は一つではない。時に一人で現れ、時には無数の群衆のような姿をとります。それは全て真実の姿であり、また偽りでもある」

ややこしい奴だな、と千里は顔をしかめた。

「ですが、彼らの因果に従っている限り、危険はありません。彼らはただ、一つの因から流れ出る無数の果のうち、一つを形として見せてくれるだけですから」

「こちらの言うことを聞かせようと無理をするとどうなる？」

「無限の因果の中で真の己を見失うことになる、と考えています」

千里は不愉快そうに頬を膨らませていたが、

「なんだかおっかないけど、行かないと話にならない。一人でも行ってくるよ」

「ご武運をお祈りしています。山の下にある結界まではご一緒しますよ。私も彼らの術には興味を抱いているのです」

二人は越南《えつなん》風の船に便を求め、崖州へ向けて出航した。

六

舳先《へさき》が風を切る様子を、千里は楽しげに眺めていた。

「なあ、崖州の向こうには何があるんだろうね。共工の世界のような別天地があるんだろうか」

「海の向こうにも同じ天地です。人が住んでいるんですよ」

「どんな？　角が生えたり翼があったり？」

「それは別天地の人々です。この海に浮かぶ天下に住む人は、どこまで行っても我らと同じですよ。多少の違いはあったとしても、同じ空の下にいるのですから」

「そんなものなのかな」

白く崩れる波頭の向こうに、崖州の港が見えてきた。無数の帆柱が立ち並び、まさに出航せんとする船も数隻《せき》いる。

「賑《にぎ》わってるんだね」

「ええ。船乗りたちにとってここは涯ではなく、始まりの港なのです」

船が桟橋に横付けされ、千里は身軽に飛び降りる。港を行きかう人々は、千里の背負う大弓を物珍しそうに眺めている。指をさし、何か品定めをするように、賑やかに言葉を交わしていた。

「額井峰は弓の聖地でもありますからね」

怪訝《けげん》そうな千里に趙帰真は説明した。

「麻姑山だけではないんだ」

「弓はあらゆる場所で使われ、達人も数多くいます。額井峰の中腹にある祠《ほこら》には、弓の上達を願う修行者たちが詣《もう》でると聞きます」

「武宮とは違うんだ」

「山を統《す》べる神仙は人嫌いですからね。弟子をとるなんてもってのほかですよ。辛うじて中腹までは人が入ることを許していますが、結界の向こうに足を踏み入れる者は無事では帰って来られません」

「でも黄櫨はその向こうにある、と。そこにあるなら取りに行かないと仕方ないしな」

二人は崖州の街から遥かに見える最高峰ではなく、岬に覆いかぶさるようにして聳える額井峰へと足を向ける。その後を、数人の少年がついて歩いた。

「ねえ、お兄ちゃん、矢を頂戴」

それぞれが小さな手を出してせがむ。千里は無視して行こうとするが、趙帰真は膝をついて一人一人に断りの言葉を述べている。少年たちは、千里が結界の向こうへ足を踏み入れることを聞くと、恐れたように離れて行った。

「物乞いにしては珍しいものを欲しがるんだな。それに結界の向こうに行くのは、良くないことみたいだ」

「このあたりの人々にしてみれば、弓矢に関わる物は全て聖です。千里さまは武宮の修行者でありますから、少年たちが励みとして鏃を欲しがるのも無理はありません。しかし、触れてはならない禁忌が額井峰にはあるのですよ」

「何だかぼくが絡むことってそんなのばっかりだね」

「禁忌に触れなければ新たに生まれないこともあるのでしょう」

「気軽に言うよなぁ」

そう言う千里もさして気にする様子もなく山道へと入る。参道には既に不届き者の噂が駆け巡っているのか、茶屋も慌てて扉を閉めて、その隙間から千里たちの様子をうかがっている。声をかける者すらいなかったが、さすがに祠の守りをしている初老の男は渋い顔をして立ち塞《ふさ》がった。

「お止め下さい。あなたは額井峰の仙人さまに何か恨みでもあるのですか」

「恨みなどない。ただ麻姑さまの命を奉じて山中にある黄櫨を取りに行くだけです」

男は麻姑という言葉に目を見開き、黄櫨という言葉に頭を抱えた。

「確かにあなたは武宮の修行者らしい。しかも麻姑さまは、弓矢の道を歩む者ならば誰でも尊崇の念を抱かずにはおれない偉大な仙人だ。だが、この山の結界に入って頂に至り、あまつさえ黄櫨を取るなどという恐ろしいことを認めるわけにはいかない」

「えらく恐い顔をしているけど、ぼくのような部外者が入ると何か不都合があるのか」

「祟《たた》られることになりますぞ」

精一杯目を剝《む》いて脅かそうとするが、もちろん千里は微動だにしない。

「祟りより麻姑さまの方がよほど怖い。それに仙人の呪いがかかったとしても、これある趙帰真か麻姑さまが解いてくれるだろうし」

「ちょ、趙帰真、さま……」

麻姑や黄櫨よりも、男は驚愕《きようがく》した声を出した。

「長安《ちようあん》にいらっしゃるのでは」

「ちょっと暇つぶしに崖州までお散歩を決め込んでいます。お騒がせして大変申し訳ない」

千里が知り合いか、と訊ねると趙帰真が首を傾げる。だが男は、四十年前に茅山《ぼうざん》で修行していた際に、何度か教えを請うたことがある、と緊張の面持ちで言った。

「しかし、あの頃よりも随分と若返られたような」

「年寄り姿にも飽きましてね。今は若づくりを楽しんでいます」

と趙帰真は微笑んだ。

「ううむ……。趙帰真さまを伴っているとは」

絶句した男はうなだれ、困り果てたような表情を浮かべた。

「我ら額井峰の周囲に住む者が立派な祠を建てて祀り、人々の立ち入りを禁じているのは、ひとえにこの山に住む神仙の機嫌を損ねないためなのだ」

「機嫌を損ねると害を為《な》すのか？　ならばぼくが成敗してくれる」

「最後まで聞いて下され」

男の声は悲愴なものとなってきた。

「この山の主は怒りを抱くと、人の間にさまよい出てひどいいたずらをする」

たとえば人が川沿いを歩いていたとする。川には土手があり、その上には道が設けてある。人が歩く時は、当然道をたどって歩くはずだ。

「だが歩いていれば、もしかしたら石につまずいて転ぶかも知れない。そして、転んだ拍子に川に転がり落ちるかも知れない」

「そんな不運なことには滅多にならないだろ」

「普通ならそうです」

だがその仙人は、人に最悪の道を歩ませる力があるのだとか。そうして人を何人か半死半生の目に遭わせて気が済むと、山に帰って行くのだという。

「ひどいな……」

「気まぐれは神仙の常ですからね」

宥《なだ》めるように趙帰真が言った。

「悟達の境地に達している者たちばかりではないんだ」

「地上にいる神仙は、人に比べれば遥かな高みにいる存在ですが、それでも諸色の変化にとらわれて、時に人よりも愚かしい行いをしてしまうのです」

祠守は、くれぐれも彼らの怒りに触れないようにと叩頭して、山を下って行った。人々を避難させるためらしい。

「何だか大げさなことになってきちゃった」

「不幸な道を選びたくなくても、選ばされてしまうというのは人にとって大変な苦痛でしょう。遠くに難を避けようとしても不思議はありません」

峰の祠へ至る参道を、荷物を担いだ男女が慌ただしく下っていく。

「人がいない方が大騒動になっても巻き込む心配がなくていいですね」

「道士はまたそうやって物騒なことを言う。でも、ぼくもちょっと安心した。このあたりの建物も壊さないで済めばいい。来たのは麻姑さまの命だけど、ここに住む人には全く関係のない話だしね」

「神仙の近くに住むとは、火山の麓《ふもと》に暮らすようなものです。火の恵みと禍《わざわい》を共に享《う》ける。これで黄乙の脅威を少しでも和らげる方策を立てることが出来たのなら、千里さまは皆に感謝されましょう」

最後の一人が視界から消え、千里たちは祠の先へと足を踏み入れる。祠の後ろに細い道が付けられてあり、一里ほど登ると小さな木の門があった。山の風景は門の前後で何ら変わる所はなかったものの、千里と趙帰真は顔を見合わせた。

「ここが本当の結界みたいだな」

「では私はここまでで」

「うん。じゃあ行って来るよ」

武者震いを一つして、千里は力強い足取りで木の門を通り抜けて行った。次の瞬間、その小さな姿が忽然《こつぜん》と消えたが、趙帰真は眉ひとつ動かさなかった。

第三章　甘蟬《かんせん》老人

一

雲が眼下を流れるような断崖を登り切った先には、十丈四方の平地があり、その片隅に粗末な庵《いおり》と桃の木が一本立っているだけだ。これが、蔑収《べっしゅう》も歯が立たなかった老人の住まいである。

弟子入りを許すと言い渡された蔑収と絶海《ぜっかい》であったが、甘蟬《かんせん》と名乗った老人が二人に弓の秘術を教えることはなかった。一日経ち、三日経つうちに絶海は苛立《いらだ》ち始めた。

「蔑収さん」

呼びかけても、蔑収は塑像《そぞう》のように端坐して答えない。

「あのご老人、我らに教える気などないですよ。確かに腕は凄まじい。だが師たる者ひとたび弟子をとれば誠心誠意、訓導するのが筋ではありませんか。それが庵に籠《こも》ったまま我らの相手もしない」

山を下りましょう、と詰め寄った。

「好きにしろ」

蔑収は一言冷たく言い渡しただけである。そう言われると、絶海も口を噤《つぐ》んで崖の端に腰かけて黙っているしかない。

（蔑収さんも本来は短気な人のはずだ。そのうち庵を壊してでもあの老人を引っ張り出すに違いない）

不謹慎だとは思いつつ、絶海はそうなったら痛快だと思うことを止められなかった。そうこうしているうちに太陽は頭上を越え、また西の稜線に消えて行こうとする。今日も無為に過ごしてしまったと肩を落としていると、不意に庵の扉が開いた。

「ほう」

二人の様子を見て、甘蟬老人は目を細める。

「一人の方は備えが出来あがったようじゃが、もう一人は全くじゃのう。まあ良い。修行が成るも成らざるも、その責めを負うのは全て己自身じゃからの」

そう言うと、老人は蔑収を手招いた。

「わが弟子よ、庵の中へ入るがよい」

頷《うなず》いて庵へと進む蔑収の後に絶海が続こうとすると、

「お前はまだ駄目じゃ」

とたしなめられた。

「そなた、嵩山《すうざん》の武僧じゃな。ならば武の危うさを学んでもいよう。心の備えなき者に技を教えてもそれは凶器にしかならず、体の備えなき者に無理な鍛錬をさせれば命を損ないかねぬ。特に心、邪《よこしま》である者に限りなき強さを与えるわけにはいかん」

「私の心が邪だと仰《おっしゃ》るのですか！」

絶海は怒りを抑えきれず思わず叫んでしまう。

「それ、そこじゃよ。邪でない者が邪であると言われても、そこまで激昂《げっこう》することがあろうか。お前の心はわしの言葉に衝《つ》かれた痛みに、悲鳴を上げたのじゃ」

老人の穏やかな瞳の奥に、底なしの闇が口を開いた。絶海はそこに、己の姿を見出《みいだ》した。千里たちに嫉妬し、蔑収に懸想《けそう》し、そして老人の言葉に激怒している醜《みにく》い姿である。

「わしの中に己の姿が見えるか」

よろめく絶海は辛うじて頷く。しかしすぐに顔を逸《そ》らせた。

「まだしばらくかかりそうじゃの」

そう言い残して、老人は庵の中に姿を消した。

一人残された絶海は、歯がみして口惜《くや》しがる。またしても、取り残されてしまった。こんな山の頂《いただき》にいても何の修行にもならない。そう思って荷物を担ぎ、山を下ろうとする。滑《すべ》りやすく下も見えない絶壁ではあるが、もう怖くはない。腕に気を巡らせ、岩肌に打ち込んで一歩ずつ下っていく。

　だが頂から遠くなるほどに、絶海の頭には蔑収の横顔と香りが満ちていく。折角再会できたというのに、このまま無様《ぶざま》な印象だけを残して去るのか、と心中の自分が叱《しっ》咤《た》する。

　そして、恋心に囚《とら》われている自分に気付いて、絶海はがっくりと肩を落とした。

「なんという情けない男だ。私は……」

　下りれば一度教えを請うと決めた心に背を向けることとなり、戻れば蔑収への想いと彼女との力の差に向き合うことになる。断崖の途中で進退窮まった絶海は、何度も崖に額《ひたい》を打ち付ける。

「せめて蔑収さんと同じく弟子入りを許されていれば、こんな思いをせずともすんだのに」

　そこで絶海は、はっと顔を上げた。

「やり遂げなければ」

　何のために育ての師や嵩山を捨てたのか。何ゆえに武勇抜群の幻影が、真の武を得よと背中を押してくれたのか。そして、千里《せんり》やバソンが仲間と認めてくれたのは何故か。

「追いつかねばならない。そして追いついて、私こそが武を極めるのだ」

そう己に言い聞かせ、再び断崖をよじ登る。庵の扉は固く閉ざされていたが、絶海はその前に端坐した。日が暮れ、夜が更けて行く。夜気の中に星の光が満ち、絶海は光の中に身をひたすように心を緩めていった。

気を鎮め、扉に心を集中していると、蔑収が何故静かにここに座っていたのかが、少しずつわかってきた。

(あの老人の力に対する敬意と興味を静かな心に満たし、師として己の中に迎える準備をしていたのだ。だからこそ、あの扉は開いた)

一日経ち、そして二日が経った。絶海は波立っていた心が静けさを取り戻しているのを感じ、老人の絶技への感嘆と敬服の思いで心を満たす。三日経ち、四日経つと、弓の技への興味が光の中へと消え、ついには扉だけが彼の意識の全てを占めた。

扉は固く閉ざしたままだが、絶海はその扉が少しずつ開きだしている姿を観想し始めた。その速さはごくゆっくりで、肉眼ではわからない程度のものであったが、絶海の意識はしっかりと捉えていた。

だが絶海の心には喜びもなく、高揚もない。ただ扉が開き切るのを見ているだけであった。もちろん、甘蝉老人が姿を現しても、それは変わらない。

「おや」

老人は驚いたように目を見開いた。その瞳には暗黒の虚無ではなく、楽しげな光が輝いている。

「まさかこんな短時間で仕上げおるとはな。蔑収よ、見てみぃ」

「あ、本当だ」

老人の後ろに誰かがいる。絶海はその気配が蔑収だと思った。すると、彼女がひょこりと顔を出したのである。

「遅いぞ」

驚いたことに、彼女は絶海の方を向いてにこりと笑った。美しい胡服から武の修行者が着るような粗末な麻服に着替え、双輪に結い上げられていた髪も下ろされ、肩の下で無造作に二つにまとめられているばかりだ。

「蔑収さん、ですよね」

「誰に見えるんだ。師傅《しふ》、絶海のやつは弟子にするに値しますか」

「四日前、絶海の心は恨みと妬みで満ち、到底我が秘術を修めるにふさわしくなかった。だがこれほど短い時間で、己の心に荒れ狂う嵐を落ち着かせ、ついには我が弟子となって道を究めることだけを観想するに至った。まさに我が弟子としての備えが出来たと認められるのう」

老人がゆっくりと頷くと、蔑収は満面の笑みを浮かべて絶海の手を取り、庵の中へと飛び込んでいった。その手の柔らかさと温かさに、絶海はせっかく手に入れた心の平衡を、容易《たやす》く失ってしまうのであった。

二

蔑収に握られた手も驚きであったが、ようやく入ることを得た庵の中はさらに絶海を驚かせた。庵の中に板間も囲炉裏《いろり》もなく、そこには延々と草原が広がっていた。

「これは……」

「我が住処《すみか》であり、お前たちの修行場でもある」

老人は草原の中の道をゆっくりと歩む。蔑収は絶海の手を握ったままで、そこだけが熱くなっているようで恥ずかしかった。

「なるほど、蔑収の言う通りお前の心は狭き水たまりのようだ」

歩みつつ老人は言う。

「その魂《たましい》に天下を覆う気概は入らず、また五嶽真形図《ごがくしんぎょうず》の器となることもかなわぬだろう。狭く浅いが故に、いとも簡単に揺れて濁る」

絶海は楽しい気分が吹き飛び、暗澹《あんたん》とする。だが老人は、それでいいのだと慰めた。

「ちっともよくありません。天下最強を目指す者が、もうその素質はないと言い渡されたようなものではありませんか」

「我が弟子よ、早とちりをするでない」

老人の声は穏やかなものとなっていた。

「何故、人は、いや神仙ですら武を道として修めるのか。その意を考えたことはあるか」

突然の問いに、絶海は答えに詰まる。

「武には大きく分けて二つある。軍を率いて万人の力を発揮させる将帥《しょうすい》の道と、得物を振るって難敵に克《か》つ達人の道じゃ。確かに万人を率いる者には大海の如《ごと》き広き魂が必要であるが、個で個に勝《まさ》る道を進むのであればそのような器は不要じゃ。敵の先《せん》を取り、たとえ後手に回っても先を取り返す冴えがあればいい。そのために必要な澄み渡る心は、実は小さく浅いほどいい」

絶海はやや引っかかりを感じたものの、これまでの教えとは違う考え方に大いに共感した。自分のような、素質に劣る者でも方法次第で最強は目指せると励まされたように思えたのだ。

「わしの考えに基づけば、蔑収よりもお前の方が、速く高みに登り詰めることが出来る」

絶海はその言葉に感涙を流し、膝をついて教えを請う。

「とは言うものの、簡単なことではないぞ。狭く浅い魂は清めるのも容易ではあるが、また汚すのも難しくない。一度奥義に達したとしても、また出来なくなることも考えられる。その度に、清め直すという作業が必要になる」

「もとより承知の上でございます」

「小さき己を知り、向き合うことでより大きな者に勝る道を歩め」

これこそ求めてきた道だ、と絶海は感動した。蔑収も柔らかな笑顔で絶海を見つめている。それが彼の知る蔑収とあまりに違うことは、もはや気にならなかった。

「では早速、修行を始めるとしようかの」

甘蟬は持っている杖を一閃《いっせん》させた。


庵の向こうに広がる草原は姿を変え、矢場となった。

白い壁に囲まれた方一里程度の空間の端に、絶海たちは立っている。それに似た場所を彼は知っていた。嵩山にも弓の鍛錬場があり、その造作にそっくりであった。

「向こうの的が見えるか」

彼らがいる反対側の端に、一尺ほどの的が立ち上がった。一里向こうの的は、ほぼ点にしか見えない。

「これを持て」

老人が、弓渡り四尺ほどの小弓を一張りと矢を一本ずつ絶海と蔑収にそれぞれ手渡した。

「見事的を射貫《いぬ》いてみよ」

と言い終わる前に蔑収は弓を引き絞り、既に放っていた。風を切って螺旋《らせん》を描いて飛んだ鏃《やじり》は、的に命中して四散させた。

「絶海もやってみよ」

老人の言葉に合わせて絶海も弓を引き絞る。老人の言葉に自信を深めた彼の心には、揺らぎがなかった。美しく小さな水面を心に思い浮かべ、その彼方に的が立っていると観想する。的は徐々に大きくなり、鏃のすぐ先に立っているようにすら見えた。

気合いを発することもなく放たれた鏃の行方を、確かめるまでもなかった。蔑収の矢とほぼ同じ軌道を描いて、蔑収が砕いた隣の的を射貫く。彼の矢は的を四散させず、美しく両断した。

「よし。二人ともいい矢筋じゃな。では次」

甘蟬は弓を一度返させると、弓弦《ゆみづる》を外した。何をするのかと絶海が興味深く見ていると、老人は弦を外した弓と新たな矢を二人に持たせ、

「これで的を射てみよ」

そう命じた。絶海は耳を疑った。

「射よと申されますが、弦が無ければ矢を放つことが出来ません」

「果たしてそうかな」

老人は楽しげな笑みを浮かべた。

「この弓であの的を射よ。それが我が修行の第一である」

絶海は思わず蔑収を見ると、戸惑ったような顔をして首を振った。数日前に扉の向こうへと達した蔑収でも、この課題をこなしてはいないらしい。

「だが、やはり二人の差は大きなものがあるぞ。蔑収はあと一歩、気付きがあればこの難題を突破出来よう。しかし絶海、今のお前は一生かかってもこなせぬかもしれん。それでも、我が秘術を伝えるにはどうしても、越えていかねばならぬ壁だ。やってみせるのじゃよ」

甘蟬は愉快そうな表情のまま、去っていく。矢場には絶海と蔑収だけが残された。弦の張られていない弓をいじくり回していた蔑収は、やがて大の字に寝そべった。

「わかんない」

と駄々っ子のように手足をばたつかせる。絶海はその様子を見て、途方もない違和感を覚えた。

「どうされたのです?」

と訊《き》かずにはおれなかった。

「どうしたって。何が」

寝そべったまま訊き返された。

「いえ……蔑収さんがこんなに明るい方だとは思わなかったもので」

「私は昔からこうだ。楽しいことがあれば笑うし、不愉快なことがあれば怒る。今は甘蟬老人のもとで何とか弓の奥義を手に入れようと懸命になっているただの修行者だ。それはお前だって同じだろう?」

深い赤い色をした瞳が、じっと絶海を覗《のぞ》き込んだ。かっと顔に血が上り、なのに背筋を指先でくすぐられたようなこそばゆさが走った。

「お前が一緒なら、私も楽しい」

そう言いつつ、微笑《ほほえ》んだところで絶海の眼前から不意に蔑収の姿が消えた。慌てて辺りを見回すと、黒い影が蔑収をその鋭いかぎ爪の下に摑《つか》んでいる。突然のことで意識を失ったのか、豊かな髪が風になびくばかりで悲鳴も聞こえない。

「随心棍《ずいしんこん》!」

絶海は得物を呼び、槍に変えると蔑収を連れ去る黒い影に狙いを定める。だが何故か、その影はぼやけて的を決めることが出来ない。

「くそっ……」

懸命に集中し、助走と共に思い切って投げつける。影へとまっすぐに飛んだ槍は、影を貫いたかに見えた。だが何事もなく影は飛び去り、随心棍はむなしく地へ落ちる。さらに遠ざかる影を射るには強弓が必要であるが、その弓には弦が無かった。絶海は追いかけようと走ったが無駄に終わり、歯がみして見送るしかなかった。

三

額井峰《がくせいほう》の結界を越えて山道を登り始めた千里は、ふと奇妙な感覚に襲われて後ろを振り返った。まだほんの少し道をたどっただけで、木立も濃くはない。背後にはまだ趙帰真《ちょうきしん》の姿か、少なくとも祠《ほこら》は見えているはずの距離だ。だが木立しか見えなかった。

(もう術か何かにはまっているのか……)

用心しつつしばらく進むが、周囲の気配には何の異変も感じられない。ただ、四方が同じような林でどれほど歩こうと変化が見られないのだ。さらに行くと、道が九十九折《つづらお》りの急な坂道になった。

ほっとしながら進むと、急坂がやや緩やかになったところに小屋が建っている。茶屋なのか、表には長椅子も並んでいる。だが、中を覗き込んでも人影はない。

疲れてはいないから先を急ごうかとも思ったが、この先に何があるのか手がかりが欲しかった。何度か呼ばわると、奥から眠そうな若い娘の声がした。

「お客なんて珍しいわね。どなた？」

その姿を見て、千里はぎくりとした。顔は美しい娘だが、首から下は七色に光る羽毛に覆われた鳥の形である。千里と目の高さはほぼ変わらない。すわ妖怪か、とも思ったが自分の師匠も雲雀《ひばり》の仙人であることを思い出して正気を保った。

「あら、人間じゃないの。よくあの坂を越えて来たわね」

「坂？」

「ええ。結界からこっち、山の主は人間が好きじゃないからさ。あの坂でふるい落とすのよ。大抵は気が狂うか飢え死にするんだけど、あんたは見た所平気そうだし、やせ細ってもいないわね」

その瞬間、千里の腹が派手な音を立てて鳴った。

「お腹減ってるんじゃない。すぐに何か作ってあげるわ」

「あの」

跳ねるように奥の厨房へと向かう鳥女に向かって千里は声を掛ける。

「ぼくはこの峰にある黄櫨《こうろ》をいただきたいと思って、黄乙《こうおつ》さまのお許しを得たいのですが、大姉にその手引きをお願いできないでしょうか」

「焦らずお待ち。饂飩《うどん》はお好き？」

千里が頷くと、女は饂飩を打とうとして自分が鳥姿であることに気付き、

「寝起きだったからね」

と照れくさそうに笑って人の姿に変わった。茶店の長椅子から見える狭い厨房で麺を打ち始めた女は、農夫の妻のように質実な茶渋色の衣を身にまとい、その袖をたすきで止めている。年の頃は二十歳くらいと見え、小麦色の健康的な横顔には汗が光っていた。

やがて、饂飩と肉を煮込む良い匂いがあたりに漂い始め、千里の腹はにぎやかに音を立て続けた。

「はいはい、もう少しだからね」

薄い色の出汁《だし》の中には、白い麵と豚肉の干したもの、そして瓜《うり》の切ったものが浮かんでいる。茶屋の娘は、饂飩に茶を添えて出してくれた。

「おいしい……」

千里は思わず嘆息した。麻姑山《まこさん》でも大鍋に茹《ゆ》でた麵は出てくるが、これほどまでに繊細で胃の腑にしみわたる味だったことはない。

「本当？　心からの言葉ほど嬉しいものはないわね。そんな風に言葉をかけてもらうのも、もう何百年ぶりかしら」

と女が呟《つぶや》いたので千里は驚いて椀を置いた。

「何百年ぶり？」

「まあね。普通の味覚を持った人間はあの坂を登り切れないし、山の頂まで行ける神仙の類《たぐい》は、饂飩の味に心を動かされることもないから。私もこんなことになるんだったら、茶屋の番なんてやるんじゃなかった」

「山の主に雇われているのですか」

「違うわ」

女は茶屋の奥に一度引っ込むと、奥から大事そうに袱紗《ふくさ》包みの長い棒状の物を抱えて出てきた。包みが解かれて中から出てきたのは、鞘《さや》に美しい日月の象嵌《ぞうがん》が施された長短の二ふりの剣であった。

なんということはない剣であったが、鞘《さや》を払うと千里が感じるほどの熱を発していた。

「左の長剣を日となし、右の短剣を月となす。東方春気をその動きの基として、限りない陽気を以《も》って邪を払い、陰を照らす」

その言葉と共に彼女から溢《あふ》れだす仙気に千里は思わずひれ伏す。

「わかるのね」

感心したように微笑んだ彼女は、明珠《めいしゅ》と名乗った。

「こう見えても、私は小さな武宮《ぶきゅう》を任されていた仙人なのよ。黄庭君《こうていくん》の侍女としてその御身を守っていたんだけど、さらなる修行を積むために地上にやって来た」

「しかし明珠さま、何故茶屋などを？」

恭《うやうや》しく千里は訊《たず》ねる。

「恥ずかしい話だけど、久しぶりのお客だから聴いてもらいましょうか。私は地上に降りてすぐ、斉《せい》の東端にある天順洞《てんじゅんどう》というところで、何十人かの若者を育てていた。その武宮の名前、知ってるかしら？」

「いや……聞いたことないです」

「でしょうね。数百年も前の話だもの。今頃洞は崩れちゃっているかもね」

寂しそうに明珠はため息をついた。武宮としての規模も小さく、神仙としての武に劣っていた彼女は、さらなる力を求め始めたという。

「私は神仙としてはまだ若く、他の武宮の神仙が持つ功夫《カンフー》には及ばない。そうなると、私の所に修行に来る人たちも減っちゃってね」

周囲の武宮からも侮《あなど》られるようになり、焦った彼女はここに来たのだという。

「ここで何を学ぼうとされたのですか」

「絶対の先を取る力ね」

「絶対の先……」

「あなたは武宮の修行者みたいだからわかるでしょうけれど、武の目的は相手を制して相手に勝ち、それでいて己は無事を保つことよね。その目的のためには相手の先を取らなければならない。だが相手の力量が優れているほど、難しくなる」

千里は頷く。話しているうちに彼女の気迫が高まり、千里はその背後に無数の剣を見た。大輪の花弁のように開いた剣は舞うように彼女を守り、少しでも隙を見せたら切り刻まれてしまう。そう思わせるほどの凄まじい気迫である。

「こんなもの、本当に修行した者には通じないわ」

そう言うなり、剣の花弁は姿を消す。

「武器を以って相手に打ち込んで勝ちを求める場合、必ずそこには起があってそれが因となり、打突《だとつ》等の動きを経て勝敗生死の果に至る」

その因果を制しなければ、真の強さを得ることは出来ない。そして、数多い神仙の中でも因果を操れるのは限られた者だけだ。

「因果を操る、ですか……。確か道士も言ってたな」

「道士？」

「趙帰真という茅山《ぼうざん》の道士です」

彼女は目を見開き、何か得心したように頷いた。

「その道士を私は知っている。かつて、新たな力を探して各地を回った時に、茅山で言葉を交わしたことを憶《おぼ》えているわ。古い古い魂を持った人だったけど、何を考えているのか腹の読めない不気味な男だった。それでいて、妙に涼やかでもあるから興味深かったわね」

但《ただ》し、当時の趙帰真は彼女の求めるものを提示することは出来なかったという。

「そんなこんなで四方を巡ってこの山に来た時、ここの神仙は力を授ける代わりに、働くように言ってきた。もちろん、ただで教えてもらおうなんて考えてもいなかったから、何でもやると答えたわ」

そうしたら、この茶屋の主となって山に入って来る者を監視せよと命じられたのである。

「割と真面目に仕事していたんだけどね、何百年経っても教えてもらえる気配もない。どうも体《てい》よく使われていると気付いたのは百年ほど前だったかしら」

自嘲気味に彼女は笑う。

「あなたほどの腕前があっても、脱出することも出来なかったのですか」

「この山では彼らが全ての因果を握っている。私が彼らに戦いを挑もうとする。もしくは額井峰を下りようとする。当然、そこには行いの因がある。しかし気付くと、私はここにいて、いつ来るかわからない客人のために店の掃除をしている」

「つまり、ここの神仙があなたの因を潰《つぶ》している、ということ？」

「おそらくね」

「ということは、ここにいる連中の正体もご存じない？」

「見知ってはいるわ。ただ、それが真実の姿かどうかはわからない。だが彼らは二人の男の子、ちょうどあなたくらいの姿をとっているのをよく見るわね」

千里は腕を組んで考え込んでいたが、やがて饂飩の汁を一滴残さず飲み干し、銭を出そうとした。

「要らないわ。その代わり、ここの神仙の術を見たら、私に教えて欲しいの」

「出来るかどうかわからないですよ」

「主は因果を操る途方もない能力を持っていながら、すごく我がままで気が短いところもある。あなたがここに入ることを許したのは、もしかしたらあなたに興味を抱いているのかも知れない。でもその興味にいつ飽きるかもわからない。手を届かせるとしたら、今のうちね」

「ご教示感謝します」

礼を言って立ち去りかけた千里に、彼女は餅を数個と己の双剣を与えた。

「この剣には我が炎華日月の力が込められている。果たしてどれほどの役に立つかはわからないけど、持って行って」

千里は明珠から授けられた双剣を携え、さらに山道を登りだした。

四

道はさらに細くなり、木の下闇《こしたやみ》は深くなる。終わりのない山道でも千里が疲れを感じることはないが、茶店で言われたことが気になっていた。

「因果を操る、ってことは……」

何をしようと結果が決まっているということだ。結果が決まっていたら、こちらが勝ちを得ることはまず不可能である。だが山の主を出し抜かないことには、麻姑の弓に使う黄櫨を手に入れることは出来ない。

やがて道がさらに険しくなり、麻姑の洞に至るがごとく急峻な崖道となってきた。足場を跳びつつ頂にたどりついた千里は、そこに広大な岩の台地が広がっていることに気付いて愕然《がくぜん》とした。

「こんなにでかい山だったっけ……」

下から見上げた時に見えた頂上は、尖峰《せんぽう》に見えるほどに小さかった。だが、千里の眼前に広がる岩の台地は端が見えないほどに広い。しかも、草はあっても樹木の姿はなく、黄櫨も生えていそうには見えない。

探して回るより他ない、と歩き始める。

不思議な場所であった。道は岩の間を縫うように縦横に設けられていて、どこに進めばいいのか道標が出ているわけでもない。行き当たりばったりに道をたどると、ある道の先には村落が見える。そこを目指そうとすると、忽然《こつぜん》とその姿が消える。また別の道を進むと、山の上であるというのに海が広がっている。川が流れていることもある。突如雪山が姿を現す。そして星空の中に道が浮かんでいるということすらあった。

「珍しい術だな」

千里は怯《おび》える様子も見せず、感心しながらずんずんと進んでいく。道が分かれていれば、本能が命じるままに適当に選んで行き止まりまで歩く。

「山の主はどこにいるのやら」

と呟きながらも、道の先に何があるのかを見るのが楽しくなってきた。分かれ道を進んで不思議な幻を見て、消えれば元に戻る。戻るとその二股は先ほど彼が見たものとは違う場合がある。千里は気にせずうろうろと歩き回っている。そしてまた、周囲の光景は趙帰真と別れた直後のものへと戻るのである。

何刻、そのようなことを繰り返してきたかとふと足を止めた時に、宙空から微《かす》かに声が聞こえた。

「ねえ朱甲《しゅこう》兄さん、こいつ全然びびらないし疲れないよ」

「黄乙よ、生きている者には必ず限度というものがある。そのうち壊れるよ」

「壊れにくい奴ほど、壊れるところを見たいよね」

千里はくちびるの端をわずかに上げてほくそ笑んだ。

(来やがった)

相手は何かの反応が欲しくて、このような幻術を仕掛けていると、茶屋にいる時から考えていた。そのような者にもっとも有効な対抗手段は、何の感情も見せてやらないこと。もしくは意図しているのとは反対の行動をとってやることだ。彼はそっと餅を口に運び、体力を補給した。

千里が淡々と道を進み続けることで、山の主たちの心には疑念が浮かんだようであった。

「こいつ、もしかしたら高位の神仙かもしれないよ」

「こんなちび助が？　俺には信じられないな。ただの人間にしか見えない」

「でもぼくたちの結界の中で平気な顔をしている。因果が巡るこの山の中で惑わないなんてただ者じゃないよ。遊んでもらおうよ」

「確かに遊べそうだ。でも怖い人かも知れないぞ。あんなに大きな弓と、どこかで見たことあるような綺麗な剣を持っている」

「何を持っていようとぼくたちには関係ないじゃん」

兄弟なのか、と千里は首を傾《かし》げる。

「そうだな。関係ないな」

山では敵がいないせいか、彼らの気配の消し方は実に雑であった。弓で射るか、剣で斬りかかるか千里は迷った。だが、もし行動を起こせばそこで因を抑えられて失敗するかも知れない。

（我慢、我慢……）

こちらが因を見せなければ、食いついてくるかもしれない。しばらくして話し声が聞こえなくなった。道に変化はなく、千里は不安になったが、一切面《おもて》に出さず進み続ける。やがて、壮麗な門が見えてきた。

「何なんだこれは」

近くで見てみると、奇妙な姿をしている。遠くから見ていた時は、色鮮やかで装飾の多く施された、寺院の門のように見えていた。だがその真下に立つと、異様な雰囲気に圧倒される。人が頭から突っ込んでいるような彫刻や、あちこちから突き出た槍の穂先、そして阿吽《あうん》の金剛力士の顔はどちらも不気味な笑みを見せて立っている。

だが、ここまでたどり着けたということは、入っていいという許可だと考え直し、やはり先へと進み続ける。果てしなく広い庭の中には、妖《あやかし》や神々らしき像が立っており、其々《それぞれ》が違う表情と動きを見せ、異様な空間である。

「武器を使おうとしている姿が多いな……」

楽器を奏でようとしたり、符《ふ》を広げている者もいる。だが最も多いのは、抜刀しかけたり槍や弓を構えている姿の彫像であった。

(明珠さまの言っていた通り、安易に喧嘩を売るのは危なそうだ)

やがて彫像の林も抜けた頃、小高く土を盛り上げた所に小さな宮殿らしきものが姿を現した。石組で台を作り、青い瓦《かわら》で空に突き立つような細い尖塔を組み上げている。壁はなく、八方を柱で支えているだけの奇妙な建物の下に、少年が一人、座っていた。

(一人か……。もう一人は隠れているのだな)

千里は石段の下で拝礼し、名を名乗る。すると少年は中へと入るよう促した。恐れ入った風を装いつつ中に入ると屋根の下に体が収まった辺りで、そこに座れ、と命じられた。距離はまだ数丈ある。千里の腕であれば弓でも剣でも一瞬で捉えられる距離ではあるが、やや遠い、とも思える間合いだ。

「お前は額井峰に何しに来た」

(弟の方だ)

千里は少し意外な気がした。山の主と見える声は二つあった。その内、一人は幼く頼りなさそうで、もう一人の声はしっかりしていた。当然、しっかり者の方が出てくると考えていたが、目の前には千里の姿に興味津々《しんしん》というていの少年が、身を乗り出すようにしている。

「私はこの山に生えているという黄櫨をいただきたく、お願いに参りました」

「そんなことはわかっている」

「武……」

「武宮の一つ麻姑山の洞主、弓の至聖と評判の高い仙人、麻姑の命を受けて大賽弓の材料を探しに来たのであろう」

「そ……」

「その通りで間違いないのは分かっている。その剣をちょっと見せてくれない？」

少年が言うので、千里は立ち上がって傍らに置いていた剣を捧げ渡そうとした。だが気付くと掌中《しょうちゅう》に剣はなく、既に少年が抱えるようにしていじくりまわしている。

「こ……」

「黄櫨はあげないよ。この山のものは、全てぼくと兄さんのものだ」

「そ……」

「そんなこと言ったって、と言われても、それは兄さんとの約束なんだ。この山にあるものは、みんなぼくたちのもの。人も物も神仙も、何一つ渡さないんだ」

少年は残酷な微笑みを浮かべ、

「きみもそうだよ。あの坂を登って茶店も通り過ぎ、ぼくたちの聖域に入ることを許された。それはつまり、ぼくたちのものになるってことなんだ」

千里はくちびるを噛《か》んだ。相手は思った以上に、曲者《くせもの》であるらしい。何かを言おうとするたびに、何かをしようとするたびに、先回りされてしまう。

「こ……」

「くどいなぁ。黄櫨をきみにあげる条件なんてないんだよ。きみはぼくたちが飽きるまで、遊び相手を務めてくれたらいい。これまでここに入れてあげた神仙はみんな愚かでね。遊びの途中で頭にきてぼくたちをやっつけようと考えた」

「に……」

「庭先の人形はそういった連中のなれの果てさ。大人しくしていればここで暮らさせてあげる。あの茶屋の娘のようにね」

はっ、と恐れ入って千里は叩頭《こうとう》する。

「いい態度だ。きみにはぼくたちの隣の部屋を上げるから、自由に使うといい。もう繰り返さなくてもわかったと思うけど、きみのやることは何でもお見通しだ。間違っても逆らおうなんてするなよ」

少年は千里が恭しく平伏しているのを見て、満足そうに微笑んだ。彼はじきじきに千里の先導をし、入り組んだ廊下の奥深くにある一室を彼に与えた。埃《ほこり》が積《つ》り、薄汚い。山の主たちには召使《めしつかい》もおらず、二人だけで住んでいるようだ。千里は雑巾を見つけて部屋を清め始めながら、主の力について考え続けていた。

（こちらの心を読めるわけではなさそうだ）

それがわかっただけでも、相当な収穫であった。千里は心の中で主に悪態をつき、果てに殺意まで漲《みなぎ》らせた。だが主が反応したのは、口に出すか体を動かす時だけである。

（それに自分たちが見ていなければわからない、というわけか）

茶屋での会話をもし聞かれていれば、自分も明珠も無事ではすまなかっただろう。気配を消すのが下手なことも合わせて、何とかやりようはあると千里は自信を深めた。

（となると……）

黄櫨を見つけ出して手に入れることも、山の主に見つからなければいいはずだ。しかし、見つかったが最後、逃げるという結果を抑えられて失敗するだろう。

掃除をしながら考え続けていたが手づまりになった千里は床の上に大の字となり、いつしか眠りに落ちてしまった。

五

夕刻になって、揺り起こされた千里は不機嫌に目を開けた。

「何だよその顔は」

起こしに来た山の主の黄乙も同じく不機嫌そうな顔をしている。

「お前の務めはぼくの遊び相手になることだと言っただろ」

千里は慌てて恭順な態度をとり、叩頭して謝る。

「何をしてお相手しましょうか」

「これ。お前が勝ったら黄櫨をあげるよ」

主が持ってきたのは、棋の板であった。千里が何も言わないうちに、主は駒も全て並べて用意を整える。さあかかって来い、と嬉しそうだ。もちろん千里も遊び方くらいは知っているが、相手は自信満々だ。

先手は千里だ。一手ずつ探るように指していくと、やがて自分の王将が追い詰められていくことに気付いた。何とか最善手を探すが、あっという間に詰んでしまった。

「参りました」

と頭を下げる。

「まだまだ。もっと遊ぼう」

しかし、何度やっても結果は同じである。正攻法から奇策まであらゆる手を尽くしてみても、結局は半刻も持たずに詰む。少年は勝っているのに怒りをあらわにする。

「ちゃんとやれよな」

「手を尽くしても、あなたの強さにはかなわないのです」

千里もあっさり負け続けて腹は立っていたが、その強さの理由がわかっている。因果を握られていては、勝てるわけがなかった。

「ふん……ぼくの力が凄すぎるのか」

「仰る通りでございます」

身を縮めて称賛する千里に気を良くしたのか、主は次々と遊戯を持ってきては千里を完膚《かんぷ》なきまでに叩き潰した。

(この野郎、調子に乗りやがって……)

千里は心中で復讐を誓いつつも、ひたすら降参を口にし続けた。それはこの日だけに限らず、一旬《じゅん》の間休みなく続けられたのである。

(なるほど、これはいくら神仙であろうと我慢出来ないだろう)

何かの拍子に怒りを発して因を抑えられ、逆に彫像とされてしまう者が続出したのだろうと考えていた。

（趙帰真の言う通り、勝とうと思ってはだめだ）

あくまでも勝ち負けではない。千里はこの山の頂に生える黄櫨を持ち帰りさえすればいい。そのためには兄の方の行方と魂胆《こんたん》を摑んでおかなければならない。

「お……」

「兄じゃないよ。あの人はぼくのかけがえのない人だけど」

「ど……」

「どこにいるかって、ここにいるじゃないか」

「ど……」

「どういうことですかって、そんなの聞いたって仕方ないだろ。さあ、今度は何して遊ぶ？　そろそろ体術や剣で勝負しようぜ」

「お……」

「腹が減っただって？　まるで人間みたいなことを言うじゃないか。修行が足りないからぼくの相手にならないんだよ。ほんと面倒くさい」

既に明珠が作ってくれた餅は底を突いていた。遊び足りない山の主をなだめつつ、千里は食事の許可を求める。不承不承、黄乙は茶屋まで行ってご飯を食べてくるよう命じたのだ。

趙帰真の気配も相変わらず感じられない。まずは誰かと話して、今後の策を練りたかった。こんなところで十日も浪費しているが、まだ吐蕃《とばん》にも行かなければならないし、自分の鍛錬も積まなければならない。

「焦ってはだめ。相手の思うつぼよ」

明珠はぴしりとたしなめた。

「わかってます」

「焦りは妄動を生む。妄動を因とする結果は、山の主の意思がどうあれろくなものにはならないわ。でも黄乙のやつ、面白いこと言ったわね」

「面白いこと？」

「ここにいるって言ったんでしょう？　でも千里の目には見えなかった。山の主の近くにいるのに、目に見えない……」

「何かの術を使っているのでしょうか」

「いえ、きっと彼の言っていることは本当なんだと思う。彼には、もう一人がきっと見えているし実在もしている。そしてそのもう一人が因果を操る力の肝なのだわ。でも困ったことに、私たちでは因果の先回りをすることが出来ない」

しかし千里は、こちらの意図を先回りする山の主の力には、大きな穴があるような気がしていた。心の動きを読むことも出来なければ、ある程度離れてしまえば、直接因果を操られることもなかった。ただ、その穴をどう使えばいいのか、よい思案が浮かばない。

千里は、山の主の言葉を思い出す。

「勝ったら黄櫨をやるよ、って言われてもなぁ。何をしようとしても先を見抜かれて決められてるんなら勝ちの目指しようがないです」

かくんかくんと頭を振った。

「そう言えば、ほとんどの遊戯で負けて、次は何をしようって？」

「剣や体術で戦おうぜ、と言ってたけど尚更《なおさら》気が乗らないですよ。負けるとわかっている勝負をやるのはもう嫌だなぁ。しかも剣とかなら怪我しかねない」

「剣なら貸してあげたでしょ」

「日月の陽気が秘められているといいますが、どう使えばいいかよくわかりません。行動には因果がありますから、殺気を持って剣を抜いた途端に、逆にやられてしまう」

「日月剣を使えば、陰に光を当てて表にさらけ出すことが出来る」

明珠は千里に、剣の真の力を教える。

「私の剣を使って、山の主の片割れを何とか探し出せれば……」

こういう時こそ、趙帰真の力が必要だと千里は切実に思ったが、結界に向かっても跳ね返されるだけである。もちろん、明珠が千里と共に頂に行っても疑念を抱かれるだろう。

「しかし、その瞬間を捉えなければ、いつまで経っても黄櫨は手に入らないし、あなたもここを出られません。行ってきます」

「さすがは麻姑さんが期待をかけているだけあるわね。私はここで待っているけど、吉報を祈っているわ。ああそうだ。饂飩を食べて餅を持って行きなさいね」

千里は頷き、彼女が打った饂飩を平らげて餅を懐に入れると、再び額井峰の頂へと向かった。

六

苛々《いらいら》と屋敷の周囲を歩き回っていた黄乙は、千里の姿を認めるなり躍りあがって喜んだ。手には剣を数本抱え、地には槍が数本突き立っている。

「どれがいい？　お前は好きなものを選んでいいぞ。ぼくはもう槍って決めてるんだ。大槍は武器の王だからな」

山の主が手に取った得物を見て、千里の背筋には冷や汗が流れた。

「勝負って何です？」

千里はあえてとぼけて訊ねる。

「そりゃ真剣勝負しなきゃ面白くないじゃないか」

「あなたはそう仰いますが、もっと勝負を面白くしてみませんか？　どのようにしても、今のままではあなた様が勝つことは間違いありません。もちろん、その偉大なお力故に私の勝利はあり得ないのですが、もう少し胸を躍らせる勝負をされたいのではありませんか」

そう千里が持ちかけると、

「そんな方法があるのか」

と目を輝かせて食いついて来た。

「天地でもっとも偉大であり、誰の手も届かない素晴らしいお力に、ほんの少し手加減して下さればいいのです」

「それは……いやだなぁ」

黄乙は顔をしかめた。

「もちろん、無理は承知でございます。しかしこのまま得物で打ち合えば、私はあなた様の槍に貫かれ世を去るでしょう。そうなれば、もう一緒に遊んで差し上げられないのが残念でございまして」

「そうか……そうだよな。ぼく達は常に一体だから、本当は離れるのは気が進まないんだけど、千里以上の遊び相手を見つけるまでにまた何百年もかかるのはつらいな」

ついに頷いた山の主は、着ていた衣をはらりと脱ぎ捨てた。

「げ……」

思わず千里は驚きの声を上げた。

「何を驚いているんだ。ねえ朱甲兄さん」

山の主は自分の胸元に向かって話しかけた。瞼《まぶた》を半ば閉じていたそれは、あくびを一つして目をしばたたかせた。

「千里がちょっと手加減しろって」

「手加減……それは駄目だ」

急にかっと目を見開き、顔は黄乙をたしなめた。

「お前は人間や神仙のずる賢さを知らないのか。私があれだけ教えているのに」

「そうは言っても兄さん、ぼくはもう勝ちの見えた勝負に飽きたんだよ」

「何が不満なんだ！」

それは、山の主の胸に埋まった、もう一つの顔であった。少年のような主に比べて、ごつごつといびつに歪《ゆが》み、年齢も定かでない。

「聞けばこやつは麻姑の弓に使う弦のために、この山に生える黄櫨を取りに来たというではないか」

「そんなことどうだっていいじゃないか。ぼくが楽しめないことが問題なんだ。それ

「とも兄さん」

山の主は急に冷たい表情になって己の胸を覗き込む。

「ここから出て行く？」

「な、何と冷たいことを言う。お前とて、私がいなければ今のように好き勝手は出来ないんだぞ」

「好き勝手はもう十分したからね」

千里は驚きつつ奇妙な兄弟げんかを眺めていたが、口を噤んだままでいた。

(どうも因果の力を本当に握っていたのは、この朱甲という妖のようだ。このまま喧嘩別れしてくれたらぼくも助かるんだけど)

だがどうやら、話はついたようだった。

「私は少しだけ手加減をしてやる。だがほんの少しだぞ」

朱甲は顔を真っ赤にして力むと、黄乙の胸から乾いた音を立てて外れて落ちた。そのまま飛び跳ねて回るさまに、千里は気味悪さを抑えきれない。

「わかったわかった。じゃあちょっと離れた所から見てて」

黄乙は部屋の片隅に置かれている棚から、細紐《ほそひも》を一本持ってきた。そして自分の右手首に結びつけると、その一端を朱甲に咥《くわ》えさせた。すると、その紐はすうと宙に溶けて見えなくなった。

「これで私とお前の因果は繋《つな》がったままだ。だが一瞬でも遅れると、果を決定することは出来なくなるよ。私とお前の絆《きずな》がこれほどまでに心細くなるのは、一つになって以来だ」

朱甲は紐を落としそうになっているのか、何度もどもりながら不安を訴える。

「いっていいって」

一方の黄乙は、千里との胸躍る対決のことしか考えていないようであった。

「では、お手合わせを」

千里はあくまでも恭順な態度を崩さないまま、長短の双剣を取り出した。

「そんな貧弱な剣でいいのか」

確かに女仙用の剣はか細く見える。だが千里は既に、その力を知っていた。

「武の道に進む者は己にもっとも合った得物で力を尽くすものでございます」

いいだろう、と嬉しそうに笑った黄乙は、ぱっと飛んで間合いを取って槍を振り回して構える。その構えを見て、千里は少々焦りを覚えた。

（普通に腕がある……）

子供のように甘えた口調であることから大した腕前ではないと考えていたが、構えには寸分の隙もなく、武宮における教士以上の力は間違いなくあるように思われた。

武器の王と黄乙が言う通り、大槍を剣で相手にするのはよほど力量に差がないと危険である。しかも千里は、黄乙たちが持つ因果の力を抑え込まねばならない。

「始めるよ！」

その声に合わせ、千里も双剣を抜いて構える。だが次の瞬間、千里は足元を払われて槍先を首元に擬《ぎ》されていた。

「お、お見事です」

千里はひやりとしながらも、それが正当な打ち合いの末ではないことに気付いていた。その証拠に、黄乙は怒りを露《あら》わにして、朱甲に食ってかかっていたのである。

「す、すまぬ」

朱甲は狼狽《ろうばい》したように飛び跳ねながら謝る。因果を操る妖とはいえ、どうにも頭が上がらないらしい。

「千里、ごめんな。もう一度！」

「望むところです」

確かに黄乙の腕は大したものであったが、因果の力によっての勝ちしか知らないせいか、その槍筋にはやや雑なところがあった。朱甲ははらはらして見ているが、また叱《しか》られるのが怖いらしく、力を発せられないでいる。千里は巧みに体さばきを使って、辛うじて避け続ける自分を演出した。

「どうした千里！　兄さんの力を使わなくても勝負にならないじゃないか」

それでも、結果の見えない打ち合いに黄乙は頰を紅潮させて楽しんでいた。

「楽しいなぁ。こんなに楽しいんだ」

「そうでしょう？」

千里は答えつつ槍の薙《な》ぎ払いを受け止める。

「勝負がお好きなら、もうあんな力に頼るのは止めましょうよ」

槍の勢いによろめいた千里は山の主と顔の間へと入った。そして剣を一閃させる。

二人を繋いでいた細紐が姿を現し、鮮やかに両断された。

「何を……！」

朱甲が叫んだ瞬間、千里の傍らに明珠が現れて剣に手を添える。透き通るような細身の剣が、青く眩《まばゆ》い光を放って朱甲を照らす。圧倒的な陽の気に目を眩《くら》まされた顔は呻《うめ》き声を上げて動きを止めた。

「今よ！」

千里は跳躍し、剣を脳天から突き刺した。野太い叫びと共に、顔は一巻きの紐へと変わる。振り返ると、山の主が槍を放り出し、頭を抱えて膝をついていた。

「に、兄さんが。お前、なんてことを！」

悲鳴をあげて地団駄を踏む。

「千里、お前！」

槍が風を巻いて千里に襲いかかるが、動揺して繰り出される穂先は既に彼の敵ではなかった。難なく間合いに踏み込んで手元を柄《つか》で打ち、槍を落とす。組みつかれても、逆に上を取り返し抑え込んだ。

「くそう、くそう……」

黄乙は口惜しげに唾を吐き散らす。

「これが勝負だ。勝ちも負けも、最初から決まっているなんてことはない。何が起こるかなんて、わからないんだ」

千里が山の主から離れ、地に落ちた紐を手に取る。明珠はそれを見て驚いていた。

「これは黄櫨で編んだものだね」

「……そうだよ。兄さんは、この山の頂に立つ黄櫨の精が凝り集まったものさ。ぼくは大昔にこの山に来て修行していたんだけど、黄櫨の精と契りを結んで無敗の力を手に入れた。この山にいる限り、そうだった」

槍をほうり捨てた黄乙は慟哭《どうこく》した。

「怖かった！」

そう叫ぶ。

「勝負の先が見えないことが、こんなに怖いなんて」

身を震わせて地面を叩き、ひとしきり泣くとしゃくり上げながらも居ずまいを正した。千里が手を差し伸べるとためらいを見せつつその手を握り、すっきりした顔で立ち上がった。

「これで山の結界も兄さんと共に消え果てた」

黄乙の言葉を確かめるように周囲の気配を見た明珠も頷いた。

「確かに結界は消えたわね。……で、どうする？　山にいるもよし、出て行くもよし」

すると黄乙は明珠の前で膝をつき、改めて弟子入りを願ったのである。

「これからもう一度、最初から武の道を歩みたいと存じます」

「勝ちに慣れたお前には苦しい道になるわ」

「そうかも知れません」

黄乙は流した涙と鼻水をきれいに拭き取り、顔を上げる。

「しかし私は、千里と手合わせをしている時にここしばらく感じることが出来なかった喜びを得ました。勝敗が明らかでないからこそ、戦うことに意味がある。因果を操って勝利を得る小さな喜びとは比べようがありません」

明珠は微笑を浮かべ、大きく頷いた。やがて下から人々の騒ぐ声が聞こえてきた。山の主に彫像とされた神仙たちが騒いでいるらしい。

「相手をしてやろうかな」

すっかり戦いの魅力に取りつかれた黄乙が槍を拾って舌なめずりをする。だが明珠は止めるよう諭《さと》した。

「既に額井峰は我が武宮となった。お前の私闘を許さないし、乱闘を挑む者も許さない」

凜《りん》として剣を抜く姿は、茶屋の娘には既に見えない。だが千里は、怒れる神仙たちの前に立って、彼らを説得している人影を認めた。

「趙帰真が止めてくれている……」

千里はほっとしたように弓を下ろした。

「あれがそうなのね。彼が言ってくれれば、そこらの神仙は言うことを聞くでしょう」

同じく安堵して、彼女も剣を鞘に収めた。

「これを」

千里に黄櫨皮の束と朱甲に姿を変えていた細紐を手渡した。

「さすがは麻姑さまの弟子ね。まさか因果を操る神仙を抑え込んでしまうとは」

「うまくいってよかったです。剣の力が無ければ二人の絆に割って入ることは出来ませんでした」

そこで黄乙が拱手し、一つだけ頼みたいことがある、と思いつめた顔で千里に頭を下げた。

「兄さんは、ぼくを堕落させたかもしれないが、数え切れない勝利を与え、多くのことを教えてくれた。ぼくにとっては大切な存在だったんだよ」

「わかってる。麻姑さまはきっと大切に使ってくれる」

「いや、ぼくは千里にその黄櫨の弦を使って欲しい」

「それは、ありがたい申し出だけど……決めるのは麻姑さまだから」

趙帰真の説得が功を奏したのか、怒れる神仙たちは憤然と山を下り、額井峰は静けさを取り戻し始めた。千里は安堵したが、まだ弓の材料は一つしか手に入っていない。大賽のことを考えると、彼は気が重くなってくるのであった。

第四章　納木湖《ナムこ》

一

　何もない草原を、絶海《ぜっかい》は懸命に走っていた。手には弦の無い弓が一張りあるだけだ。甘蟬《かんせん》老人のもとに弟子入りして、蔑収《べっしゅう》と共に弦のない弓を引けという難題に向かいかけた矢先、彼女が空をゆく怪物に攫《さら》われてしまった。

（許すものか！）

　彼は蔑収のことだけを考えて走り続けた。甘蟬の庵《いおり》に入って修行を始めた蔑収は、初めて絶海に微笑《ほほえ》んでくれた。あの冷たい眼差しも乾いた血の香りもしない、美しく温かい少女の姿がそこにあった。

　彼はやっと理解した。何故千里《せんり》が、空翼《くうよく》の後を懸命に追ったのか。玄冥《げんめい》に頭を下げてでも、その力になろうとしたのか。千里の恋は実らなかった。それは致し方のないことでもある。空《くう》は、一人の人を愛することは出来ないのだ。

　蔑収は異界の者とはいえ、元を同じとする人の少女である。住む世界も違うかもしれないが、笑い合うことが出来たではないか。繫《つな》がりかけた手を切り離そうとする者は、何であろうと許さない。

たとえ神仏であろうと。

絶海はそう考えている自分に気付かないまま、怒りに任せて速度を上げる。蔑収のことを考えているだけで、無尽蔵の力が湧いてくるようであった。

だがいくら底なしの体力があろうと、空を行く者にはかなわない。延々と続く草原はやがて岩がちの荒原となり、さすがの彼も追う相手を見失って歩みを緩めるしかなかった。

（あのような化け物が暮らすとは甘蟬老人も仰《おつしや》っていなかったが……。肝心の甘蟬師もどちらにいらっしゃるのやら）

空を見上げれば、太陽の姿はない。ただ紙を貼り付けたような白い空が広がっているばかりである。いま何時かもわからない。

（他に人はいるのだろうか）

見わたす限り、果てしなく平原が続いているだけに見える。だがひと際高い岩峰に登って四方を見回すと、集落らしきものがあることに気付いた。人がいれば手がかりがあるかも知れない。

峰を下りて荒原を進むうち、小さな流れに行き当たった。左右の岸には人が積んだとみられる石組があり、その流れに沿って細い道が延びていた。白く平たい空と荒原

いた。
りと取り囲むように羊が飼われている。だが、羊は双頭で背中には小さな翼がついて
さらに近づくと、茅葺《かやぶき》の粗末な家が軒を寄せ合うようにして立っており、村をぐる
の景色は心細いものであったが、人の営みの気配があるだけで、随分とほっとした。

「あんた、誰だい？」

背後から不意に声がかかったので、絶海は驚いて振り向く。

「あ、決して怪しいものではありません。私はこの天地にいらっしゃる弓の聖人、甘蟬さまの弟子で絶海と申します」

「十分怪しいよ」

声は若い男の声であった。絶海からすると、声はするのに姿が見えない男の方がよほど怪しかった。

「私はここの皆さまに害意を抱く者ではありません。よろしければ姿を現していただけませんか」

「現すも何も、お前が見ていないだけだよ」

半ば呆れたような声がする。絶海は声と気配からこの辺りかと推測しつつ、何もない空間を見つめる。するとそこにおぼろげな影が姿を現し、やがて人の形をとった。

「ほら、いるだろう？」

「え、ええ……」

理屈がよくわからず呆然としている絶海を見て、若者はおかしそうに笑った。

「ここに来る外の人間は珍しいな。甘蟬のじじいはよほどあんたのことを気に入ったんだな。ありゃあ気難しいんだぞ」

「そうなんですか？」

「ああ、あれは怒らすとおっかねえんだ。と言っても噂だけで俺も実際に怒ったところを見たことがないんだけどよ。ともかく、あのじじいが近くにいると背筋がぞくぞくする。あの爺さんの弟子であるあんたがどうしてこんなところまで来たんだい」

絶海から事情を聞くと、杢蘭《もくらん》と名乗った若者は顎《あご》に手をやって考え込んだ。

「この辺りには怪物がいる。それは間違いない」

「どこに住んでいるのですか」

勢い込んで訊《たず》ねる絶海の肩に手を置き、杢蘭は落ち着けと諭《さと》す。

「どこに住んでいると思う？」

「あの化け物は……」

黒くぼんやりとしていたが、きっと禍々《まがまが》しいくちばしと爪を持ち、羽を広げれば十丈にも及ぶ巨大な姿をしていたはずだ。そんな怪鳥が住むのは、人がたやすく入り込める場所ではあるまい。

「宙に浮くような岩山で、たとえ翼があってもたどり着けないような天空の要塞《ようさい》のような巣に住んでいるのではないでしょうか」

空想を広げるだけ広げて思いつくままを言っていた絶海は、杢蘭がひきつった笑みを浮かべているのを見て首を傾げた。

「私、何か間違ったことを言いましたでしょうか」

「言ってないさ」

しかし冷静に思い返してみると、そんな夢想が正しいわけがない。

「いや、正しいのさ。あれを見てみな」

杢蘭が空を指さす。その指の先にあるものを見て絶海は仰天した。

「そんな、ばかな……」

そこには奇岩を組み合わせて作った巨大な要塞が浮かんでいた。各所に穴が開いており、何か黒い点が飛来し、また飛び去っていく。一羽が絶海たちのすぐ上空を過ぎて行った。

「禍々しいくちばしと爪を持ち、羽を広げれば十丈はあるな」

杢蘭の皮肉めいた口調に応えることが、彼は出来なかった。

「あんた、どれだけ単純な頭してるんだ」

「え？」

「絶海よ、あんたの連れをさらった化け物を考える時、そこに没入しちまったな」

「どういうことです？　そこまで真剣に考えていたわけではありませんが……」

「なるほど、甘蟬のじじいがこちらに引き込むわけだ。あんたの頭は実に純粋に、化け物の姿を想像しちまった」

杢蘭は絶海の手を引っ張るようにして、集落に連れて行く。石積みの粗末な家々が寄り集まるようにして建つ村では、玄関先に老人たちが座って茶をすすりながら談笑している。絶海の姿を認めると、歯の無い口を開け、優しげな笑みを浮かべて出迎えた。

「一つ言っとくが、あんまり妙なことを思い浮かべるんじゃないぞ」

そして杢蘭は一軒の建物に絶海を招き入れると、彼の胸倉を摑《つか》むようにして命じた。

「もうわかってんだろ。あんたが混じりっ気なしに心に思ったことは、ああやってモノになっちまうんだよ。変なこと思い浮かべたら俺たちにまで迷惑がかかる。重々気をつけてくれよ」

頷く絶海を置いて、杢蘭は建物を出て行った。

二

奇妙なことになった、と絶海は一人にされた部屋で考え込んだ。石造りの小屋には、明かり取りと煙出しを兼ねた小さな窓が一つ開いているきりで、中は薄暗い。だが、綺麗に掃き清められているのか、塵《ちり》も飛んでおらず、わずかに香の匂いすらしていた。

李蘭は、蔑収をさらった怪鳥と、その巣が姿を現したのは絶海が心に思い浮かべたせいだと言った。

「もしかすると、私には新たな力が」

と手の中に桃を思い浮かべる。だが、なかなかうまくいかない。先ほど李蘭と話をしていた時には、気付かぬうちに想像を膨《ふく》らませていた。そこで生まれる空想は、自分でも驚くほどに鮮明だったのに、桃一つ思い浮かべると雑多な思念が入って来て乱れるのである。

唸《うな》りつつ力を入れるほど、雑念は増えるばかりである。額《ひたい》に汗を浮かばせつつ試し続けているうちに、ふと絶海は気付いた。

「武と同じではないか」

心を水鏡のごとく澄みわたらせて敵を討つことと、一つの物を思い浮かべることは似ているのではないか。

そう気付き、弓を射る時と同じく、心を鎮《しず》めていく。小さな泉が波一つなく、ぴんと澄み渡り、その湖面からゆっくりと桃が浮かび上がってくるさまを描いた。

広げた手のひらに急に重みがかかり、驚いて目を開けるとまるまると大きな桃が一つ、載っている。

「本当にこんなことが出来るのか」

全身の毛孔《けあな》が開くような快感が体全体を包む。これは神や仏の力だ。これさえあれば、何でも思い通りになる。千里やバソンに引け目を感じることのない強さも手に入れることが出来る。そして蔑収も……。

と、ここまで妄想を膨らませたところで、絶海ははっと我にかえった。

「この力は甘蟬老人の小天地でだけの話だ。こんな力を手にしてしまったら、私はおかしくなってしまう」

慌てて頭を振って、思い浮かべたことを消す。

「今はともかく、蔑収さんを助けることを考えなければ」

そこに、杢蘭が呼びに来た。

「腹が減ってんだろ……って汗だくじゃないか。まさか何か思い浮かべていたんじゃないだろうな！」

　と慌てて部屋の中を見回す。

「あっ！　この桃、あんたが出したのか？」

「そ、そうですが」

「あのな、まだあんたは思い浮かべることが形になるってことが、どれだけ危ないことかわかってないんだ。頼むから止めてくれ。次やったら許さないぞ。あれを見ろ」

　杏蘭が絶海の首根っこを摑むようにして小屋から引きずり出し、ある方向を指差す。幼い子供が激しく泣いているのが見えた。

「子供の桃を取るんじゃない。折角食べようとしたところ手のうちから消えたから、もしかしてと思って見に来たらやっぱりそうだ」

「別に取ってません……が……」

「あのな、無から有を生むのは本当に大変なことなんだ。それは、凄まじい修行を積んだ神仙となってようやく可能になる。だがあんたの術は、思い浮かべたものを手近なところから奪うだけだ」

　顔を真っ赤にして怒る杏蘭の剣幕に絶海は平謝りである。あまりに恐縮する絶海を見て怒りが和らいだのか、杏蘭も吊り上げた目じりをやや下げた。

「ま、あんたがお連れさんが攫われて気が立ってるのもわかるけどよ。あの化け物のように、まだ種があるならいいんだが、何もないところから生み出そうとするのは止めておけ。生み出した分、どこから失われるかわからん」

「申し訳ないことをしました……。ですが」

絶海には一つだけ疑問があった。

「あなた達の思いはどうしているのですか。もし、私のように思いを形に出来るのでしたら、もっと豊かな暮らしが出来るではありませんか」

「そのことなんだがな」

李蘭はばりばりと頭を掻《か》いた。

「知らない方がいいよ」

「ぜひ教えていただきたいのです。私がこの天地の規律を知るためにも知っておきたい」

扉から、村人が数人覗き込んでいた。

「絶海はこう言ってるけど、どうする？」

その中には、家の戸口に座っていた老人たちもいた。

「このお方は甘蟬さまの意を受けてここにいらっしゃったお方だ。きっと、ここの全てを目で見て肌で感じ、学んでいかれるよう運命づけられておるのだろう。我らがここにいる役割は他でもない。そういう方の力になることだ。違うかの」

「……違わないけどさ」

杢蘭は肩をそびやかせ、絶海について来るように手招きする。

「どこへ？」

「俺たちが何を考えても物にならない理由を知りたいんだろ？　世の中には知らぬが花って言葉もあるんだけどな」

どこか不機嫌に、杢蘭は奇岩が密に立ち並ぶ一角に絶海を連れて行った。そして、子供の頭ほどの石が積み上げられた場所で足を止める。そして彼は、一個ずつ丁寧にその石をどけ始めた。絶海が手伝っても、何も言わない。

「ここに何が？」

「もうじきわかる」

黙々と石を取り除くと、そこは洞穴《ほらあな》になっていた。杢蘭は火をおこし、持って来た灯りにつける。小さな光に浮かび上がったものを見て、絶海は言葉を失った。

「これは！」

杢蘭の灯明が照らしたのは、数十体の人影であった。しかし、彼らにはもう命の息吹はない。ただ、洞穴の中で車座となり、息絶えていた。乾いた眼窩《がんか》は虚ろな穴となり、繋ぎあった手と指は皮一枚だけとなっている。

「これが俺だ」

洞穴の奥でうなだれて座っている一体の前に膝をつき、杢蘭は呟《つぶや》いた。絶海は干からびた死体と、目の前の活力に溢《あふ》れた若者を交互に見やる。

「村にいた子供も老人も、皆ここにいる」

「しかし、あなた達は生きているではありませんか」

「そう願ったからな」

杢蘭の村は、湖南《こなん》の西境近くの山中にあった。だが、いつの頃からか近くの山に山賊どもが居を構え、ことあるごとに村を掠奪《りゃくだつ》した。数年の間耐え続けた彼らであったが、遂に反撃に出た。

だが、凶悪な山賊はかえって彼らを追い詰め、村のある山の頂《いただき》近くの洞穴に押し込めた。村人は洞穴の中で車座となり、神に祈りを捧げた。

「俺たちは生きたいと願った。ただひたすら、このまま賊の刃《やいば》にかかって死ぬのはごめんだった。沢山の人間が死んだ。俺の妻も、息子も、母さんも、皆殺された。だからこそ、生きてやり返さねばならなかったんだ」

そこに現われたのが、甘蟬老人だったという。

「憎しみを捨てて我に渡し、生きることを願うなら、その憎しみを引き受けて願いをかなえよう。そう甘蟬は言ってくれた。俺たちは、天に祈りが通じたと喜んだんだ。俺たちはここで手を繫ぎ、全てを甘蟬に捧げると誓った」

するとと、甘蟬は山の頂に立って天を仰ぎたった一言、

「下来《おちよ》」

と静かに言った。すると、無数の光の矢が降り注ぎ、山賊どもを一瞬にして肉片へと変えてしまった。

「あんな術がこの世にあるなんて、驚いたもんさ。でも驚いて快哉《かいさい》を叫んだ瞬間に、俺たちの肉体は死んで、この天地に連れて来られていた」

「それは、良かったですね……」

言葉が適当なのかわからないまま、絶海は口にする。何かを言いかけた杢蘭であったが、複雑な絶海の表情を見て口を噤《つぐ》んだ。

「いいのか悪いのか、今ではよくわからないさ。俺たちはもう二度と、甘蟬の庵から出ることは出来ない。もし出たら、本当に死ぬことになる。それが自然の理《ことわり》だってこともよくわかってる。何せ、俺たちが山賊に囲まれたのは、呂布《りよふ》やら曹操《そうそう》やらが中原《ちゆうげん》を走り回っていた時代だからな」

絶海は余りのことに絶句した。

「三国の時代といえば……六百年以上も昔のことではありませんか」

「もうそれくらいになるか」

杢蘭はひどく疲れたような顔になった。

「人の心ってのは、そうそう長いこと生きるようには出来てないのかも知れん。だが同時に、諦《あきら》めることも知っている。甘蟬は何度か、俺たちに死にたいかどうかを訊《き》きに来た。何人かは自ら望んで庵の外に出て、天地に還って行った。だからここには、そうすることも出来ない臆病ものばかりが残っているってわけだ」

「杢蘭さんはそんな臆病な人間には見えないんですが……」

「そんな奴ほど、よわっちいもんさ。ともかく、これで俺たちが何を考えようと物にはならないことがよくわかっただろう？　俺たちの姿自身が、命と引き換えに思い浮かべた想像の産物だからさ」

それに、と杢蘭はどこか決死の眼差しで続ける。

「あんたほど、思いをはっきりと形にする修行者をこれまで見たことがなかった。もし、修行がうまくいったら頼みたいことがあるんだ」

「もちろん、出来ることは何でもいたしますが……」

「俺たちを、ここから消してくれ。そして、成仏を祈ってくれ。甘蟬老人はここでは神に等しい男だ。大きな恩もある。でも、託せないんだ」

「何故ですか？」

「甘蟬は凄い力を持つ神仙か何かだが、俺たちの話を聞いてくれる相手ではないんだよ。わかってくれ」

絶海はその気迫に圧《お》された。そして、杢蘭の後ろに立つ村の人たちが彼を見つめていた。恐れと悲しみと躊躇《ためら》いと、しかし強い決意が全ての瞳に宿っていた。

「そのような重大なこと、何故私に？」

「あんたが俺たちと同じく、未練と恐怖の中に生きている人間だからさ。蔑収って連れに対する想いは、俺が妻や娘に抱いているものと同じだ。これほど大切に想っているのに、守ってやれない口惜しさがあんたを動かしている。力が足りない痛みを、あんたはわかっている。既に絶対の境地に至っている甘蟬には、俺たちを助けることは出来ても気持ちを理解できないんだよ」

絶海は一度大きく深呼吸し、そして頷《うなず》いた。既に、杢蘭を始め若者たちは半弓を手挟《たばさ》んで攻撃の準備を整えていた。絶海が願いを受け入れたと知って、どの顔からも光がこぼれているように明るかった。

三

翌朝、一晩考え込んでいた絶海は杢蘭の村を辞去することにした。

「尋ね人にたどり着けるかやってみます。少し手がかりを摑んだ気もするので」

杢蘭はしばらく言いにくそうに口ごもっていたが、ついて行かせて欲しいと頼んだ。

「それはありがたいお申し出ですが……」

「俺はこの天地では肉体が滅んで死ぬことはもうない。あの怪鳥どもはあんたが呼びだしたものとはいえ、呼び出した以上は実体を持っている。俺がいれば何かと役に立つし、願いを聞き届けてくれたあんたの力になりたいんだ」

李蘭が気合いを入れ、空を見上げる。

空には怪鳥の巣が城となって漂っている。その真下へと絶海たちは走る。だが、近づくに連れて、怪鳥たちの様子に変化が現れた。巣の上を旋回していた一羽がけたたましい鳴き声を上げた途端に、彼らは巣の中へと戻っていく。

「感づかれたかな……」

李蘭は舌打ちする。

「それにしてもとんでもないのを呼び出してくれたもんだ」

「呼び出したつもりはないんですが」

「わかってるよ。出会いがしらに言っておかなかった俺も悪かった」

やがて、巣穴から列をなして出てきた怪鳥たちが絶海たちに向かって急降下を始めた。

「あれは俺たちが相手をする。お前はさっさとあの巣に取りつけ！」

杢蘭の言葉に背中を押されるように、絶海は全力で駆けだす。後ろで矢音が響くと共に、数十の鏃《やじり》が怪鳥たちの群れへと向かう。標的にされた鳥たちも機敏に避けたが、数羽が悲鳴とともに墜落して行った。

怒りの叫びをあげた怪鳥たちが杢蘭たちへと殺到している隙に、絶海は鳥の巣の真下へと向かう。随心棍《ずいしんこん》を細紐のついた銛《もり》に変えると、気合いと共に投げ上げる。二度失敗し、三度目でようやく突き刺さり、絶海は紐を伝って巣へとよじ登る。

高度を上げると、杢蘭たちが怪鳥たちに襲われて右往左往しているのが見えた。何人かは血を流し、腕や頭を負傷してうずくまって呻《うめ》いているようだった。杢蘭が仲間を守りつつ懸命に応戦している。

「急がなければ……」

怪鳥の巣自体は枝や泥を固めて出来たもののようで、鋼鉄のごとく硬いというわけではなかった。手がかりも多く、やすやすと巣の上へと登り切る。

巣は二層の楼閣《ろうかく》のようになっていた。下の段には、ひと際大きな怪鳥が座しており、その羽毛の下には雛《ひな》らしき小型の怪鳥が数羽、餌《えさ》をねだるように真っ赤な口を開けている。そして上の段に、牛に似た動物や巨大な魚の姿に混じって、ぐったりとしたままの蔑収の姿を絶海はみとめた。

「蔑収さん……」

随心棍を手にした絶海は駆け寄ろうとする。

「止まるのだ」

重々しい声が響く。棍を握り締めた絶海は、声の主を睨みつけた。長さ十丈ほどもありそうな巨大なくちばしからは、牛の頭らしきものがぼとりと落ちた。巨大な黒い怪鳥は、金光を放つ瞳を絶海に向け、くちばしを鳴らす。

「人語を理解するのなら、お願いしたい。それある娘をこちらに返してもらいたい」

怪鳥はくちばしを大きく開き、一度激しく叩いた。

「お前は他者の獲物をかすめ取る盗人であるか。人の世界の規律はよく知らぬが、そのように無礼なことが許されておるのか」

化け物に人の道を説教されるのも妙な感じであったが、確かに理ではあった。

「お前は子がいるか」

「いませんが……」

「親は何のために生きるか。その大きな役割の一つが、子を守り育てることである。守るために戦い、育てるために獲物を捕える。反抗されれば、当然戦って殺してでも捕える。それが生きる道である」

「確かにあなたの仰る通りです。しかし蔑収さんに罪はないではありませんか」

怪鳥は喉を鳴らした。笑ったと気付くまでにしばらくかかった。

「罪はない？」

「そうです。我らはこの天地の主である甘蝉老人によって請じ入れられ、これより修行を行う身なのです」

「愚かな……。人は魚を食らう時、罪ある魚を選んで食うのか？　違うであろう。空腹であるから殺して食らうのだ」

全くの正論であった。

「母は飢えた子のために魚を獲り、父は飢えた妻のために鳥を射る。それは天地の理にかなっておらぬのか」

「それは……間違ってはおりません」

「子のために得たものを奪われようとする時、母は命を賭けてでも守る。それは天地の理にかなっておらぬのか」

それも間違っていないと答えるしかない。

「では私が代わりの獲物を探してまいります。それではなりませぬか」

「この者と変わらぬ重さ、変わらぬ大きさの者がいれば、代わりにしてもよいが」

絶海はくちびるを嚙《か》んで考え込んだ。

「お前でもよいぞ。少々固そうだがな」

（力ずくで奪うか……）

随心棍は手の中にある。一気に間合いを詰めて急所をつけば、勝てるかも知れない。だが、そんな魂胆を見透かしたように怪鳥は爪の間に蔑収を挟んだ。

「子供たちはそろそろ腹を空かしている」

もはや猶予はなさそうだった。ふと絶海は考える。ここには、絶海と蔑収以外にも人がいた。怪鳥の餌になりそうな者がいるではないか。

(な、何という罪深いことを)

己を責める気持ちは、怪鳥の咆哮《ほうこう》にすぐかき消された。

「ま、待ってくれ！」

必死に考えた末に、気付いたことがあった。往生を願う者に引導を渡すことは罪ではない。その代わりに、生きていて欲しい者を救うのであれば、悪いことではないはずだ。御仏《みほとけ》も許して下さる。自分は悪くないのだ。

冷や汗の下で、絶海は小さな笑みを漏らした。

「どうするのだ」

「代わりを……その者の代わりを差し出す。それでいいのだろう？」

怪鳥は目を細めて頷いた。

四

絶海は鳥の巣から飛び降り、随心棍を大笠にして地上へと降り立つ。怪鳥の女王が呼び戻したのか、怪鳥の群れは彼と入れ替わるように巣へと戻って行った。

何度も鳥の巣を見上げた絶海は、進むごとに重くなる足を引きずって杢蘭たちのもとへと近づいていく。

弓で応戦していた者たちは、例外なくひどい傷を負っていた。中には眼球を失ったり、腕を食いちぎられている者もいる。だが彼らに死はない。ただ苦痛の中で呻吟《しんぎん》していた。中でも傷がひどいのは、杢蘭であった。

「……やっと帰って来たか。首尾はどうだ」

「首尾は上々です。今怪鳥が戻って行ったのも、逃げる算段をするためなのです」

人々は顔を見合わせ、手を叩き合う。

「では、我らの願いをかなえてくれるのだな」

「もちろんです。でもその前に……」

杢蘭に共に巣の上に来てくれるよう頼んだ。

「蔑収さんの囚われた檻《おり》を開けるために、この天地に住まわれている人の力が必要です」

「私は手負いだが、いいのか」

「構わない。ここに来てから私にもっとも親切にしてくれたのはあなたです。やり遂げたことをぜひ見て欲しいのです」

「……わかった。傷はひどいが、別に死ねるわけではない。あんたの役に立てないかもしれないぞ」

「あなたでないといけないのです」

絶海は杏蘭を背負う。濃厚な血の匂いがしたが、それが蔑収を思い出させて、絶海の肉体が激しく反応した。懸命に気を散らして抑えつつ、随心棍を伸ばす。鳥の巣は高度を下げ、彼らを迎え入れるように傾きつつあった。

「あんたはあの鳥を殺したのか」

「ええ、まあ」

それっきり、杏蘭は黙った。随心棍がもう伸び切らないと動きを止めたあたりが、丁度巣の上だった。

「下りよう。何とか自分の足で歩ける、が……」

絶海の背中から下りた杏蘭は、目の前の光景に息を吞《の》んでいた。

「あんた、どれだけの空想してたんだよ。それに怪鳥の親玉は健在じゃないか」

「……すみません」

杏蘭は悲しげな表情を浮かべ、そして頷いた。

「なるほど、あの娘と俺を交換ってわけか」

もうまともに杏蘭の顔を見ることが出来ない。深手を負った杏蘭なら、この巣から逃げることは出来ない。それに、死ぬことはないのだから、たとえ嚙み砕かれようと時間をかければ治る。一度死ねば終わりの自分や蔑収とは違う。

「ゆ、許して下さい」

「約束はどうなる？」

「蔑収さんを取り戻したら、必ず」

「そうか……。別に構わないが、あいつの腹の中で肉片になったまま待つのは辛いことだぜ。もうあんたに託したんだから、恨みはしないけどよ」

そう言って、自ら歩き出す。

「杏蘭さん」

絶海が呼びかけても、彼は止まらなかった。ただ、凶暴な鳴き声を上げる怪鳥たちの食卓へ向かって、足を引きずるように歩く。怪鳥の女王は大きくくちばしを開けると、ひとのみで杏蘭を飲み込んでしまった。

断末魔の叫びをあげることもなく、彼は怪鳥の喉を通り過ぎていく。絶海は吐き気を抑えながら、蔑収を返すように訴えた。

「食った気がしないな」

「え？」

「こ奴は肉を持っておらぬではないか」

そこで絶海は愕然《がくぜん》とした。確かに、杢蘭たちは肉体は滅び、その精神だけが甘蟬に助けられてここにいるのだった。

「これでは我が腹も子らの腹も満たぬ。お前は我をたばかった。この者を返すわけにはいかんな」

怪鳥は蔑収をくちばしの間に挟むと、絶海が叫ぶ前に口の中に収める。そして念入りに咀嚼《そしやく》し、飲み込んだ。だが喉を鳴らすと、絶海に向けて何かを吐き出す。それを見て、絶海は膝をついた。それは血と唾液にまみれた、蔑収の弓であった。

「お前はもう帰ってよいぞ。私はこれから、子供たちに食事を与えねばならん」

もはや絶海にはその声は聞こえていなかった。その血走った眼は、弦の無い弓に向けられていた。

「べ、蔑収さん……」

「骨と皮ばかりで味がなかったな」

羽根をつくろい始めた怪鳥は、さっさと帰れとばかりに口を開いて威嚇《いかく》した。

「……返せ」

「返して欲しくば我が腹を割いて繋ぎ合わせればいい」

嘲《あざけ》るように怪鳥は笑った。

絶海の口の中に血の味が満ちる。鼻孔を通るその匂いは、かつて蔑収に初めて遭った時に感じた香りだった。そして、背中からも同じ匂いがする。自分を信じてくれていた異界の若者の血だ。

(許さん)

弱い己を許せなかった。迷った自分に我慢がならなかった。そして全ての怒りは、己を騙《だま》した怪鳥に向けられた。

凄まじい咆哮が絶海の口から流れ出た。歯の何本かは砕かれ、その間から血潮と呻きが噴き出していく。

全身が怒張し、血管が無数に膨れ上がって全身を覆う。魔神の手に体を握りつぶされそうな痛みが襲うが、苦痛はやがて全身を駆けまわって快楽へと変わっていく。そして、腕の先へ痛みと快楽と熱が集まった。

何もないはずの空間に黒い影が浮かび上がるのを、絶海は見た。誰よりも強く、遥か彼方の敵ですら射貫《いぬ》く魔神の矢を放つ究極の弓だ。

絶海は差し渡し二尺ほどの優美な曲線にそっと触れ、指を滑《すべ》らせた。確かに、弓のしなりも弦の手触りもある。指を滑らせると、肌が切れて血が流れる。その血を矢へと変える。どす黒く、それでいて鈍い光を放つ矢がゆっくりと姿を現した。

目の前では怪鳥の女王が消化した肉を吐き戻して子供たちに与えている。子怪鳥は嬉しげに羽ばたきながらそれを飲み込んでいた。雛は四羽いる。

絶海の手に五本の矢が現れて、そして一本に合わさった。それを番《つが》えた絶海は、歯をむき出しにして放った。

甲高《かんだか》い音を立てて飛ぶ黒矢は五本に分裂し、まず雛鳥たちを貫いた。顔を上げた親鳥の喉もとに、最後の一本が突き立つ。雛鳥は身を震わせて息絶え、母鳥はのた打ち回って苦しんだ。

その様《さま》を見て、絶海は高笑いした。

「報いを受けろ、化け物！」

だが、苦悶していた怪鳥は顔を上げ、金色の瞳を絶海に向けて嘲笑《あざわら》った。

「お前は大きな罪を犯した」

「違う。化け物に天誅《てんちゅう》を下したのだ」

「その勘違いも罪だと気付かぬか。いいか、教えておいてやろう。まず、私がしていた天地自然の理に従った行いを妨げ、あまつさえ我が子の命を奪った。これが第一。次にお前を信じていた〝罪なき〟者を騙し、我が餌とした。これが第二。最後はお前自身が大切にしていた者を助けることも出来なかった。これが第三だ」

「黙れ……」

「知っているぞ。お前のその僧形、人の世では慈悲と不殺を旨《むね》とする教団におるのだろう？　そんな者が、生きるための営みを壊し、友を裏切り、想い人を失う。これを罪と言わずして何だ」

「黙れと言っている！」

絶海の手に再び闇色の矢が現れる。うねるような闇が弓をも包み、そして絶海自身も包んでいく。

「お前は己の罪に背を向け、突きつけられた真実から目を背《そむ》ける。これもお前の罪。そうやって延々と罪を背負い続けながら、後ろめたさを力として地獄への道を歩み続けるがいい！」

絶海は言葉を返す代わりに、弓を引き絞った。二尺ほどの小弓だったはずの黒き弓は、大弓となって七尺を越え、矢も三尺の長大なものとなって瘴気《しょうき》を放ち始める。

「……消えろ」

指を放すと、矢は風を切る音ではなく、奇怪な鳴き声を残して怪鳥へと当たり、その体内へと潜り込む。数瞬の後、怪鳥の体はずたずたに引き裂かれて四散した。弓は元の姿に戻ったが、絶海の体から噴き上がる黒い瘴気は、ついに消えることはなかった。

「何だこの力は」

　体内を巡る気と血が轟々《ごうごう》と音を立てて流れている。溶岩の熱さと速さを絶海は持てあまし、やがてその流れを御した。一つ心の臓が脈打つたびに、これまで絶海自身を抑えつけていた薄膜がはがれていく。

　絶海は矢を番え、たて続けに放つ。黒き矢は女王の復讐に襲いかかってきた怪鳥を確実に捉え、肉片へと変えて行った。

「死にたい奴は来い！」

　恐怖に逃げようとした怪鳥たちの背にも、容赦なく黒き矢は突き立つ。ただ射貫くだけではない。射貫いた後ずたずたに引き裂き、絶叫を上げて鳥たちは四散する。その様を見て、絶海は楽しげに笑い続けていた。

　やがて、城郭のような鳥の巣は音を立てて崩壊していく。絶海は慌てることなく地上に降り立ち、その様を眺めていた。

「弦を張ったようじゃな」

　隣に甘蟬が立っても、絶海は何も答えなかった。鈍く黒く光る弦も消えていたが、師の言葉に頷いたのみである。

「この娘が無事でさぞ嬉しいじゃろ」

だが絶海は表情を消したまま、何も答えない。甘蟬の陰から姿を現した蔑収が絶海に近寄り、返り血に汚れた顔を拭いてやっていた。

「強くなった」

そう蔑収が誉めても、絶海は驚くこともなく一瞥《いちべつ》を与えたのみである。

「弦だけでなく矢も鎧《よろい》も作りおって。生き急いでおるわ」

「どういうことです」

一言だけ、絶海は訊いた。

「この庵の中は、全てお前の心にあったこと。あの明るい少女であった蔑収も怪鳥も、全てお前の心がそうあれかしと形にしたものだ。さまよえる魂であった杢蘭たちはあの小天地を支えるために入れておいたが、いずれにせよ、お前の願い、希望、恐怖があのような形をとって現れたものだ」

「私は望んでなどいません」

平板な声で絶海は否定する。だが甘蟬は嬉しげな笑みを崩さない。

「人は心の表面を見て、己の全てだと思う。お前の心の表面は、仏の道と武の道を穢《けが》れなく追い求めていたように見えたかも知れん。だが心の奥底では罪悪を求めていた。あらゆる制約、あらゆる正しいとされる道を捨て、汚穢《おわい》にまみれた荒々しいまでの強さを欲していたのだ」

絶海は甘蟬から受け取った弓を抛《ほう》り捨て、歩き出す。

「これ、弓を捨てて何とする」

甘蟬がたしなめると、絶海はすっと左手を横へと突き出した。拳《こぶし》を開き気合いをかけると、そこに黒く禍々しい形をした弓が現れた。

「これでいいのでしょう？」

「お、おお……何という奴じゃ。しかし、どこに行く」

甘蟬は初めて驚きを面《おもて》に表した。

「忌々《いまいま》しい連中を消しに行きます。一人残らず」

「何のためじゃ」

「私が最も強いと証明するため」

「それは意味のないことであるぞ」

「意味があるかどうかは、私が決めること。それ以上私に指図をするのであれば、あなたから消えてもらいます」

その声には驕《おご》りも高ぶりもなく、これまでにない低い響きが含まれていた。

「言いおる」

苦笑した甘蟬に背を向けて歩き出す絶海の後を、蔑収が追った。

「己の強さを確かめたいなら、武宮《ぶきゅう》の大賽《たいさい》に顔を出すがよい。香酔洞《こうすいどう》の仙人に話をつけておく。出場せず壊して回るのもいいが、堂々と勝ち名乗りを受けるのも悪くはあるまい。それに」

絶海は足を止めた。

「大賽の勝利で得られる宝貝《ほうばい》は、お前の道の助けにもなろう」

ほう、と絶海は興味深げに眼を細めた。

「全ての因果を掴む武神の賽だ。武神賽《ぶしんさい》を手に入れてその力を解放させることが出来れば、あらゆる事象は思いのまま。過ちも後悔も、全てをやり直すことが出来る。だが、大賽の勝利者でも、いや、武宮の神仙であってもその宝貝の力を使うまでに至った者はおらぬ」

「面白い話ですね」

「これをやろう」

鼻で笑った絶海に、甘蟬は三枚の符を投げ渡す。

「これは？」

「お前は何を求める」

「勝利」

絶海は即座に答える。

「その勝利を約束してくれる宝貝だ。この符はお前の心を多く占めている事柄を糧《かて》に、ただならぬ力を与える」

「……無用です」

「本当に無用と拒みきれるか？　千里とバソンに、間違いなく勝てると思っているのか」

絶海はじっと符を見つめていたが、小さく舌打ちして懐《ふところ》に入れた。

「ただ用心せよ。その符は間違いない勝利を与える代わりに、お前の大切なものを代償として奪う」

「失うものなどありません。肉親も妻子もなく、友もいない私は武を求めていくのみ」

そして振り返ることなく歩みを進め、随心棍を一閃《いっせん》させる。すると空が破れて地が裂け、乾いた音を立てて崩れ去る。そこには粗末な庵の残骸と甘蟬一人が残された。

老人は呆然としていたが、絶海たちが遥か遠くまで去ったのを確かめてから、不意に笑いだした。楽しげで、嘲《あざけ》りすら含まれたその声はそれまでの老人のものではなく、少年のような瑞々《みずみず》しさに変わっていた。それと共に姿も若者となり、白絹の道服に包まれたほっそりとした手で口を押さえながら笑い続ける。

道士呂用之《りょようし》は満悦の表情を浮かべて雲を呼ぶと、何処《いずこ》へともなく飛び去って行った。

五

千里は急いでいた。漢人の帝国と吐蕃《とばん》の王国の境を目で見ることは出来ない。だが厳然として、そこにある。長く辺境で戦ってきた高崇文《こうすうぶん》の孫だけに、千里もそれはよくわかっていた。

「こっそり行かなきゃな」

「お任せを。私の術なら壁が何丈あろうとなきがごとし」

趙帰真《ちょうきしん》は結局、千里について来ていた。

「お守りならいらないよ」

「千里さまも随分と頼もしくなられた。以前とは大いに異なりますな」

「そりゃどうも。だから道士がついてたら、力を借りたって思われるじゃないか。今回は自分でやるから都に帰りなよ」

「そんな冷たいことを仰らなくても」

珍しく寂しげな表情を見せるので千里は驚いた。だが、それもすぐにふりだと見抜く。

「ぼくについてくれば退屈しのぎが出来ると思ってるんだろ」

「千里さまも随分と鋭くなられた。以前とは……」

「もうそれはいいって。行くよ」

「行くって、国境はどのように越えられるのです？　それに吐蕃の納木湖《ナムこ》はどこにあるかご存知なのですか？」

と、問われて千里は趙帰真を見上げた。

「帝国と我らの境は何万里にも及ぶ。どうやっても抜けられるし、納木湖の場所はバソンに訊けばいいよ」

「吐蕃との境は街道の部分ですら険しい峠道です。高峰に入れば真夏でも吹雪が荒れ狂い、納木湖は方数万里の吐蕃高原の奥深くにあり漢人でたどり着いた者も稀《まれ》です。大体千里さまはバソンさんがいるチャイダムを知っているのですか」

「……全然」

「さあご一緒しましょう」

意気揚々と先を行く趙帰真の後ろを、千里は頰を膨らませてついて行った。

「気配を消せますね」

「ぼく、それ苦手なんだよな」

「そろそろ出来た方がよろしいでしょう。今度の大賽は弓での勝負ですよね。弓での戦いは遠距離からの撃ち合いとなります。相手よりも先に相手を捉えた者が勝利に近づくわけですから、千里さまのように戦うたびに闘気を漲《みなぎ》らせていては不利なのです」

「ふむ……それもそうだね。で、どうすればいいの？」

趙帰真は風山《ふうざん》に五嶽真形図《ごがくしんぎょうず》を探しに行った時のことを思い出すように言った。

「あの時、指南車を持っていただいたことを憶《おぼ》えていますか」

「ああ、波を立てないようにするんだったな」

「あれとほぼ同じことをしていただければいいのです。気持ちを鎮め、その鎮めた感覚を外へと出して肉体を包む様を思い浮かべてみて下さい」

なるほど、と頷いた千里は何度か試した後に、

「これでどう？」

と道士に確かめた。すう、と千里の影が薄くなっている。

「相変わらず飲み込みが早い。では先へと進みましょう。この先はまた遥かな旅路なんですよ」

小さな砦が、巨大な青海湖《せいかいこ》のほとりに建っている。かつて唐《とう》の公主が吐蕃に嫁いだことが記された碑があって、その前を漢人や吐蕃人、西域の各部族たちが馬や騾馬《らば》を曳《ひ》いて往来していた。

　二つの強国の間には常に緊張感が漂っているものの、互いの巨大な市場を目当てに商人の往来がないわけではなかった。しかも公《おおやけ》に開かれている道は限られているだけに、この砦を往来する者も多い。

「普通に進んでも大丈夫そうだね」

　国境には双方の兵舎があり、門を挟んで睨み合うように衛兵が立っている。彼らは行き来する者たちを監視するというよりは、異国兵の一挙手一投足に集中しているようでもあった。

「そうでもありませんよ」

　趙帰真が砦の上に目を向ける。櫓《やぐら》には数人が立ち、城壁から身を乗り出すようにして商人たちを監視していた。そして怪しそうな者を見つけると、下の兵に合図して荷を検分しているようであった。

「ここは揉め事を避けなければなりませんからね」

「わかってるって」

　気配を消した二人は国の境を易々《やすやす》と越え、一里行くたびに人影の薄くなる街道を西へと向かった。半日も行くと、前後に人の気配は消え、集落すら望めない。南には雪をかぶった稜線が延々と続き、北にも緩やかであるが岩がむき出しの山々が東西に延びている。

「千里さまは吐蕃の地は初めてでしたか」

「うん。バソンはこんなところに住んでいるんだな……」

千里の暮らす成都《せいと》や麻姑山《まこさん》ともまるで違う風景であった。緑と水と人の気配が、一望の下に全くないのだ。

「こんなところに人が住めるのか」

「荒々しい大地で鍛えられたからこそ、バソンさんのようなつわものも生まれるのではないでしょうか」

「あいつの強さはでたらめだもんな」

千里はため息をついた。もちろん、いずれ参ったさせてやる、と付け加えるのも忘れなかった。

「強さには生まれついてのもの、修練で身につくもの、そして生い立ちが作るものと三種ありますからね。バソンさんは生まれついての心身に加え、この高原の風土、そして人に数倍する速さと感覚を持つ獣たちとの戦いのうちにあの力を身につけたのです」

「へえ……なんかずるいなぁ」

「そうではありませんよ。この高原では弱くては生きていくことは出来ません。中原や穏やかな地では生き延びるはずの命が、ここでは簡単に絶えてしまう。生まれ育つこと自体が命を賭けた鍛錬のようなものですから」

「ぼくらはわざわざ武宮で必死に鍛錬して、ようやく五分に戦えるかどうかってことか。吐蕃といざこざが起きると苦労するわけだ」

「人が持つ原初の強さをよく保っている人たちですね。私は大好きですが、長安には蛇蝎《だかつ》のように嫌っている者たちもいます」

二人は速度を上げ、風に乗って走る。街道を行く商人たちの目にも、恐らく彼らの姿を捉えられないほどに速い。駿馬《しゅんめ》の形容に千里行という言葉があるが、彼らはまさに一日千里の道を走り続けた。

青海湖から西にしばらく走ると、北側に広大な平原が広がっている。そこがバソンの住むチャイダム盆地である。白い荒原と青い草原が交互に広がり、南北の遥か彼方には雪をかぶった山並みが微かに見えていた。

野馬の群れが千里たちに気付き、土煙を上げて走り去った。

「こりゃ広いね」

千里も思わず足を止める。チャイダムは吐蕃高原の東北隅を占める。北の峠を越えれば敦煌《とんこう》へと通じ、南へ延々と進めば吐蕃の中心地ラサへと至る。

「で、どこを探します？」

「何だよその得意げな顔は。ぼくが頭を下げておっちゃんの術に頼るとでも思ったのか」と言った直後、どうかお願いしますと頭を下げたので、趙帰真は噴き出してしまった。

「いけないいけない。私としたことが」

袖で口元を覆い、道士はおかしそうに笑った。

「だって、いくらぼく達の速さで走り回ったとしても、この広い平原を隈《くま》なく探せば何日かかるかわからない。こういう時こそ、道士の術が役に立つってもんだ」

「手助けはいらない、と……」

「臨機応変こそ武の要」

「はいはい」

趙帰真は袖から小さな指南車を取り出すと、何事かを言い含める。小さな老人はくるくると回った後、北北西を指した。

「あちらです」

「じゃあ行こう」

「ちょっと待って下さい」

趙帰真が走りかけた千里の襟《えり》を摑んだ。喉がしまって咳き込んだ千里は、何するんだと苦情を言う。

「指南車が迷っています」

改めて見てみると、木像の指先が北北西と南南東という真逆の方向を交互に指している。

「どういうことでしょう……」

「ふた手に分かれようか」

道士が考え込んだのを見て、千里はそう提案した。だがしばしの後、趙帰真は首を振って千里の手を握り、

「一緒に行きましょう」

と力強く言った。

「何だよ気持ち悪いな」

「……千里さまの手、柔らかいですね」

全身に鳥肌を立てた千里は道士の手を振り払う。

「馬鹿なことを言ってないで、何考えているか言ってくれよ。いつものことだけど、おっちゃんの物言いはどこかおかしいんだよな」

「大賽にはつつがなく出ていただかなければなりませんから」

「どうしてよ。ぼくが出て勝たないと、また妙なことになるってこと？」

「千里さまでなくてもいいのですが、ともかく私の意を受けたどなたかが勝ちあがっ

て下さらないと困ったことになるんですよ」

千里は顔をしかめた。

「ぼくは普通に他の武宮の連中と勝負して、そして一番になりたいと思っている。趙帰真の事情もあるかも知れないが、ほどほどにして欲しい」

「そんな暢気《のんき》なことを仰っていられるのも、今のうちだけかもしれません」

既に趙帰真の表情からは、とぼけた風情は消えていた。

「時輪《じりん》と空翼を引き剝《は》がした者が、大賽に関わろうとしているのです」

「もう、面倒くさいなぁ。大賽には集中したいんだよ」

「わかっています。そのためにも私がお手伝いした方が良いと考えているのです」

頷いた千里は、南から行こうと主張するが、趙帰真は北にあるバソンの村から訪ねるべきだと言った。

「何か根拠があるの？」

「これが両方とも、私の術力でも判別しかねる遠さなんですよ」

「その杖になってる龍は？」

「ああ、そうでした。我らには心強い味方がいるのです」

趙帰真は手を打ち、杖を空に投げ上げる。身を翻《ひるがえ》して趙帰真の目線まで下りてきた小龍敫辿《ごうてん》は、

「いつ呼んでいただけるかとやきもきしていました。主さまは私のことをすっかり失念しておりましたでしょう」

「とんでもない。敖辿、愛しておるぞ」

「主どのが嘘を仰る時は、実に言葉が軽いですな」

鼻の孔を広げてため息をつきながらも、龍は二人の足元まで下り、乗るように促す。千里たちがその背にまたがると敖辿は声を潜めるように、呼ばれなくて良かったかも知れません、と呟いた。

「妙なことなのですが、我ら霊獣に対する結界が張られていました。我ら龍や鳳凰《ほうおう》など、吉祥や凶兆をもたらす力を持つ存在はこの天地に数も少なく、好んで姿を現すこともありません。なのに、ことさら出てくるなと言わんばかりに強烈な結界が張ってあった」

趙帰真は短く唸《うな》って、

「気付かなかったぞ……」

無念そうに自分の腿を叩く。

「どうも主さまには、相性の悪い道士がいるようです。主さまが気付かないということは、前回もしてやられた呂用之の仕業かと」

腑に落ちない表情を一瞬浮かべた趙帰真であったが、すぐにいつもの平静な顔つきに戻った。

「ということは、お前が姿を現してはまずい何かがあったということだな」

「龍の目は万里を見通し、その耳は音ならぬ音を捉えることができます。嗅ぎつけられたくない悪事を企んでいる者がいるのかも知れませんね」

そこで千里が口を開いた。

「呂用之の名は時輪と空翼の時から聞いているが、何をしたいんだろうな」

「私の目を掠《かす》めて、何かを企んでいる。その何かがうまくつかめないのです。まだ証拠がないので言いませんでしたが、私が千里さまについて回っているのも、彼が何か仕掛けてこないかと心配してのことなのです」

「心配してくれるのは嬉しいけど、道士はその呂用之と相性良くないんだろ」

千里の言葉に、趙帰真はごく小さく舌打ちした。これも珍しいことである。

「認めたくはありませんが、そのようですね」

「茅山《ぼうざん》の趙帰真、異界の王である共工《きょうこう》に認められ、五嶽真形図の力を引き出すほどの道士がどういうことなんだ」

「その理由を探るために、都に居続けたのですがね。どうにもならないので動きを見せることにしたのです。こちらが動けば相手も動く。そうすれば、相手の考えもわかるかと思っていたのですが」

容易に尻尾は摑めないという。

「私に結界を仕掛けるとは……」

千里は難しい顔をしている趙帰真を見上げ、

「結界ってどうやって作るの」

と訊ねた。

「作り方、ですか……。普通は符や陣などを使う場合が多いですね。霊石や形代《かたしろ》を使うこともありますが」

「ふうん、ちょっと動かないで」

千里は趙帰真の襟もとに手を伸ばし、一本の糸屑のようなものを見せた。だがそれは糸屑のように見えて、弱った蚯蚓《みみず》のように身をうねらせている。

「見せていただいてよろしいですか」

趙帰真はその黒い虫を手に取ると、じっくり眺め、匂いを嗅ぎ、そして舌で舐《な》めた。

「うわ、気持ち悪いことすんなよ」

「気持ち悪いことなんてあるものですか。これは私から出たものですから。これは私の髪の一部ですよ。そこに術をかけて結界の源《みなもと》にしていたらしい。私の肉体の一部を使い、中原ではなく、我らの周囲にだけ結界を張っていた」

「そんなことも出来るんだ」

「力を持つ道士の肉体はそれだけでも法具となりますから、髪や爪なども滅多に落とさないのですがね。どこで盗まれたものやら。それにしてもよく気付きましたね」

「道士の気の流れに、いつにない乱れがあったんだ」

感心したように道士は目を細めた。

「これから発しているのですね。私は私自身の異変に気付かなかった。己への油断を衝《つ》くとは敵もさるもの。それにしても、髪一本が放つ気配はごく小さいのによくぞ気付いて下さいました。お見事です」

趙帰真は己の髪であったそれを手の中に握り、力を入れる。小さな炎が指の間から上がって燃え尽きたのを確認すると、千里に向かって肩をすくめて見せた。

六

敖灿は趙帰真と千里を乗せて空へと昇った。

二人が走る速さを風だとすれば、敖灿の速さは電光であった。見る間に白茶けた高原と草原が織りなすチャイダムを横断し、一つの集落へとたどり着く。白く丸い天幕《てんまく》が点在している間を、黒く大きな高原の牦牛《ヤク》がゆったりと草を食《は》んでいるのが見えた。

村では突然現れた龍の姿を見て人々が騒いだり伏し拝んだりと大騒ぎとなる。

「ここがバソンの村？」

「指南車が教えるのはそのようです。確かにここにはバソンさんの強い気配がありま
す」

龍から下りて来た千里たちを見て、数人の屈強な男が進み出て来た。

「漢人がこのような奥地に何の用だ」

みな険悪な表情を浮かべている。

「一応敵国であることをお忘れなく」

と趙帰真は千里に耳打ちした。

「バソンという男に会いに来たのです」

頷いた千里は、丁重な口調で用件を述べた。

「バソンという男はここにはいない。何のつもりか知らんが、漢人に用はない。殺さ
れないうちに帰るのだ」

つっけんどんな応対である。だが千里は、バソンの気配を捉えていた。この近くに
いる、と周囲を探ると、一つの天幕に目を止めた。

「その天幕、見せていただいていいですか？」

と歩を進めかけると、男たちは一斉に弓を構えた。目にも止まらぬ速さに、千里も思わず嘆息を漏らすほどの構えの美しさである。

「帰るのだ。漢人と交わることは、我らにとっては害毒である」

趙帰真と千里は思わず顔を見合わせる。国境付近にも緊張感は漂っていたが、これほどではなかった。

(戦争が近いのか……)

千里はここでこれ以上ことを荒立てても仕方ない、と一度引き下がることにした。第一、バソンが千里と趙帰真がこれほど近くに来て顔を出さないのだとしたら、それが十分異常事態である。

だがそこで、千里が目をつけていた天幕の入り口がさっと開いた。若く小柄な吐蕃の女性が、みどりごを抱いて立っている。その姿を見て、千里たちは思わずあっと小さな叫び声をあげた。彼らが感じていたバソンの気配は、その赤ん坊から発せられていたからである。

「先だっての騒動の前には、絶海というお坊さまがいらっしゃいました。彼から旅の仲間のことをお聞きしています。あなた方が千里と趙帰真ですね」

彼女はバソンの妻、ピキと名乗った。

「夫は南の納木湖へと旅立ちました」

「おいピキ、漢人に教えることなど何もないぞ」

村長らしい立派な身なりの男がなじる。だがピキは堂々と胸を張り、

「夫は言いました。この方たちは、かつて縁あって万里を旅した仲間である。命を預け合い、そして助け合った兄弟である、と。男が一たび兄弟と認めたからには、死ぬまでその絆が破れることはない。高原においてもこの掟《おきて》は何よりも大切なはず。何人《なんぴと》であろうと関係ありません」

と言い返す。

「しかし、我らは間もなく東へと軍を進め……」

別の一人が言いかけて慌てて村長が口を押さえた。千里は驚いてその若者に歩み寄ろうとするが、趙帰真に止められた。

「両国の国境がきな臭いのはいまに始まったことではありません。それよりも、バソンさんが我らが目指すべき納木湖へと向かったことが気になるのです」

趙帰真が目で促すと、ピキは再び口を開く。

「夫は、国王が使われる英雄弓の材料を集めるため、高原の各地を旅して最後に納木湖に向かいました」

「何でも言うんじゃない」

村長は目を剝《む》いて地団駄を踏んだ。

「彼らのような戦士に隠しごとをしても同じことです。むしろ一刻も早く夫と出会ってもらって、戦《いくさ》を避ける方策を練って欲しい」

凜《りん》としたピキの言葉に、村の男たちは顔を見合せた。

「吐蕃は強い国、吐蕃の男は強い男です。一人の力は漢人に十倍するでしょう。それでも、多くの若者が倒れ、傷つきます。女たちはそれを黙って見ているだけ。ですが夫はかつて言っていました。漢人の中にも、胸襟《きょうきん》を開くに足る勇気と智謀を持った者たちがいる。本当に強い男は、むやみと血を流さないものです」

「お前の言うことは理があるが、それはチャイダムの片隅にいる我らがどれほど吠えたてたところで仕方ない。全てはラサの王が決めることなのだ」

村長は諭《さと》すような口調でピキを宥《なだ》める。

「王は高原一の勇者であり、最近は仏法にも帰依して慈悲にも目覚めているとか。勇者は勇者の言葉に耳を傾けるのがならわし」

「ピキよ、臆したか」

「臆してなどいません。戦う時になれば、私も夫も鬼神となって戦うでしょう。ただ、このように夫と友情を結んでいる者もいる。国境を越えて行き来する者の中には、漢人の事情に通じている者も多くいるはず。まだ戦に持ちこむのは早い」

目の前で繰り広げられる論戦に、千里は驚いていた。

（吐蕃の連中は、ただ物や家畜が欲しくなると国境を荒らすのかと思っていたが……）

ピキも村長もその論は明快で、理にかなっている。また、このようなつわもの揃いの吐蕃に君臨する王のことも千里は気になった。

「千里、趙帰真」

ピキは赤子を二人に見せる。

「私はこの子を、バソンと同じ目に遭わせたくない」

彼女は村を守って命を落としたバソンの母の話をする。

「夫は明るい人間です。村で、いや、高原で誰よりも強い戦士であり、優れた狩人となったのは、大切な人たちを悲しませないため。そんなことは一言も言わないけど、私はいつもその強さに守られてきた」

「それはぼくたちも同じだよ。あいつの明るさと強さが、どれほどぼくや絶海を救ってくれたかわからない。がさつでむかつくけど」

ピキは微笑んだ。

「夫も同じこと言ってた」

村長はしばらく千里たちを見つめていたが、やがて口を開いた。

「吐蕃の男で戦を厭《いと》う者は一人もおらぬ。漢人が我々に害をなすなら長安にでも攻めのぼってやる。だが我らとて平穏な暮らしを愛しているのだ。それだけは漢人のお前たちにもわかってもらいたい。お前たちのような若き戦士が国を支えるようになれば、世は変わっていく。それが穏やかなものであることを、望んでいる」

頷いた千里の後ろで、趙帰真が杖を龍へと再び変える。

「行きましょう」

敖汕の背に跨《また》がった千里は、その子の名を訊く。彼には聞き取れない言葉でピキは子の名を告げた。

「意味を教えてもらっていい？」

「千の海と、真」

似合わないことをする。と千里は鼻で笑ったが、耳まで真っ赤になっていた。そんな彼と微笑を浮かべた趙帰真を乗せた敖汕は徐々に高度を上げ、趙帰真の指す方へと一気に飛んだ。ピキは彼らが消えた空を、いつまでも見上げていた。

七

茶色い平原が黒く変わり、束《つか》の間《ま》の草原を越えると、今度は鋭い峰々が東西に続く巨大な山脈を越える。すると、岩と雪に覆われた高原が見渡す限り続いていた。チャイダムよりもさらに高く、さらに厳しい表情を見せ始めた。

「これが吐蕃でもっとも広い地を占める高原です。天下で最も高く、そして荒々しい地です」


「……人がいないぞ」

「どれほど逞《たくま》しい吐蕃の人々でも、この高原の中心で暮らすのはごく少数。真夏であっても極寒の吹雪が荒れ狂い、苔《こけ》すらもまばらにしか生えず、土は塩で覆われてその苔すら生きていけない場所も多いのです」

「吐蕃の大軍勢はどこに住んでいるんだ」

「もう少し南です。納木湖は吐蕃の中枢に近いところにあるので、少し見に行きますか」

　千里は頷く。果てしないと見えた高原の果てに、雪峰の連なりが再び見え、それを越えると南方はなだらかな草原が続く優しい景色に変わった。

　先ほどとは打って変わって、草原の緑と湖の青が点在する豊かな風景の中には、人の気配もある。数里おきに白い天幕の群れが点在している。

「あの黒いのはバソンの村にもいたね」

「あれは牦牛といいまして、吐蕃人の礎《いしずえ》となる獣です。彼らはあの獣から衣も、乳も、肉も、楽器ですらも得ますからね」

少年たちは牦牛の皮から作ったのであろう重そうな衣を身につけ、鞭《むち》を振るって群れを追いこんでいる。

「あんな小さい子供でも見事な手綱《たづな》さばきだ。ぼくも幼い頃から馬に親しんできたし、中原にも牧夫は多くいるけど、子供ですら歴戦の騎馬武者のようだ……」

「加えてあの鞭さばき。得物を扱うのに長《た》けるわけです」

「バソンの村の男たち、弓を構える速さは武宮で修行した者にもひけをとらなかったしな」

なだらかで広大な、南向きの斜面はやがて平原へと変わった。敖汕は北へと針路を変えたが、幅数十丈はありそうな急流が作る渓谷に入ったところで、

「止まってくれ」

と趙帰真が敖汕に命じた。

「どうしたの？」

千里がその焦りを帯びた口調を珍しく思い、訊ねた。

「この先は強力な禁呪《きんじゅ》結界が張ってあります。私のような道士が入ればその身を八つ裂きにされるような、大変なものです。これほどあからさまなら千里さまにも見えるかも。心を鎮めてあの辺りを」

趙帰真が指さすあたりを千里は目を凝らして見てみると、網目状になったごくおぼ

ろげな影が浮かび上がって来た。

「吐蕃には中原とはまた別起源の鬼道が発展しているといいます。さらに天竺《てんじく》から入った教えと交わってさらにその力を増しているとか」

「吐蕃の首府には行かない方がいいってことか」

「我らがここまで接近して、迎撃に出てこないということは、向こうも中原の道士との戦いを望んでいるわけではない、ということでしょう。少なくとも現時点ではね」

「そっか……納木湖に向かおうよ」

敖汕は首を巡らし、東へと針路をとる。しばらく進むと、趙帰真は一つため息をついた。

「いや、危なかったですね」

「何が？」

「相当多くの術師が、結界の境に配置されていました。あの結界を破って中に入り込めたとしても、私に匹敵するような連中が襲いかかってきてラサにはたどり着けなかったことでしょうね」

千里には結界の気配が全くわからなかった。

「術を操る者には、理解しておくべき作法や文法というものがあります。弓を射て的確に相手を仕留めるのに要諦《ようてい》があり、それは漢人であろうと吐蕃人であろうとさほど変わりません。それと同じで、術師のやり方もまた似ているのです」

「だからわかる、というわけか」

敖汕が東へと飛ぶにつれ趙帰真の表情もまた穏やかさを取り戻してきた。

「バソンさんに会えるのが楽しみですね」

「全然楽しみじゃないよ。手間かけさせてさ」

と言いながら、千里の目は忙《せわ》しく平原を往復していた。

「ほら」

と趙帰真が声を上げる。千里が敖汕から身を乗り出すと、一匹の白い獣が優美な足取りで歩み去っていく。

「雪豹です。高原でもっとも強く、そして美しい獣ですよ。実物を見るのは私も久しぶりです。残念ながらバソンさんではありませんでしたが」

と楽しげに言った。千里は頬を掻き、座り直す。やがて眼下に、豆のような形をした紺碧《こんぺき》の湖が姿を現した。

「あれが納木湖です」

湖の周りは聖域であるらしく、あちこちに祈り旗がはためき、石積みの祭壇が設《しつら》えられてある。湖の周囲を五体投地して回る巡礼の姿も見てとれた。湖の東側には形の美しい三角形をした山があり、頂にだけ雪を載せているのがかわいらしい。

「この辺りに住む嶺羊王《れいようおう》の角、って麻姑さまは言ってたけど」

「ただの嶺羊の角ではだめですな」

「やっぱりそう思う？」

敖汕は高度を下げ、千里たちは湖の西側へと降り立った。指南車はくるくると回ってバソンが近くにいることを示しているが、二人の視界にバソンの姿はなかった。

「これほど近ければ気配もわかりそうなものですが」

趙帰真も首を傾げる。

「ぼくもバソンが近くにいるような気がするんだが、気配はしないね」

しかし、巡礼と牧人が遠くにいるだけで、あの堂々とした体軀《たいく》の狩人の姿はやはり見つけられなかった。

「ともかく、麻姑さまの弓に使えるような角は嶺羊の王しか持っていまい。そいつを探しに行こう。嶺羊というからには、山に住んでいるのだろう」

「では私はここで待ちます」

「一緒に行かないのかよ」

「麻姑さまの命は一人でこなすと仰ったではありませんか」

「……確かにね。じゃあちょっと行ってくるよ」

千里はやや憮然としながらも、美しい三角の嶺《みね》へと歩を進める。山には道がなく、麓《ふもと》には祠《ほこら》があって、内側には小さな灯明がいくつかともっていた。千里は膝をついて山の神に拝礼し、軽やかに高度を上げていく。

麻姑山の断崖に慣れた千里には恐ろしくはない。だが、岩の陰に分厚く貼りつく青い氷と、所々にある雪の吹きだまりに足を取られた時にはさすがの彼も冷や汗を流した。

さらに、半刻ほど岩をよじ登るうちに、千里は激しい頭痛に襲われ始めた。すでに納木湖の青い湖面は遥か下である。

「あたた……」

思わず声が出て頭を押さえようとするが、そこは断崖の途中である。慌てて岩壁にしがみついても、頭痛は容易には去ってくれない。

(何かがいて、術でもかけているのか、それともこの山全体は結界なのか……)

懸命に考えようとしても、頭痛に加えて吐き気も襲ってきて身動きも取れない。頂はすぐそこにある。千里は朦朧《もうろう》とし始めた意識の中で、上を見上げると、微かに頂が見えた。

そこに巨大な獣がいる。その角は天を衝くように鋭く、また大剣のように分厚く広い。

(あれが嶺羊の王……)

手を伸ばそうとした千里は、垂直に近い岩の壁に摑まっていることをつい忘れてしまっていた。

風を切って落下していくうちに正気に戻ったが、次の瞬間には水面に叩きつけられた痛みが全身に走り、ついで氷の冷たさに包まれて、今度は本当に意識を失ってしまった。

八

山を登っているはずだったのに、息苦しい。手足をばたつかせても、あまりにも重い。水の中にいるようだった。はっと正気に戻る。耳に聞こえる全ての音がこもったようになり、瞼《まぶた》を開けようにも一苦労である。

（これは……）

全身を包む冷たさは氷水のものだ。千里は全身に気合いをこめる。だが息を止めているのでそれも長続きしない。水面を目指そうにも、遥か上に遠く、澄んでいるが暗い湖底の方が近いほどである。

そこで、千里は信じられないものを見た。

「バソン！」

水にぼやけてはいるが、雪豹の腰巻と巨大な二叉槍は、確かに見覚えのあるものだった。その懐かしい姿が、湖底をゆっくりと歩いている。千里は迷い、しかし一瞬の後には決断する。その影に向かって手足を懸命にかいた。息は苦しくなり、もしかして判断を誤ったか、という恐怖に襲われる。

どれほど強かろうと、息が詰まってしまえば死ぬしかない。しかも向かっているのは空気のある湖面とは逆方向である。だが千里はバソンの姿を信じた。下に行くほど水の重みが全身にかかって苦しい。バソンの姿は中々近づいてこない。

水をかく力が弱り始めたころ、急に強い力で引っ張られた。下に引かれているはずなのに、水面から顔が出てようやく呼吸が出来るようになった。

「こんなとこで何やってんだ」

水に包まれているはずの体から、水が垂れている。白い砂が一面に広がっている様はまさに湖底の眺めであったが、息苦しさも重みも消えていた。そして目の前には、バソンが驚いた顔で立っていた。

「魚が暴れているのかと思ったら人影だったからよ。引っ張ったら千里でやんの」

「ここ水の底だよな？」

「そうだよ。嶺羊の王を追いかけてたら、こんなとこまで来ちまった」

「追いかけてたらって、相変わらずでたらめな奴だな」

「だってすっげえ足速いんだぞ。おいらも必死に追いかけてたんだが、水の上から中から自由に走りやがるんだ。おいらも弓で殺すわけにはいかないから、捕まえなくちゃ仕方ない。三日ほど追いかけっこしているうちにこんなとこまで来ちまったんだよ。獣でも王ってのは大したもんだな」

「そういう問題かよ……」

千里は呆《あき》れかえる。

「そういう千里こそ何でいるんだ」

「ぼくは麻姑さまから大賽に使う弓の材料を集めるように命じられている。そのうちの一つが、納木湖に住む嶺羊王の角なんだ」

「まじかよ。おいらが王から取って来いと命令されてるのと同じじゃねえか」

二人はしばし睨み合い、視線を逸らせた。

(困ったことになったな……)

千里はバソンを出し抜こうか、それとも説得しようか迷った。

「なあ千里、ここは譲ってくれないか。ここは吐蕃の地だ。そして納木湖はおいらたちの聖地でもある。そこに足を踏み入れていることには目をつぶるから、帰って欲しいんだ」

腹が立つ前に、バソンにしては珍しい物言いだと千里は訝《いぶか》しんだ。千里は反論する

かわりに、

「吐蕃はぼくたちの国に戦争を仕掛けようとしているのか」

と訊ねた。バソンはしばらく答えなかった。

「わが王は、お前たちの国が弱りつつあるとお考えのようだ」

「そんなことない。父上を始め、国のあちこちに名将がいて守っているし、武宮には若い勇者がたくさんいる」

「そんなことは知らないよ。王がそう仰るんだから」

「ぼくたちの国が弱っているとして、弱ったら叩くのか」

千里は探ろうと試みる。だが返って来たのは突き放すような硬い答えだった。

「それはお前らだって同じだろ」

「ぼくたちの国はそんなことしない！」

「だったらどうしておいらの母ちゃんは死ぬことになったんだよ！」

バソンの母は、チャイダムに進攻して来た漢人の部隊から村人を守るため、犠牲になっていた。

二人は睨み合い、ほぼ同時にため息をついた。こんなところで口論をしたところで、何も変わらないことは、二人ともよくわかっている。

「お前くらい強かったら、吐蕃の王にも言うことを聞かせられるんじゃないのか」

「千里すら思い通りに出来ないのに、王に口答えなんかできるかよ。ラサにはおいらなんか足元にも及ばない、化け物が揃ってるんだ」

「高原一の狩人がやけに弱気じゃないか」

そう千里がからかっても、バソンは怒りもしなかった。

「そんなしおらしいことを言っても、ぼくは譲らないよ」

「お前だったらそう言うと思った」

にやりと笑ったバソンは、黙って歩を進めた。千里もその横をついていく。納木湖の湖底は四方に延々と広がり、果ても見えない。魚が頭上を泳いでいる光景にも慣れて来た頃、千里がぽんと手を打った。

「いいことを思いついた」

「千里の親父さんの部下になったりはしないぞ」

用心深くバソンは釘をさす。

「そんなんじゃないって。嶺羊王の角、初めはぼくに貸して欲しいんだ」

「貸す？」

「吐蕃の王様が特別な材料を使って弓を作りたいと思うのは当然だ。それはきっと立派な弓だろう。そこで考えたんだ。王様はその弓をずっと使うんだろ？」

「王は代替わりすると、守り神となる弓を一張り、自らの手でおつくりになる」

「麻姑さまが大賽に使うのは、たかだか一日の話だ。それが終わってからバソンに渡す、というのではだめなのか」

「人の手垢がついたものはどうかな」

と渋るバソンに対し、千里はその弓を作り、そして使うのが麻姑であることを強調する。

「仙人が使うような弓なら霊験《れいげん》あらたかのはず。王様もきっとお喜びになる。そうは思わないか？　もしそれがお気に召さないのなら、嶺羊の角だけを取り外して新たな弓をおつくりになればいい。値打ちは決して下がらないと思う」

千里の熱心な言葉に、バソンは考え込んだ。

「でも、麻姑山は漢人の土地にあるだろ？　千里は返すと言ってくれても、他の連中がだめだと言ったらどうするんだ」

「麻姑さまが言えば、それが全てだから大丈夫だよ」

そう答えつつ、千里はバソンの中にも漢人に対する不信感が生まれているのが気になった。訊いてみると、やはり国境での衝突が激しくなっていることと、チャイダムのバソンの狩り場にも漢人が足を踏み入れて荒らすことがあるのだという。

「ま、そりゃお互いさまなんだけどよ。どうも癇《かん》に障《さわ》るやり方ばかりするから、おいらたちも気が立っているんだ。この前もいい牧草地に柵を立てて畑にしちまったりな」

　しかし千里は千里で、吐蕃が国境を侵して中原すら標的にしている恐怖を知っている。バソンの言うこともわかるが、素直に頷くことは出来なかった。

「でもお前が言うなら、信じてやってもいいかな」

「ありがたく伏し拝んだっていいんだぜ」

　次の瞬間、千里は脳天を押さえてうずくまっていた。二人は取っ組み合いを始め、頭上を優雅に泳いでいた魚も逃げ散っていく。その騒ぎはやがて水面に伝わり、湖岸でお茶を淹《い》れていた趙帰真の目にも入った。

「バソンさんと会えたみたいですね。よかった」

　道士は胸を撫で下ろしていた。

九

　嶺羊の王というのは、と腫《は》れ上がった顔でバソンは講釈を始める。

「どんなに優れた狩人であっても、決して仕留めることのできない不思議な奴なんだ」

「腕が悪いだけなんじゃないの」

ふくれっ面に見える千里の頰は、不満でふくれているわけではなかった。バソンの拳骨《げんこつ》を何度も食らったから腫れているのである。

「もちろん、山にいて群れを率いていることもあるが、その多くは一匹でいる。その角や肝は不老長生の力を持っていると伝えられているから、皆が狙っている」

だが、その姿を見た者はいたとしても鏃を当てることに成功した者はおらず、伝説として高原に名を轟《とどろ》かせているばかりだ。

「でもさ、バソンにしても仲間にしても弓は得意中の得意なんだろ？　姿を見た次の瞬間に矢を放つことだって出来る筈だ。いくら動きが速いといっても、敵《かな》わないはずだ」

「そうなんだけどさ」

バソンは首を捻《ひね》る。

「おいらもさっぱりわからないんだけど、嶺羊の王はもしかしたら一匹じゃないかもしれないんだ。チャイダムで見たという話を聞いた翌日に、遥か西のガリー平原で見たという噂を聞いたり。もし本当だとしたら、数万里を一日で駆ける力がないと」

「そういう生き物もいるけどさ」

「趙帰真のおっちゃんが飼ってる龍はそうだよな。ともかく、すげえ力を持っているか、二頭以上いるかのどちらかなんだよ」

どちらにしても厄介である。しかし、バソンは手がかりを得てこの湖底をさすらい歩いていた。

「この湖の底に嶺羊の王の住処《すみか》があるらしい」

「嶺羊なのに湖の底、ねえ……」

「天敵を欺《あざむ》くにはちょうどいいんじゃねえの。ここに入る瞬間をおいらに見られちまったのが不運だったとは思うけど」

で、湖底にたどり着いたのはいいが住処には行き当たれないでいるという。

「ただ、いくら王とはいっても嶺羊には違いないんだ。やっぱり嶺羊らしい振舞いもする。おいらはそれを手がかりに追ってる」

高原でチルーと呼ばれる嶺羊は、本来体長も四尺程度で小さく、群れを作って行動する。だがその王と呼ばれるものは、角だけで数丈あるような巨体でありながら、断崖であろうと氷河であろうと自在に駆け回る。険しい場所ほど好む、まさに高原にふさわしい獣である。

「それはいいけど、お腹空いたね」

「おいらも」

二人はとりあえず、野営することにした。

バソンが背負っている行李には小型の天幕が入っており、それを設営した。千里は白砂の間に生えている藻《も》や流木の欠片《かけら》を集めて積み上げる。幸いなことに火はついた。バソンが木の器に紐を結わえて頭上に投げ上げ、水をすくい取る。

「なんかおもしれえ」

何度もやっているのを見て羨《うらや》ましくなった千里もせがんでやらせてもらう。頭上に桶《おけ》を投げて水が入っているのは、不思議な感覚だった。バソンがさらに何か思いついたようで、行李の中から竿と糸を取り出す。

「魚釣るの？」

「こうやってな」

真上に投げ上げるようにしてバソンは竿を振った。針は頭上の水面に突き立つと、そのまま返ってこない。一度引き抜いた針に酪《らく》と小麦を練ったものを刺し、もう一度同じことを繰り返す。

バソンと千里が息を潜めていると、やがて針の周りに魚影が集まり始め、そのうちの一匹が食いついた。バソンが呼吸を測り、一気に引き抜く。魚は砂の上に落ち、二人は小躍りして喜んだ。

「ぼくもやる！」

二人は争って竿を振り、たちまち十尾の魚の丸焼が出来あがることとなった。

「美味《うま》かったね」

「納木湖《ナムツオ》は聖地だから魚食べちゃだめなんだけどな。おいらたちが天地の間にいるんじゃなくて湖底にいるってことで、勘弁してもらおう」

バソンは舌を出す。千里は苦笑して流木を探して火にくべる。炎が頭上の水面に映ってきらめき、その中を魚たちが泳ぎ、小さな蟹《かに》が横切っていく。

「不思議な眺めだね」

千里は大の字に寝そべって、ため息をつく。

「もっと不思議な風景を、おいらたちは見てるんだ」

「そうだね……」

不思議な風景も出来事も、大抵はこの吐蕃人と一緒だった、と千里は考える。吐蕃の人たちは、漢人との戦争が近いという。国境の緊迫感も相変わらずだ。だいたい、千里の父の高承簡《こうしょうかん》はずっと前線にいて帰ってこない。武宮で修行して大賽に出ることは、何と平穏なことだろう。不意に胸が苦しくなって、千里は体を起こす。

「なあバソン」

「あん？」

「戦争になって、もしぼくたちが戦うことになったら、お前はぼくを殺せる？」

「……当たり前だろ。敵と決まったら、誰が相手だろうがぶっ倒す。それが吐蕃の戦士の誇りだ。お前が相手だって、いや、お前だから絶対に容赦《ようしゃ》しない」

千里はがっかりしつつも、どこか嬉しかった。修行が成って出陣した戦場で、やはり強さを増したバソンと対峙する。全軍が見ている中で華々しい一騎打ちが出来たらどれほど晴れがましいだろう。脳裏にピキの顔が一瞬よぎったが、それでも千里はその空想に震えた。

「でもさ」

バソンが言葉を継いだ。

「お前を殺すことになっても、そして討ち取ったとしても、こうやって納木湖の水を見上げたことは忘れないし、絶海やおっちゃんたちと旅したことは忘れない。たとえ王が忘れろと命じても、おいらは誇りを持って憶え続けておいてやるよ」

聞いているうちに胸の奥が苦しくなった千里は、再び体を横たえてバソンに背を向けた。

「何とかなんないのかな」

千里の言葉に、バソンは顔だけ向きを変えて応えた。

「何とかって？」

「吐蕃の人たちは高原が好きで、ぼくたちは中原や中華の暮らしを楽しんでいる。どちらかが手を出さなくたって、余るほどの土地がある。ぼくたちは何が不満で国境で争ってるんだろうね」

「……さあな。お偉いさんたちはお偉いさんたちで、考えがあるんだろ」

「じゃあさ、ぼくたちがそのお偉いさんになってしまえばいいんじゃないか」

今度はバソンが体を起こした。

「お前、おっかねえなあ。わかって言ってるのか」

バソンに冷静に訊き返されて、千里も我に返る。

「ち、違うよ。お偉いさんになるのは将軍や大臣になればいいってことで、何も皇帝や大王になりたいってことじゃないんだ」

「誰もそんなこと言ってないぞ」

ますます焦った千里は、頭を振って妙な空想を振り払った。

「でもさ、そうなんだよな」

千里は寝ようとしたが、バソンは静かな口調で独り言を漏らすように続けた。

「何か変えたいなら、自分が変えるとこまで行かなきゃいけないんだ。でもおいらはただ、ピキや村の人たちと、静かに獣を追って暮らしていたいだけなんだ……」

別に耳障りなことを言っているわけではなかったが、千里は耳を塞《ふさ》いで目をつむる。だが中々、寝付くことは出来なかった。

十

翌朝、千里は何かが風を切る音で目を覚ました。バソンが桶を投げあげて水を汲《く》み下ろしている。既に焚火《たきび》に火が入り、昨日の残りの魚が火にかけられていた。

「ああ、冷てえ！」

バソンは顔を洗うと、ごしごしと擦《こす》った。千里も水を分けてもらい、顔を洗って口をすすぐ。バソンは茶の塊《かたまり》を削って酪の塊を抛り込むと、手早く酪茶を淹れた。そして別の椀に、炒《い》り小麦を盛って出す。千里はバソンと同じように、右手で器用にこねて食べ始めた。

「あれ？ 食えるようになったのか」

「ああ、これまっじいよな」

そうは言いつつ、千里はもりもりと口に運んでいる。

「でも武宮の飯よりはうまいよ。ありゃ餌だもの。それに比べればましだ」

「いちいち腹の立つ言い方しやがる」

バソンは可笑《おか》しそうに笑う。口の周りについた粉を茶で拭《ぬぐ》って、バソンは立ち上がる。千里はバソンにお代わりまでせがんで、たらふく食べた。

「あんまり食い過ぎると腹の中で膨れるぞ」

とバソンが呆れ顔で、ぱんぱんになった腹を抱えてげっぷをしている千里を見下ろしている。

「早く言ってくれよ」

「言う前にがっついて食ってるからだろ」

「胃袋が二つあればいいのにな」

「牦牛はいくつも胃袋あるけど、別に食う量が増えるわけじゃないっての」

バソンは天幕を素早く撤収して既に荷物の中にしまい終わっていた。嶺羊王の行方をどう探そうか千里が思案していると、バソンは確信に満ちた足取りで進んでいく。

「何かあてでもあるの？」

「お前が寝ている間にあちこち調べて回ったんだよ」

「そうなの？」

「……寝首掻かれても知らねえぞ」

バソンは嶺羊の習性から必ず急峻な地形にいると確信し、心当たりの崖や淵を探して何とか足跡を見つけ出した。

「おそらく半日ほどの距離にいるはずだ。だが……」

見つけてからが本当の勝負だ、とバソンは呟いた。

「動きがすっごく速いんだよね」

「おいらたち二人で息を合わせて捕まえなきゃならねえかもな」

「もう大丈夫。多分だけど」

二人は頷き合って走り出す。バソンは既に嶺羊王の気配を察知したのか、速度を上げる。千里も濃厚な獣の臭いを感じた。

「あれだ！」

二人が同時に指をさしたが、さした方角は違っていた。

「あれだろ！」

「何言ってんだよ！」

千里はバソンが気でも触れたのかと心配になった。千里の指先は確かに、巨大な嶺羊の姿を捉えていた。銀色の毛皮に包まれ、茶褐色の巨大な角が二本、大槍のように突き立っている。その瞳は漆黒の闇と長く優美な睫毛《まつげ》に縁《ふち》どられ、闖入者《ちんにゅうしゃ》にいささかも驚くことなく静かに澄んでいる。

驚くべきはその脚であった。盛り上がるように発達した筋肉が巻きついた太ももと、膝から下は長く滑《なめ》らかそうな銀の毛が覆っている。一歩踏みかえるたびに地響きがするほどの、雄大さであった。

「あれが見えないの？」

おかしくなったのかよ、と二人が同時に言った瞬間、二人はお互いがおかしくなどなっていないことに気付いた。千里の前には確かに嶺羊の王が佇立《ちょりつ》している。しかしバソンが言う獣の王の姿も、千里が見ているものと寸分たがわぬものであったからだ。

「あ……」

千里は驚きの声を漏らした。バソンの顔を見て、再び嶺羊に視線を戻すと、そこには姿が無かった。取り逃がしたと思いきや、そこから半里ほどの離れたところに立っている。バソンも全く見当違いの方向を見て、喚《わめ》いている。

そんなことを何度か繰り返して、二人は顔を見合わせた。

「あれが嶺羊の王の術か……」

瞬《まばた》きをするたびに、王の居場所は変わる。むやみに追いかけようと一歩を踏み出した直後に、そこにもう王の姿はない。

「バソン、待って」

だが千里は異変に気付いた。そこにいたバソンの姿が消えている。

「千里、どうしてこんな姿になっちまったんだ……」

今度はバソンの声が遠くから聞こえる。千里には見えないが、バソンは自分に似た何かを見ている。その千里の前に、今度は何者かが立ち塞がった。千里は思わず腰の弓を抜いて構える。そこには鮮血のしたたる二叉槍を下げたバソンが立っていた。

踏み込んでくるバソンを前に、千里は落ち着きを取り戻した。これに似た光景を、かつて見た。時輪の轍《わだち》にはまり込んだ時に見せられた不幸な未来の幻影である。

「違う」

千里が呟くと、バソンの姿は消えた。

「バソン、それは違うぞ！」

千里が声を限りに叫ぶ。すると、千里の前に現れていた無数のバソンが風船が弾けるように消え去った。そして、たった一人、呆然としているバソンがそこにいる。

「ぼくはここだ」

駆けよって、その手を握る。しばらく、幽霊でも見たような顔をしていたバソンであったが、やがて千里を見下ろし、

「ああ、やっと本物が出て来た。頭がおかしくなるかと思った……」

と心底安堵した声で言った。

「なるかと思った、ってことはなったとは思ってなかったんだな」

「高原で狩りをしていると、こういうことはよくあるんだ。いるはずのないピキの姿が見えたり、自分が見えたり、死んだ母ちゃんが出てきたり。仲間はみんなそれを精霊のせいだって言うけど、おいらはちょっと違うと思ってる」

「違う？」

「高原には確かに、神様や精霊はいるんだ。ギャリン湖のボッコウ爺さんだってそうだったし。でもおいらたちがそういうのを見ているのは、後々考えてみるとすっげえ疲れている時とか腹が減って死にそうな時とか寒すぎて眠れなかった時とか、いつもは登らないほどの高い峠に行っちまった時とかなんだよな」

バソンは幻《まぼろし》を見ていることを冷静に理解していた。だが、今回のそれはこれまでのものと明らかに違った。

「時輪の轍ともまた違うんだ。目の前に出てくる千里は全部〝本物〟なんだよ」

「どうしてわかる？」

「お前だって、おいらを見ただろ？」

千里も見た。確かにそれは、バソンそのものだった。その姿から流れ出る強さと気迫は、どれもが彼の知る吐蕃の狩人のものだった。

「からくりがわからない」

二人がそう言っている間にも、嶺羊の王はあちこちに姿を現しては消える。姿は一つの時も、数頭の時も、無数に湧き出て千里たちの周囲を埋め尽くすことすらあった。だが、角を摑もうとしても、その時には一頭もいなくなっているのである。

「困ったな……」

今度ばかりはいい思案も浮かばず、千里は頭を抱えた。バソンも難しい顔をしたまま腕組みをしていた。からかうような嶺羊王の隠顕《いんけん》にしびれを切らしたのか、腕を振り上げて大きく吠《ほ》えた。

「めんどくせえ」

「やけになるなバソン。ちゃんと考えようよ」

「だってさ、やっぱり本物は一つなんだろ？　一杯見えててもそれは幻だよな。だっておいらには沢山の千里が見えてたけど、本物はこの目の前にいる」

「ぼくが偽者だとは思わないのか？」

千里は怖くなって、そんなことを訊ねてしまった。だがバソンは確信に満ちた顔で、

「間違うわけないだろ。お前が本物だ」

と即答した。

「どうしてそう思うの」

「だって、おいらの知ってる千里は目の前にいるお前だけだもん。そりゃでかくなったりじじいになったり分身したりするかも知れない。でも、おいらはそういう時、何も考えないんだ。すると、おいらの頭の一番奥の方で答えが出てくる」

「それでも答えが出ない時は？」

「そうだなぁ……勘で選ぶよ」

と言ったものだから千里は思わず笑ってしまった。

「何で笑うんだよ」

とバソンは不機嫌である。だが、迷ったからと言って自分に都合のよい答えが正解になるとは限らない。

「そんなことないぞ。道に迷って選んだ方に大抵は獲物がいるし、悪いことになりそうでもその先に何か良いことが待ってると思えばそうなってるんだ。これは本当だぞ」

大真面目なバソンの言葉を聞いているうちに、千里も段々と面倒くさくなってきた。どれが本物かわからないのだとしたら、自分たちで本物を決めてしまえばいい。普通に考えたら乱暴でばかばかしい限りだが、相手がばかばかしい術を使って来ているのだ。こちらが対抗するには大ばかをやるしかない。

「じゃあ決めようよ」

「おう」

バソンが手を差し出す。千里はその手を握った。硬く、厚い手のひらは、槍と弓矢と獣たちに鍛えられた本当の狩人のものだ。こうしてバソンの手を握るのは、久しぶりであった。

透き通る緑の平原が千里の中にさっと広がる。それがバソンの内側にある心の風景であることを、千里はもう知っている。懐かしくて、優しくて、そして厳しい高原と草原に育った若者と千里の心が重なった。

限りない草原の向こうに、千里は一頭の優美な獣の姿を見た。悠然と草を食み、清流の中で戯れている。千里の横にはバソンの姿があった。その表情に高揚もなく、ただ静かに嶺羊の王へと歩を進めている。

あと数歩のところまで近づいたところで、二人は歩を止めた。

「見つけたな」

「うん」

二人が頷き合うと、嶺羊王も顔を上げる。二人に向かって雷鳴のような声でいななき、後ろ足で立ち上がった。そして地面を踏みしめると二人へと突進する。巨大な角が二本の槍となって千里たちを貫かんとする。

だが千里とバソンはにこりと笑って、手を差し伸べた。それは、角を折り取るためにつき出された拳ではなかった。握手をするように、角に触れる。刃のように突き出た節が二人の肌を切り裂いても、二人は表情を変えることはなかった。

次の瞬間、草原は消え、一面に白い砂が広がる湖底へと情景は戻る。さらに、湖底は本来の姿を取り戻すがごとく、水が押し寄せて来た。四方と上から奔流が襲いかかり、バソンと千里の体は飲み込まれた。

十一

趙帰真は、じっと待っていた。

納木湖の水面は陽光を吸い、夜の冷気にも凍らず、鏡の如く静まり返って魚の跳ねる音すらも稀だ。趙帰真は湖岸に端坐し、瞑目している。小鳥が肩に止まり、耳元で囁《ささや》きかけても動かない。

「おお」

くちびるだけがわずかに動いた。

「二人は確かならざるものですら、摑むことが出来るようになったのか……」

静かだった湖面が割れる。渦を巻き、波を立ててその中心に巨大な獣が姿を現した。その背には、千里とバソンがうつ伏せに乗せられている。その手はしっかり繋ぎ合わされ、空いている方の手には雄偉な角が握られていた。

「あなたがお姿を見せるだけの価値があり、その精が込められた角を渡しても良いと思われたのですね」

角を一本失った嶺羊の王は水上を渡り、湖岸に端坐する趙帰真の前に膝を折った。

趙帰真は千里とバソンの手を離し、一人ずつ横たえる。その様子を見届けた嶺羊王は湖面の中央へと戻ると、

「我は常に彼らの前にいた」

「ありがたいご厚意です」

拱手して趙帰真は感謝を示す。

「あとはこの少年たちが我が存在に気付くかどうかであったが、思わぬ方法で見つけおったな。驚いたが……」

「悪くない仕儀ですな」

頷いた嶺羊王は前足を高く上げ、水面を叩いた。轟音と共に水柱が上がり、水煙が消えた時には、既にその姿は消えていた。

「高原の王は去ったか。今少し言葉を交わしてみたかったが」

趙帰真は嶺羊王の消えた方向に向かって叩頭し、香を焚《た》く。

高原では滅多に嗅ぐことのない、爽やかな柑橘《かんきつ》の香りがあたりに漂う。煙が一条、千里とバソンの鼻腔《びこう》に吸い込まれた。

やがてバソンが頭を振って起き上がった。

「ありゃ、おっちゃんじゃないか」

「お久しぶり、でもないですね。毎度騒ぎに付き合わせて申し訳ないです」

「絶対本気で思ってないよな。おい、千里」

バソンは千里の頬をべちべち叩いて起こす。

「いってえな！」

跳び起きた千里とバソンが取っ組み合いを始めるのを横目に、趙帰真はお茶を淹れ始める。乱闘が一段落した二人に碗を渡し、労をねぎらった。

「いや、まさかこれほど短い時間に嶺羊王の角をいただいて来るとは」

「変な生き物でさ。どうしようかと思った」

千里はその時のことを思い出したのか、ぶるぶると身を震わせた。

「ああいう時は簡単に考えりゃいいのよ。なりは小さいんだから、頭の中くらい大きく構えようぜ」

「バソンはいっつも簡単にしか考えられないだろ」

二人が睨み合うのを、趙帰真は楽しげに眺めていた。

「終わり良ければ全て良しです」

「ともかく麻姑山に戻ろう。納木湖の底にぼくは何日いた？」

焦りを帯びた口調で千里は趙帰真に訊ねた。

「五日です」

「そんな事だろうと思った。ぼくは一晩しか過ごしていないんだけどね」

「神仙の暮らす小天地の中には、時の流れる速さを変えるほどの力を持つ場合があるのです。これが数年とかでなくてよかった。湖南武陵源《こなんぶりょうげん》にあるという桃源郷には、一夜数百年というところもあると聞きます」

千里とバソンは顔を見合わせて肩をすくめた。二人はお茶を飲み干し、立ち上がる。

「どれほどの時間も、もしかしたら一杯のお茶を飲み干す程度のことなのかも知れません」

趙帰真は器を袖にしまい、杖を宙に投げ上げる。敖汕が大きく背伸びをし、地上へと降りて来た。

「そんなことないとおいらは思うけどな」

バソンは敖汕に礼を言って跨った。

「一瞬だって思うのは、前のことを思い出すからだろ。そりゃ千年生きたって、振り返ったらすぐだよ。だって、全部知ってる事なんだから。でも、明日起こることはどんなに背伸びしたって見えないし、今この時に明日は来ない。だから楽しいし、おいらはそっちだけ見ていたいね」

趙帰真は表情を和らげ、

「神仙の悟りもバソンさんにかかるとかたなしですね」

と首を振りつつ敖汕に腰かける。二人の会話を聞いていた千里も、黙って龍の背に跨る。敖汕は一路、麻姑山目指して飛び立った。

第五章　武宮《ぶきゅう》破り

一

道中の宿とした街道脇の荒れ家で、それは起こった。夜更けに手を伸ばしてきた絶《ぜっ》海《かい》を、蔑収《べっしゅう》は拒まなかった。その手は汗ばんで冷たくなり、そして震えていた。

「そのようなことをしてもいいのか」

蔑収はそう訊《たず》ねた。一瞬動きを止めた絶海の荒い呼吸に、彼女はふと笑みを漏らす。

「……何故笑うのです」

怒りを抑えた低い声で絶海が訊《き》き返してきた。

「強い男なのだから、焦るな」

荒い呼吸が鎮まり、絶海の目が炯々《けいけい》と光り出す。

「私が？」

「そうだ。お前は私のために狂い、強くなった」

別に、と絶海は目を逸《そ》らす。だがその頬に蔑収は触れ、己の方を向かせる。それを合図にしたように、絶海は彼女に体を重ねた。胸に顔を埋め、荒々しく貪《むさぼ》る。狼が獲物を食らうような交わりはやがて終わり、絶海は全身から汗を滴《したた》らせて体を離す。

蔑収は無表情に受け入れたのみで、苦痛の呻《うめ》きも快楽の喘《あえ》ぎも漏らすことはなかった。ただ、その怒濤《どとう》のようなひと時が過ぎた後、

「お前の志《こころざし》、よくわかった」

と呟《つぶや》いた。

蔑収はその日以降も、何事もなかったかのように絶海と旅路を共にしている。

この一事の後、絶海の表情からはこれまで時折見せた惑いの気配が一掃されていた。その代わり、重く暗い翳《かげ》が頬のあたりに落ちるようになった。

「これからどうする」

出立の用意を整えた蔑収が訊ねる。夜になれば二人は体を重ねた。甘い口説《くぜつ》も、なまめかしい吐息もない。だが、よそよそしいながらも充足した空気が、ここ数日の二人の間に流れている。

体を離した絶海は、既に衣を身につけている。剃《そ》ることを止めた頭には黒々とした髪が生えそろい始めていた。

「言ったでしょう。大賽《たいさい》に行きます」

絶海の口調は、随分とぞんざいなものになっていた。だが蔑収は怒りもせず、相手

をしている。

「武宮《ぶきゅう》大賽は、武宮の修行者でなければ出ることは出来ないと甘蟬《かんせん》老人が言っていたが。だから香酔洞《こうすいどう》に行けと」

「あの老人の思うがままに動くのも面白くありません。どこか適当なところに潜り込むまでです」

「簡単に言うが、武宮に入るにはそれなりの手続きが必要なはず。しかも大賽に出るのはその武宮を代表する腕利きばかりだ。入ってすぐ参加は出来ないだろう」

「あなたは私とこうなったあと、随分とおしゃべりになりましたね」

と小さな笑みを絶海は浮かべた。

「ともかく、従わないのであれば、言うことを聞くよう手を尽くすまでです」

その声は丁寧で静かなものであったが、蔑収も驚くような圧力を伴っていた。

「そうか。では行こう。お前が選んだのは修羅《しゅら》の道かも知れぬぞ。それでも悔いはないのか」

「もとより私は、天下無双の武を求めてきました。その手がかりを得た今、天下のつわものと手を合わせて確たるものにするのみ。我が武を以《も》って、全てを手に入れるのです」

二人は、甘蟬から聞いた武宮香酔洞には向かわなかった。理由を訊ねる蔑収に、

「気に食わないからですよ」

とだけ絶海は答える。

「あの老人は、絶海の力を見抜いてはいた。真の力を発揮させるには、何か大きな鉄《てっ》槌《つい》を下して、蓋《ふた》となっているものを壊す必要があった」

弁解するような口調で蔑収は言う。

「それには感謝しています」

絶海はにやりと笑みを浮かべた。

「私は力を手に入れ、あなたを手に入れました。だがまだ足りない。私はいま飢えた狼となったのに、それがとてつもなく心地いい」

「飢えた狼、か……。で、その狼の鼻は何を捉えたのだ」

絶海と蔑収は、もっとも小さな武宮を探していた。制圧して従わせるには、小さければ小さいほどいい。大きくても勝てるのだが、大賽に出て千里《せんり》と戦うまでは、大きな騒動を避けなければならない。

絶海は嶺南《れいなん》の地を歩きつつ、腕の立ちそうな者に腕試しを挑んでは倒して回っていた。どこの村にも一人は腕自慢がいる。街に出れば武宮を出た将校上がりが何人かはいるものだ。

もちろん、武宮の誇りをかけて戦う者は例外なく強かった。しかし今の絶海の敵ではない。圧倒的な闘気の前に、多くの武者が膝を屈した。

勝利の報酬を、絶海は何も求めない。ただ、どこの武宮で修行したか、そしてその強弱だけを知りたがった。

「そう言えば」

一人の武人がこんなことを絶海に教えた。

「最近ごく小さい武宮が出来たという話を聞いた」

「武宮が出来た？」

「その山には神仙の一人が住みつき、結界になっていた。多くの武人や道士、噂によると神仙ですらそこへ向かったらしいが、誰一人として帰って来た者はいなかった。だがごく最近、その神仙を倒した者が現れ、武宮としたという話だ」

「そこで修行する者の数は？」

「若者が修行する武宮を決める時、やはり名声が大切となる。出身者がどれほど昇進しているか、大賽でどれほどの成績を残したかが大切となる。実績もない新しい武宮であれば弟子の数も知れているだろう」

男はその後、自分が修行していた武宮がいかに優秀であるかを延々と話し続けていたが、絶海と蔑収は既に聞いていなかった。彼が気付いた時には、目の前に二人の姿はなかったのである。

「どう思う？」

蔑収は絶海に訊ねた。

「行ってみる価値はありますね」

「小なりとはいえ、武宮を任されるのは人の範疇《はんちゅう》を越えた者だけだというではないか」

「心配してくれるんですか」

絶海は冷笑を浮かべて蔑収をからかった。

「そういうわけではない」

「崖州《がいしゅう》だそうです。行ってみましょう」

絶海たちは広州《こうしゅう》へ向かう街道を一路南へと走った。

二

広州から船に乗るような悠長なことを、絶海はしなかった。大陸南方最大の都市を、四方から集まった諸族の色とりどりの衣と、無数の形の異なる帆《ほ》の林が彩っている。広州からさらに南を望めば、碧天《へきてん》の下に無限の海原が広がっていた。

「ここにある船に便は求めません」

「さすがの私もこの距離を泳ぐのは……」

珍しく躊躇《ためら》う蔑収を横目に、絶海は随心棍《ずいしんこん》を海に投げ込んだ。

「何をするんだ」

「船が入用でしょう。他人の御する船で行くより、我らが直接漕《こ》いで行く方が何倍も速い」

「それはそうだが、随心棍は沈んでしまったぞ」

絶海が大丈夫ですよ、と指を鳴らすと鉄の小船となった随心棍が浮上した。

「武器になる棍じゃないのか」

「私の心に従うんですから、船になってもおかしくないでしょう。武器にしかならぬと思いこんでいただけ」

何も不思議なことはない、と絶海は船に乗り込んだ。蔑収は平静さを装いながら、実に慎重な身のこなしで船に足を踏み入れた。

「ふん。かつて殺し合った相手と鉄の船に乗るとはな」

「やけに感傷的なんですね」

蔑収の呟きを捉えた絶海は、揶揄《やゆ》するように言った。

「お前、喧嘩を売っているのか」

「やけに気が立っていますね。そんなに水の上が怖いですか」

「な……」

蔑収はくちびるを嚙《か》んでそっぽを向く。

「案外と性格の悪い奴だな」

「私があなたを初めて見た時は、もっとひどかったですよ。華山《かざん》の死屍累々《しするいるい》を思い出すと今でも寒気がする」

「やるべきことをしたまでだ。奴らが弱いのが悪い」

「では私が揶揄するのも、あなたが水に弱いからということになりますな」

かっとなった蔑収が立ちあがると、鉄の小船は頼りなく揺れた。蔑収はかわいらしい悲鳴をあげて船端に摑《つか》まる。

「陸に上がったら憶《おぼ》えてろよ」

「もちろん憶えていますよ」

絶海は前を向いて座る。蔑収は拳《こぶし》を握り締めたが、悔《くや》しそうに舌打ちをして腰を下ろした。その両手はしっかりと舷側《げんそく》を摑んだままである。絶海が右手をさっと上げると、彼と蔑収の間にある船底が変形を始め、帆柱となる。

「風を捉えるものがないぞ」

「随心棍は船にもなれるのだから帆にもなれます」

その言葉につれて、帆柱から非常に薄い鋼《はがね》の布が伸びて風になびく。

「しかしいつの間にこんな技を……」

「もともと出来たのですよ。私が出来ないと思っていただけ」

「だから手が届かないと諦《あきら》めていた私にも手を伸ばせたというわけか。自信がなかったものが急に自信満々になると手に負えないな」

そう言ってぎゅっと強く舷側を握り直す。

「帆には触れないで下さいよ。手を切ります」

「触るものか」

顔の前ではためく鋼の帆を見上げながら、ぎりぎりのところで当たらないよう避けている。やがて帆は風をはらむと、随心棍の小船は波を切って走り出す。波の間を跳《と》び跳《は》ねるように進む船の上で、二人はぴたりと座ったまま揺らぎもしない。

何度か波に飛ばされかけても、絶海がわずかに座り直すと、落ち着いてまた船は走り出すのだ。

数刻の後には、崖州の港近くまで来ていた。鉄の小船は人目を引いたが、絶海は気にすることなく蔑収を岸に引き揚げると、船を随心棍に戻した。

「どれが額井峰《がくせいほう》でしょうね」

島の中央に美しい山容が見える。だが港の人が、

「ありゃ額井峰じゃないよ。あんたらは修行に来たのかい？」

蔑収が否定しかけるのを絶海が止める。

「我らはあそこにおわします……何というお名前でしたか」

「あんたらは修行する先の老師のお名前も知らんのか。明珠《めいしゅ》さまじゃよ。つい先日、ようやく武宮として成立したばかりじゃから、それも無理もないかの」

訳知り顔の老人に小銭を摑ませ、ぜひ神仙のご縁起をお教え下さいと絶海は頼んだ。

「ほんの数日前のことじゃ……」

額井峰に現れた一人の少年によって、山は因果の狂った結界となった。数百年経ったこの年、小柄な少年と気品高き道士が現れてその狂いを正し、武宮は復活したと得々と説明する。

「明珠さまは一度不覚をとったとはいえ、その腕前は折り紙つきじゃ。きっとあんたらにも素晴らしい剣術を授けて下さるだろう」

「お詳しいですね」

「わしはかつて、明珠さまのお弟子の孫弟子の兄貴から剣を教わったもんじゃ」

と老人は歯の無い口を開けて笑った。

絶海たちは島の南端、岬にのしかかるように立つ額井峰を目指した。何人かの男たちが、山の麓に建ち並んでいる小屋を取り壊していた。小屋は無人のものが多いが、丸くよく肥えた中年の男女が荷物を行李に詰めている。

「もう弓神さまの祠《ほこら》はなくなったよ」

山に登ろうと行きかけた絶海に、女がそう声をかけた。

「弓神さま？」

「ここはちんけな武宮になっちまった。弓を引けば必ず当たる、賽の目も思いのままになるって霊験《れいげん》が評判の仙人がお住まいで、参拝する人間も多かったんだけどね」

舌打ちして夫婦は山を下りていく。小屋を壊していた男たちも日が傾くと同時に帰っていった。それを確かめ、絶海は先へと進み始める。

「ここより上はほとんど人の気配がしないな」

蔑収が呟く。

「ここにいるのは、せいぜい明珠という仙女と多くてあと数人の新弟子でしょう。千里が来ていたのかも知れません」

「あの子供か。何故わかる」

「もう彼との付き合いも長いですからね。匂いでわかりますよ」

「そうか。ならば話は簡単だな」

嵩山《すうざん》ほどの広大さも麻姑山《まこさん》のような険しさもない、小さな山だ。すぐに頂《いただき》近くにたどり着く。建造物とてほとんどなかったが、頂に建つ一つだけが宮殿のように壮麗だった。

「弟子入り希望か」

山の主殿らしき建物を見上げている二人に、若い娘の声がかかった。

「私がこの武宮を任されている明珠である」

絶海は叩頭し、慇懃《いんぎん》に礼を執《と》る。それに向かって鷹揚《おうよう》に頷いた明珠であったが、蔑収を見て顔色を変えた。

「異界の気配……お前たち、何者だ」

「明珠さま、私たちにいささかのお力添えをお願いしたいのです」

武宮の仙女は、すらりと双剣を抜いた。だがその前に、若者が進み出て絶海たちに相対《あいたい》する。

「老師に無礼を働くか」

黄乙《こうおつ》が突っかけようとしたが、明珠は鋭い声を放ってその足を止めさせた。

「こやつらは千里に匹敵する。いや、勝《まさ》っているかも知れん。軽々しく立ち向かってはならん」

無念そうにくちびるを噛み、黄乙は引き下がる。絶海は彼を一切見ず、ただ明珠を見つめていた。

「やはり千里は来ていましたか」

と片頬を歪《ゆが》めて笑った。

三

絶海は随心棍を一閃させる。すると、棍は双剣となって彼の手の中に収まった。

「それは……嵩山の宝貝《ほうばい》、随心棍だな」

「おや、ご存知ですか」

その口調には揶揄が含まれている。

「いくら因果を握られたとはいえ、武宮を任された神仙がただの人間に敗れるなど、見苦しいことこの上ありません」

明珠は双剣の先を叩き合わせた。高く澄んだ音が山じゅうに響く。

「不覚をとったことは間違いなく、そこを侮《あなど》られるのもまた致し方なし。私も武を以って神仙と列せられた者なれば、不名誉もまた武によって本復させるのみ」

「その意気やよし」

あくまでも上からの目線を絶海は崩さない。だが明珠はかえって表情を鎮め、ゆっくりと剣先を鳴らし続ける。きいん、きいんと高い音は途絶えることなく、山の中に響き続けた。

「見たことのない術だ」

感心したように呟きつつ、絶海は双剣を振るって斬りかかる。鋭い音を立ててぶつかり合う二人の剣は時に火花を立てる。だが明珠は、間合いを取ると剣先を鳴らし合わせる。

「不愉快ですね」

絶海は眉をしかめた。明珠の剣先から放たれる音は、徐々に絶海を苛立《いらだ》たせ始めていた。その理由を、彼はわからないでいる。蔑収も不快そうに顔を歪めていたが、はっと目を見開く。

「絶海、下がるな！」

とっさに横に飛んだ絶海は、彼が飛ぼうとしていた場所のすぐ近くに立つ巨木が、微塵《みじん》となって砕け散るのを見る。

「やはりお前の内側には小さな水たまりしかない。心を乱された途端に動きが急に単調になったぞ」

蔑収が厳しい声を飛ばす。だがこれまでの絶海とは違う。すぐに気を鎮めると、明珠の技の正体を探る。

「ぼうっとするな！」

明珠はひと際強く剣を叩き合わせると、今度は猛然と距離を詰めて来た。高く澄んだ音は、山の中を往復して響き合う。時に大きくなり、そして小さくなる。心が鎮まると共に、往復する音の波が目の前に現れる。

「なんだこれは……」

「見えるのか」

明珠は感心したように笑みを浮かべた。

「ではなおのこと用心するのだな」

剣の先から高い音を伴って放たれる波が絶海の正面に打ち寄せた。剣を交差させて防いだ絶海の頰に血の筋が無数に浮かぶ。その血を指でぬぐった絶海はくちびるの端だけを上げて笑みを作った。

「面白い」

「余裕のつもりか」

立て続けに澄んだ音の波が発せられ、絶海を押し包む。その圧力に負けて体勢を崩したところに明珠が踏み込んだ。十数合、打ち合いでは互角である。

「野にある武芸者でこれほどの使い手がいるとはな」

「あなた、負け癖がついているのではありませんか」

「好き放題言ってくれる」

明珠の一撃に絶海がよろめいた。好機と見た仙女は頭上で剣を合わせた。打ち鳴らすとも見えないのに、耳を切り裂くような音が満ちる。

「この技は全てを包み砕く陰陽の波を奥義とする。海にあっては潮の波、山にあっては雪の波、そして地上にあっては風の波」

空気が一度、大きく震えた。明珠の姿がにじんだように歪み、次の瞬間、絶海の体は高々と投げ上げられた。血しぶきが散って蔑収の前にも飛んでくる。だが蔑収は静かに見ているのみであった。

「わが奥義、因果をにぎられることでもなければ、破れるものではない。永劫《えいごう》に続く風の津波の中で切り刻まれるがいい」

そう言い放つと、双剣を鞘《さや》に収めた。

「め、明珠さま……」

弟子が空を指す。仙女は頭上を見上げて驚愕した。風の津波の中で苦悶しているはずの絶海が、その風の刃の上に端坐していたからである。ごうごうと渦巻く風は、絶海の衣《ころも》をわずかにはためかせているだけだ。

「崖州が海の上にあってよかったですよ。海を知らなければ、私もこの中で肉片になっていたかも知れない」

絶海が剣を風の波に突き刺すと、破裂してしぼんだ。

「波というのは実に面白い。向きあい方を誤れば、どのような巨船もあっという間にひっくり返してしまう。一方で、その御し方を知っていれば木片一枚であっても乗りこなすことが出来る。あなたの奥義が音の津波であるならば、見事に乗ってみせるだけのことですよ」

歯がみした明珠は、今度は自身が刃の波と化して絶海に襲いかかる。だが、絶海は易々《やすやす》と受け切った。

「明珠さま、あなたにはもうわかっているはずだ。あなたの力では私に勝てない。もちろん、これある蔑収にも敵《かな》わないでしょう。二度の辱《はずかし》めを受けることはない。剣を収めて我が言葉を聞き入れるのです」

弟子が前に出るところを、明珠は抑えた。

「何が望みだ。武宮の主になりたいのであれば、私から老君《ろうくん》に口添えしてやる。お前は心こそ闇に覆われているがその武は私よりも強い。その資格はある」

「武宮の主など、本当は何の興味もない。つまらぬことです」

絶海の言葉に明珠はこめかみに青筋を立てたが、何も言わず次の言葉を待った。

「私たちをあなたの弟子という体裁にしていただきたい」

「体裁？　何をしたいのかよくわからぬ」

「大賽に出たいだけです。それに私の言葉を聞いておいた方があなたにとっても得だ。ここは新興の武宮であり、弟子を集めるには大賽で成績を残した方がいい」

しばらく考え込んでいた明珠は、ゆっくりと頷いた。

「他にも何か存念があるようだな。確かに、お前とその娘が大賽に出れば、良い成績を残せるであろうし額井峰も武宮として復活するにはいい契機となるだろう」

そこで蔑収が口を挟んだ。大賽に出てくる者の技量はどの程度か訊ねたのである。

「お前ほどの腕を持つ修行者、おらぬではないが……」

「小生意気な漢人の子供でしょう？　ここにも来たはずだ」

知っているのか、と眉を上げた明珠であったが、ふと腑に落ちたように頷いた。

「高《こう》千里も確か、吐《と》蕃《ばん》の狩人や嵩山の武僧の話をしていた。もしかしてその武僧というのがお前か」

絶海が頷くと、

「お前では千里に勝てぬよ」

と言い切った。絶海の顔色がさっと変わる。その袖を蔑収は舌打ちしつつ摑んだ。

「それ、そこだよ。お前の心は柔らかすぎるのではないか」

明珠の言葉に絶海はわずかに顔を背《そむ》けた。

「人間の心は神仙に比べれば脆《もろ》すぎる。そのまま神仙の強さを目指しても、自壊するだけだぞ。悪いことは言わん。身に余る大望は捨て、ただ人の間での強さを追うのだ。武はもとより凶である。その凶を和らげるために、人は修練をして心身を鍛える。しかしそれにも限界がある」

「そんなものはない。私の強さは千里たちを越えて神仙にも達する。その証拠に明珠さま、あなたとも五分以上に戦えているではありませんか」

「理解するには実感が必要であろうが、その実感を与える力が今の私にはない。お前自身が大賽に出て、その心身に刻み込む必要があろう」

「まるで私が負けるような言い方ですね」

「勝負に断定は禁物だが、今のままでは危うい、と言っておるのだ。武宮は三人の出場が認められている。我が弟子、黄乙を連れていくがいい」

「お断りします」

絶海は即座に断った。

「恋人との旅路を邪魔されたくないか」

揶揄するように明珠が言うと、

「そんなに私に制されたことが口惜《くや》しいのですか」

と絶海もやり返した。

「何とでも言うがいい。ともかく、お前たちが大賽に出ることは私が承認しよう。お前たちにも興味があるが、あの千里という少年がどのような力を見せるのか、それが楽しみだ」

明珠の声には既に揶揄も挑発もなかったが、苛立つように絶海のこめかみに青筋が立つ。蔑収はため息をついて摑んでいた袖を離した。

四

その頃千里は、吐蕃奥深くの納木湖《ナムこ》から麻姑山への帰途についていた。

「何だかずるしてるみたい」

敖汕《ごうてん》の背に乗れば、吐蕃方万里の高原もあっという間に飛び越え、両川西部《りようせん》の緑深い山塊の上空へと差し掛かっている。いくら千里の脚力が人間離れしているとはいえ、数日は必ずかかる行程である。

「麻姑さまの弓を組み立て、さらに大賽に備えなければなりません。時間の余裕はそれほどありませんよ」

「その物言い、やけに焦って聞こえるよ」

「焦っていますが何か。私の力をどんどんお使い下さい。急がねばならんと我が勘が告げております」

それがどうしたと言わんばかりの趙帰真《ちょうきしん》である。

「なんで自信満々なんだ……。道士の勘は人間離れしているだろうけど、ぼくは自分の力で麻姑さまの命を果たさなければならないし、大賽にも出て天下に名を轟《とどろ》かせたい。それは武門の家に生まれた以上、当然のことだ」

「わかっております。ですからこうしてお手伝いしているわけです。しかし、大切なのは結果です。麻姑さまとて無茶な命を下しているのは御承知のはず。多少他人の力を借りた所で叱《しか》られることはありませんよ。事実、黄櫨《こうろ》にしても嶺羊王《れいようおう》の角にしても、私は手を出していませんからね」

「うまく立ち回ってんなぁ。おいらにはとても出来ないよ」

バソンが感心したように肩を揺らした。

「道や政《まつりごと》というものに関わっておりますと、言い訳の立たないことは悪だと思えてくるのですよ。全ての行いが正しく、理にかなっていないとどこから難が降って来るかわかりませんからね」

「でもさあ、おっちゃんて大抵無茶してるよな」

バソンが鋭いところを衝《つ》いて、趙帰真も苦笑を浮かべた。

「半分はお二人のせいなんですけどね」

「何かしてくれとは頼んでないぞ」

千里が頬を膨らませる。だがバソンは素直に、助けてもらってる、と頭を下げた。

「お二人の思いはそれぞれ、自然なものです。ある意味、私一人でじたばたして事態を悪化させているのかもしれない、と恐ろしくなることもあります。ですが、大賽の勝利者が挑む権利を与えられる宝貝は、何としても千里さまに獲《と》ってもらわないと困るのです」

「またかよ。五嶽真形図《ごがくしんぎょうず》の時もそうだったよな」

千里とバソンは顔を見合わせた。

「あの時は、相手がまだ異界の者でしたし、その心には顧みるべきところがあった。ですから私も、あちらに味方しようとした程でした。ですが今回の相手は、言うなればわがままで天地を操ろうとしている」

「わがまま？」

「五嶽真形図は天地開闢《かいびゃく》の力ではありますが、あくまで万物を動かす理の部分を変えるものではない。しかし、彼らの為《な》そうとしていることは違う」

「図よりも凄いことが起こるの？　そんなに簡単にいくものかな」

千里は首を捻《ひね》る。共工《きょうこう》ほどの魔王ならともかく、いくら趙帰真をたぶらかすほどの道士であるとはいえ、そこまでの力があるとは思えなかった。

「道士は薬丹を錬成します。無数の材料の量や状態を吟味し、その組み合わせを極めますと石ですら金《きん》に変わる」

　多くの要素を組み合わせることによって、これまでにない宝貝が作り上げられる危険があると趙帰真は心配していた。

「時輪《じりん》をたぶらかした者が飛びぬけた力を持つ宝貝を手に入れてしまいますと、所謂《いわゆる》天地の摂理といったものですら左右されかねない。順逆、陰陽、因果といった、この天地に在る全てのものに関わる、大切な摂理です。あらゆる場所で、誰かが意識せずとも存在しなければならない摂理が操られる恐れがある」

　趙帰真は額井峰の結界や納木湖の底を考えるよう、千里たちに促した。

「あのような状態が人の世に広まってしまったら、大混乱が起きますよ」

「そうだろうなぁ……。目の前にいる奴が急に増えたり消えたりしたら面倒で仕方ないや。いや、ピキが百人になるんなら大歓迎だけどな」

　あはは、と笑うバソンを趙帰真が冷たい眼差しで見詰める。

「わ、わりい。でもさ、今回のことはおっちゃんが躍起になってるように見えるぜ。やっぱり前の騒ぎで出し抜かれたのが口惜しいんじゃないの」

「そう、かも知れません。私はこれでも、西王母《せいおうぼ》を母として人の世にあって幾星霜、人が修行して神仙の力を得た者に敗北を喫したことがありません。もとより天界にあって超越した力を持った者は別にしてね」

「それが、よくわからない力の持ち主が現れて焦っている、と……」

千里の言葉を趙帰真は否定しなかった。

「共工の場合は少なくとも、何をしたいのかはっきりと見えていました。しかし、呂《りよ》用之《ようし》という道士とその一統が何を考えているのかうまく読みとれない。因果や摂理を操って何をしたいのか……。ともかく彼らがしようとしていることに介入し、まずはその意図を明らかにしたいのです」

千里は興味なさそうに頬を掻《か》き、

「ぼくは大賽で堂々と戦えれば何も不満はないよ」

と言う。バソンも、

「嶺羊王の角が手に入るんならそれでいいや」

とそれほど乗り気ではない。趙帰真は、ふう、とため息をついて肩を落とした。

「ともかく、ぼくが大賽で勝つことがおっちゃんの目的にもかなっているんだろう？　だったらそうするまでだよ。わざと負けろ、とか敵を前にして逃げろって言うんならお断りだけどさ」

挑むように千里が言う。

「必要とあらばそう言うかもしれません」

「大賽に関わることなら退かないよ。そこでの戦いの様子は、修行者たちの評判となって天下じゅうに広まるんだから」

バソンは二叉槍にもたれて聞いていたが、

「ともかく麻姑山に戻ろうぜ。どんな弓が出来るのか、おいらすっげえ気になってるんだ。さぞかし良い弓なんだろうな」

うっとりと宙を見つめる。

「何かこだわりでもあんの？」

「お前、弓は己を守り家族を養ってくれる兄弟みたいなもんだぜ。名弓はおいらたちにとっちゃ家族と同じくらい宝ものってことだ」

敖汕は高度を下げ、趙帰真を振り返った。

「麓《ふもと》に下りますか？　それとも麻姑さまの洞《ほら》に？」

「必要なものは揃いました。麻姑さまのもとに急ぎましょう」

龍は趙帰真の言葉を聞くと、麻姑山に向かって速度を上げた。

五

麻姑の命を受けて山を後にしてから、既に一ヵ月が過ぎようとしていた。季節は少し進んで、温暖な麻姑山にも冷涼な風が北から吹きつけ始めた。山の修行者たちも修行着に綿を入れて冬の装いとなっている。

崖州、チャイダムと天下を縦横に走り回ったことを考えれば上出来かもしれないが、千里の中には焦りがあった。山の選抜戦に間に合っただけましである。

千里は額井峰の黄櫨、納木湖の嶺羊王の角を揃え、麻姑の瞑想する洞の前に跪《ひざまず》いてその目覚めを待っていた。材料が整えば起こすように、と麻姑は竦斯《しょうし》に命じていた。バソンと趙帰真もその後ろでかしこまっている。

竦斯が洞に入ってしばらくすると、けたたましい鳴き声と巨大な羽がはばたく音がした。洞門から突風が吹きつけて、千里は黄櫨を慌てて押さえた。やがて門が開き、麻姑が姿を現す。

「……早かったな」

彩鳥が舞い踊る朱の衣は鮮やかで、結い上げられた髪は差し込む陽光に艶やかに光を放っている。だがその目は吊り上がり、いかにも不機嫌そうである。千里は持ってきた品が気に入らないのか、と焦ったが、

「うむ、よくやった。大賽の弓にするには丁度良いものを揃えて来たな。ご苦労であった。大賽へ出場する者を決める試合を三日後に行う。早々に私の弓を作って準備を整えるがよい」

そう言って苧《からむし》を千里に手渡すと、奥へと姿を消した。

麻姑の前を退出した千里は房に戻り、荷の中から黄櫨、角、そして、麻姑から受け取った苧を取り出す。そしてことさら深刻な表情を作ると、

「一人分としては多いよねえ」

と呟いた。それを聞いてバソンはにやりと笑う。

「仙人と同じ材料で弓を作る気だな」

「手に合うかはわからないけど、折角いい材料揃えたんだし。それに麻姑さまも、余り物を使ってはいけないとは言ってない」

「そういう小理屈は本当にうまいよな。おいらも手伝うぜ」

千里もバソンも弓を造る技術は当然持っている。房の中には弓を造ったり手入れするための小刀が数本あり、二人は黄櫨と嶺羊王の角の成形から始めた。麻姑の手と体に合うよう削り、そして膠《にかわ》で貼りつけていく。この膠は高家秘伝のもので、一度貼りつければ容易に剝《は》がれず、悪天の中でも緩むことがない。角板の表裏に黄櫨板を貼りつけていき、七尺の長弓を仕上げていく。

苧で弓の日月、つまり上下を締めて最後は弦を張る。

「何だこりゃ」

千里は弦を張るために弓をたわめようとして驚いた。

「めちゃくちゃ堅い……」

強力《ごうりき》の千里が人並み外れた力を全開にしても、びくともしない。バソンも興味半分で手伝い始めたが、やがて額《ひたい》に汗を浮かべ始めた。

「しっかし強い弓だなこれ」

バソンは感心したように長弓を持って力を込める。

「そりゃそうだよ。精が宿るほどの黄櫨と高原の獣王の角が弓になってるんだもの」

弓は弦を張る時にもっとも力を要する。麻姑の力は人智を越えているから、尋常の張りでは済まない。さすがの千里とバソンが力を集めても弦をかけ切れない。

「息を合わせてやろう」

「いらないよ」

唸《うな》り声を上げて弓を曲げようとしていた千里は顔を真っ赤にして断る。だが弓の形はなかなか出来ない。

「意地を張ってる場合かよ。さっさと自分のに取り掛からなきゃいけないんだろ」

「……それもそうだね」

しばらく弓の材料を前に考え込んでいた千里ははたと手を打った。

「ただばか力でやってても駄目だよ」

「わかってる。ばか力でやってたのは千里だけだよ」

と言われて千里は思わず顔を赤らめた。その後、バソンが手を貸してくれるのを、千里は拒まなかった。二人の肩が触れると意識は繋《つな》がって、黄櫨と角へと気が流れていく。黄櫨と角に残る朱甲《しゅこう》と嶺羊王の思念が二人の気に混ざり合い、弓をゆっくりと曲げていった。

程良い反りに至ったところで千里が弓《ゆ》を持って飛び、素早く日月を結ぶ。最後にバソンが大きく弓を引き絞り、弦を鳴らした。

「すげえ！　おいらが欲しい位だよ」

バソンは地面を踏みならして喜んだ。弦の響きが山じゅうに轟き渡り、鳥たちが一斉に飛び立つ羽音が聞こえる。

「簡単に引くよな……」

千里は呆れかえった。二人の内力と外力を繋げてようやく張った弓を、バソンは軽々と引いて見せたのである。

「これだけの弓を作れる角なら、きっと王も喜んでくれる」

「そっか、そうだな……」

千里もすっかり忘れていたが、バソンも吐蕃の王に弓の材料を持って帰るよう命じられている。漢人と吐蕃の間に高まっている緊張を振り払うように千里は頭を振った。

「ともかく、ぼくの弓も作らないとね」

短弓に必要な分だけ角を削り取った千里は、残りをバソンに手渡した。

「あっさりくれるんだな」

「武人の言葉は金石《きんせき》の如《ごと》し、だよ」

「似合わねえの」

バソンは千里の肩を叩く。そして麻姑の弓と同様に千里も短弓を組み上げた。今度は弓渡り四尺ほどで、先ほどコツも摑んだので千里一人で弦を掛けることが出来た。だが霊物の力は短かろうと普通ではなく、千里は汗だくになってようやく朱甲の弦を掛け終わる。

「お山の苧じゃなくていいのか」

「うん。黄乙が使ってくれって言ってたからね」

弦の上下を確かめ、千里は満足げに頷く。

「いい出来だ」

ごく質素な、角と黄櫨の板を貼り合わせた短弓である。だが千里やバソンのように心得があるものは、その中に渦巻く莫大な力に身震いを抑えきれないほどだ。

満足そうにその様子を眺めていたバソンも自分の弓の弦を掛け直した。

「それで、予選はどうやって戦うんだ？」

バソンはやる気満々だ。

「バソン出るつもりなの？　武宮の修行者じゃないと大賽には出られないぞ」

「目の前に腕くらべがあるってのに、見てるだけなのは我慢出来ねえ」

「まじかよ……」

千里は嫌な顔をしたが、その背後に竦斯が立った。

「麻姑さまからのご伝言だよ。バソンが我が弟子であると宣するのであれば、選抜試合に出ることを許す」

「どうしてですか！」

千里は食ってかかるが、竦斯は楽しげににやりと笑い、

「修行している若い衆も、これほどの腕を持つ吐蕃の狩人と腕を競える機会などそうはない。戦場で命のやりとりになれば仕方ないが、その前に手合わせ出来るのは幸せなことだ。バソンは構わないか」

と逆に訊いた。

「別に手の内がわかったところでおいらは構わねえよ」

「ちょっと、勝手に話を進めないでよ」

千里が割って入る。

「大賽に吐蕃人が出るなんて聞いたことない」

「何を言っているのよ。あんたの祖先は渤海《ぼっかい》の人間だし、武宮にも突厥《とっけつ》や室韋《しつい》の子孫

たちがいくらでもいるわよ」

「そ、そりゃそうかも知れませんが、武宮の手の内が吐蕃に筒抜けに……」

いい加減にしな、と竦斯が一喝した。

「自信がないのかね」

そう言われると千里も恥じ入るしかない。その間にも、バソンは弟子入りしてやってもいいよと、気軽な口調で竦斯に言った。礼儀も作法もあったものではない態度で、さすがに千里も腹が立ったが、

「あんたが人の礼儀をどうこう言うようになるなんてねえ」

と竦斯にからかわれてしまう有様《ありさま》だ。結局千里は、麻姑と同じ材料で作った弓によようやく馴染んだところで、選抜試合の日を迎えることとなってしまった。

第六章　選抜戦

一

　千里《せんり》は麻姑山《まこさん》に帰ってから、房には戻れないままでいた。彼が山に帰って来たことは既に知れ渡っていたが、鄭紀昌《ていきしょう》ら元の子分たちは挨拶にも来ない。

「何だよ。薄情な奴ら……」

　怒るというより、力が抜ける。このことはバソンや趙帰真《ちょうきしん》にも言っていない。選抜の試合は、個人戦である。

「面白いな」

　その試合形式を聞いたバソンは面白そうに目を輝かせた。大賽《たいさい》のたびに使われる武器は違うから、当然選抜の方法も変わるのであるが、今回竦斯《しょうし》から修行者に示された勝ち負けの規定は実に単純であった。

　修行者には各自一本、姓名の記された矢が渡される。矢といっても鏃《やじり》の先を尖《とが》らせた実戦用の物ではなく、丸く小さな木の鏃を付けた練習用だ。

「それを一番多く集めた者が勝ちか。いいじゃん」

バソンはこともなげに言う。

「子分の多い文魁之《ぶんかいし》とかは有利だからずるいよ」

「だったら文魁之って奴を倒して集めた矢をいただいちまえばいいだろ。それにこっちにはおっちゃんも……」

「私は手を貸せませんよ。あくまでも武宮の修行者によって大賽の出場が争われるのですから、私が術を使えば不正を働いたことになります」

バソンが言いかけると、趙帰真がやんわりと釘を刺す。

千里たち三人は竦斯の指示に従って、空いている房の一つに入れられていた。これから大賽の代表が決まるまでは、千里も麻姑に目通りすることはかなわない。

「道士はずうっとこんなこと言ってるんだ。あてにしちゃだめだよ。もともと自力で何とか出来るけどさ」

「あてにはしてないけど、結局手を出してくるんじゃないの？」

バソンは趙帰真をつつく。

「そうしないと大変なことになるようでしたら」

「大変なこと？」

「選抜試合の間はきっと大丈夫でしょうけれど」

「またそんな気を持たせるようなこと言っちゃって」

千里はバソンと趙帰真が戯《たわむ》れているのを聞きながら、竦斯から配られた矢を眺めていた。玩具《おもちゃ》と言われても信じてしまいそうな、短く粗末な矢だ。ただ、矢柄《やがら》に記された名前と雲雀《ひばり》の焼印が武宮《ぶきゅう》のものであることを示している。

(矢を集めるってことは、弓矢勝負というより体術だろうな)

この選抜試合の禁は一つだけだ。相手を殺さないことである。この試合に関しては弓矢を使っても構わないとのお達しも出ているが、武宮における不殺の禁は生きている。鏃のついたものが当たれば相手を殺しかねない。期限は一晩しかないから、速攻で勝負を決めなければならない。

(三日くらいあるなら文魁之を見張って最後に集めた矢をいただくって手も使えるんだけど……)

一晩なら子分たちの矢を集めた文魁之が逃げ回って時間切れになってしまうかもしれない。体術勝負となればバソンと正面きって戦える者は山にいない。

(そうなったらなったでまずいぞ)

野生の嗅覚と抜群の腕力で山じゅうの矢を集めてしまいかねない。ここで千里の頭はややねじれた方向に働き出した。

(ということは、バソンより先に何本か集めておかないと全部持っていかれてしまう)

大賽に出ることの出来る修行者は三人だ。勝ちを目指すのであればバソンはいた方がいい。だが千里自身が出られなければ意味がない。予選が始まる日暮れまでまだ時間がある。千里は房を出ると、木立の中に姿を消そうとした。

一瞬、何かの気配に気付いて足を止めかけた千里であったが、そのまま進み続ける。山の中に点在する修行者の宿房の中で一際大きなものが文魁之のものである。その直前で、千里は様子を窺《うかが》うように茂みに姿を潜めた。

じっと動かないまま、時間が過ぎていく。

四半刻も経った頃、千里の背後の林の中で何者かの影が音もなく動く。完璧に気配を消し、足音も立てない。ただ、上半身を乗り出すようにして千里の様子を確かめようとしていた。

「おい」

その人影はふいに声をかけられて、小さな悲鳴を上げた。

「気配を消すのも足音を消すのもうまくなったけど、相手が動かないからといって焦りすぎだろ。その気になったらお前死んでるよ」

「大将……」

鄭紀昌は一度びくりと肩を震わせて両手を挙げると、ゆっくりと振り返った。

「用があるなら言ってくれればいいだろ」

「別に。大将に用なんてないから」

そこで千里ははっと気付く。

「お前、もしかして選抜戦が始まったら、まずぼくを倒して矢を手に入れようとしてたんじゃないだろうな」

「そ、そんなこと」

と否定しつつ鄭紀昌の目は泳いでいる。

「なあ、一つ提案があるんだ。手を組まないか。お前がぼくを越えたいと思っているのは重々わかっている。でも、ぼくと一緒に大賽に出よう。ぼくが麻姑山の選抜にいて出た方が、絶対に良い結果になる。そうなればお前も名を売れるだろう？　勝負するのはそれからでも遅くない。そこでお前が勝てば、天下に喧伝《けんでん》してもいいから」

鄭紀昌は用心深く千里を見つめていた。

「嘘じゃないな」

「当たり前だ。お前に嘘を言っても仕方ないだろ。ぼくはまだ、紀昌と縁を切ったつもりは全然ないんだ」

「俺にはある。大将には自信があるんだろ？　俺にはいつでも、絶対に勝てるって思っているから、そんな取引を持ちかけてくるんだ」

「……もちろん、断ったって構わない。でも見ろ」

千里は空を指し、そして懐《ふところ》から名入りの矢を取り出した。

「もうすぐ日暮れだ。選抜戦が始まったら全員敵だ。そして目の前にはお前がいる」

ここで決着をつけるか？　と千里は静かな声で誘った。

「大賽は公、大将との決闘は私だ。大賽が終わってから、決闘してくれ」

鄭紀昌は理にかなったことを口にした。これには千里も感心し、

「あの紀昌が武人らしきことを言うようになった。これで交渉成立だな」

と右手を差し出したが、鄭紀昌は握り返さなかった。

「で、どうするんだい」

「文魁之の奴と話をつける」

「話をつける？　どんな。まさか勝ちを譲れって言うんじゃないよな」

千里は策を手短に話した。

「バソンって吐蕃《とばん》の人はそんなに強いのか」

「ありゃバケモンだ」

「大将がそこまであっさり他人を認めるのは珍しいね」

「うるせ。ともかく、文魁之をうまくはめて、ぼくとお前とバソンで大賽に出る。いいな」

鄭紀昌はこくりと頷《うなず》く。千里は元子分を伴って、文魁之の房の前に立った。

二

果たして、千里の言葉を、文魁之は信じた。

「なるほど、あの吐蕃人は武宮の人間じゃない。あんなのに選抜に入ってこられたら、俺たち中原《ちゅうげん》の武人全体の面汚しになる」

乗ってやろう、と文魁之は頷く。

「だが俺に頼みごとをするということは、大賽では俺を長として敬するんだよな」

「……もちろんだ。麻姑山の代表はお前だ」

「えらく素直だな」

「それ位吐蕃の獣と一緒に動くのがいやだってことだ」

心底嫌そうに、千里はくちびるを歪《ゆが》めて見せた。

「大体、麻姑さまもどういうつもりなんだ。吐蕃とは間もなく大きな戦《いくさ》になるかも知れないというのに、武宮に引き込んで選抜戦に出る許可を与えるなんて」

千里は口惜《くや》しそうに床を叩《たた》く。

「わかった」

文魁之は鷹揚《おうよう》に頷いて見せた。

「だが一つだけ。これまで敵となっていた人間を味方に引き入れるには、用心もするのが筋だ。臣従する方は必ず親族を質《しち》として差し出す」

千里はそこでぐっと言葉に詰まった。

「わかるが、ここは武宮だし、差し出すべき質はいない」

「いるさ。そこに一の子分がいるだろ」

「紀昌は……」

と言い返しかけて千里ははっと気付いた。

（文魁之はぼくと鄭紀昌が仲たがいして親分子分の仲ではなくなっていることを知らないのか）

視線だけを鄭紀昌に向けると、目を伏せて表情を隠している。ここで鄭紀昌が人質になってくれれば、交渉は一気に進む。だが、今の鄭紀昌にそれを命じることは出来なかった。二人の間に流れる空気を察知したのか、文魁之は居丈高《いたけだか》に決断を迫る。

「紀昌を人質にすることは」

出来ない、と千里が口を開きかけた時、鄭紀昌は頷いて前に出た。そして両手を前に出し、縛れと促す。

「事が成るまで俺が質となってここにいるよ。大将がおかしなことをすれば、俺を好きにしたらいい」

「腕の腱《けん》を切って、二度と自慢の射切りも出来ないようにしてやるよ」

「仮にも麻姑山の頭《かしら》を張る覚悟があるのなら、そんな安っぽい口をきくな」

文魁之は苛立《いらだ》たしげに舌打ちし、鄭紀昌に詰め寄ると頰を張った。

「俺にそんな口をきくことこそ、ここではやってはならんことだ」

千里は鄭紀昌の堂々とした態度に舌を巻いた。彼が無礼な口を叩くことで、文魁之の千里に対する疑念は消し飛んでいたからである。

「お前は猫をかぶっているようだが、子分の教育までは手が回らんようだな。まあいい。俺の子分になればお前らも武人としてしっかり鍛えてやる」

千里は表情を消したままわずかに頭を下げた。

「魁之さま」

外の様子を窺っていた若者が日暮れを告げた。それと同時に、文魁之の目の前に数十本の矢が積み上げられる。

「楽しやがって」

思わず千里は毒づくが、文魁之は金貨でもいじるような手つきで矢の束をもてあそび、

「心配せずとも分けてやるよ」

とうそぶく。

山は騒然とした空気に包まれ始めた。修行者たちはいくつかの〝組〟を結んで小競《こぜ》り合《あ》いを繰り返している。もちろん、山にいる修行者の全てが大賽に出て栄誉を摑《つか》もうと狙っている。

「俺たちは待つ」

文魁之は余裕である。山にいる修行者は三百人ほど。その六分の一を魁之の天狐《てんこ》組は抱えている。彼への忠誠心は高く、皆ためらうことなく矢を差し出した。

「おい」

手下の一人が、千里と鄭紀昌の前で手を出す。矢を差し出せと催促したが、もちろん二人は頑として拒んだ。天狐組の面々は激昂《げっこう》したが、文魁之は彼らを宥《なだ》めて黙らせた。

「まだこいつらは客分だ。大賽の時は俺の下につくだろうが、まだ俺と同等だからな。あんまり無茶は言ってやるな」

手下は千里たちに、感謝しろと言い捨てて下がる。気まずい空気が房の中に満ちるのを無視するように千里は、

「で、待つとは」

と訊《たず》ねた。文魁之はもっとも多い人数を抱える自分たちが不動であることで、他の組が潰《つぶ》し合うことを期待していると言った。

「名将の条件は、損害をなるべく少なくして勝利を得ることだ。どうだ」

だが千里は、その意見に賛成しなかった。

「あいつらが組んで襲いかかってきたらどうするんだ。いくら天狐組に五十人いるといっても、残りの二百五十が手を組んだら厄介だぞ」

「俺とお前で百人分の戦力はあるし、いくつかの組には手を回してある」

「手？」

「俺が大賽で名を挙げて、将軍の地位に就いたら重用してやるという褒美を用意した。混乱しているところを一気に衝《つ》く」

「裏切り者を仕込んだのか。用意のいい奴だな」

ことさらに感心したような表情を千里は作る。

「兵は詭道《きどう》なり。力任せに暴れるのは匹夫《ひっぷ》のすることさ。時にはそれも必要だけどな。俺様のように腕も立って頭も切れないと、天下の修行者には勝てねえよ」

千里は感心したふりをして頷くと、じっと床に視線を落として黙っていた。

（確かに文魁之の考え通り進めば、勝てるだろう）

天狐組以外の実力は拮抗《きっこう》している。集団の乱闘であっても、一人ひとりの武力にしても、彼らは頭一つ抜けていた。だが、何かが引っかかる。

「前祝いだ！」

首領の朗《ほが》らかな声に、若者たちは歓声を上げる。山での飲酒は禁じられているが、差し入れの荷物に潜ませてあったのか酒壺がいくつか引き出された。

「麻姑さまには言うなよ」

にやにやしながら、文魁之は率先して杯を空ける。

「千里、お前も飲めよ。でもその子供姿じゃ酒は体に毒か」

魁之の子分たちがどっと笑う。千里が鄭紀昌を横目で見ると、表情を変えることなく黙然と座っていた。酒を勧められても、

「質に取られている身だから」

と頑《かたく》なに拒んでいた。外はすっかり闇に包まれ時折、叫び声が聞こえる。命を奪うのは禁止といえども、骨を折れば痛みも走る。その叫びが徐々に数を増やしている。どこかの組が優勢に立ちつつあるのか、と千里は外の物音に集中していた。

「おい、誰か見に行けよ」

すっかりいい気分になった文魁之が命じる。

「そうだ千里、ちょっと見て来てくれないか。酒の肴《さかな》に矢を何本か取って来てもいいぞ」

文魁之の言葉に、子分たちが同意のわめき声を送る。

「そういやあの吐蕃人はどうしてるんだ」

立ち上がりかけた千里に魁之が訊ねる。

「わからない。機をうかがっているのかも知れない」

「ついでにそいつも仕留めてきたらどうだ。もしかして、一対一では敵わないのか」

応えず房を出た千里の背中に鳥肌が立った。暗闇の中を巨大な気配が縦横に走っている。

(この気配……)

吐蕃の高原に似た厳しい風雪の匂いすらする。それは、千里もなじみのものであった。

(バソンの闘気が麻姑山に満ちている)

麻姑山の修行者程度では、バソンに敵う者はいないと千里は考えていた。彼でも体術で苦戦するのは文魁之くらいのものである。だが、バソンの猛獣のような気配がこれほどまでに荒れ狂っているのが、不思議ですらあった。

千里はゆっくりと気配を消す。

これまでは、力を見せつけるように己の気を煌々《こうこう》と放っていた千里であった。だが、考えを改めていた。鄭紀昌や趙帰真のような己の気配を自在に操る術を身につけなければ、自分より強い人間には勝てない。

(よし、バソンの背後をとる)

対決しようとは思わない。だがあの野生の勘を出し抜くことが出来たら自信にもなる。千里は枝から枝へと音もなく飛び、荒ぶる高原の嵐に近づく。

時折聞こえていた叫び声は、修行者の房が集まっているあたりからしていた。バソンの気配もそこからしている。濃い苧《からむし》の群落を越え、修行者たちが寝泊まりする房へと近づいた。

数棟の房が集まっている一画の前には広場があり、そこにはあかあかと焚火《たきび》が炎を上げている。二百人ほどの若者が車座となって座り、その中央には一人の若者が立っている。

長大な二叉槍に、獣骨の弓。炎の陰になっているが、それだけで何が起こっているのか千里には分かった。武宮の修行者たちでも腕利き揃いの、組の長たちが腕や足を押さえてうずくまっている。

バソンの拳《こぶし》か脚に砕かれたものであるらしい。組の長ですらそうなのだから、他の修行者が手出し出来るわけはない。その前には、矢が積み上がっているのが見えた。

「おいら、お前たちを見直した」

バソンが凛とした声で言う。

「堂々と挑み、戦ってくれた。おめえら、本当に大賽ってのに出たいんだな」

修行者たちの表情は見えない。バソンの言葉はさぞかし屈辱に聞こえているだろう、と千里は見ていた。だが、次に聞こえて来たのは若者たちの喝采《かっさい》であった。

「おいらに挑んだ奴ら、みんな強かった。おいら、漢人ってもっと弱いと思ってた。束《たば》になってかかって来なきゃ、吐蕃人一人にも勝てねえってずっと思ってた。だけどここには、一対一で遣《や》り合おうって馬鹿な連中が一杯いるじゃねえか。倒れても諦《あきら》めない、骨を砕いても立ち上がって来る。おめえらは勇士だ」

バソンは矢の束の前に膝をつき、拝跪《はいき》した。

「おまえらの強さと気持ちは、おいらがしっかり受け取った。大賽というのに出ておいらは必ず勝ってくる。そして何かを手に入れたら、必ず皆に分け与えることを約束するぜ！　それでいいかい」

バソンの言葉に、修行者たちは賛意の声を上げた。

(何て奴だよ……)

武宮の修行者たちを制圧した上に、心まで捉えてしまっていた。それは爽《さわ》やかな光景であったが、千里の心に恐怖も巻き起こした。もしバソンがこのまま吐蕃での地歩を固め、やがて自分たちに牙を剥《む》いたら……、それは共工《きょうこう》以上の恐ろしさであった。

「バソンさん、あなたが大賽に出るにあたって、一つ大きな壁がある」

痛みにうずくまっていた組長の一人がようやく起き上がり、恭《うやうや》しくそう言上《ごんじょう》した。

「何だい？」

「この山にはあなたとよく戦えるであろう二人の修行者が残っている」

「千里と……あと一人は誰だ」

「天狐組を仕切る、文魁之という男です。奴は狐のようにずるがしこい」

バソンが目をきらきらと輝かせた。

「なるほど、腕も立って頭も切れるのか。いいじゃん。仲間にしたいよ」

「これでもですか」

彼はバソンの前に一人の若者を引きすえた。顔を上げることも出来ないでいる若者の横顔は恐怖に青ざめていた。

「こいつがどうかしたのか」

「文魁之に釣られて誘いに乗り、我らを互いに戦わせて漁夫の利を得ようとしておりました。武宮の戦士として許されざることです」

同時に、他の組からも数人の修行者が突き出される。

(文魁之の策は失敗に終わったな。馬鹿な奴だ。間者にするならもっとしっかりとした奴を送りこまないと)

千里は心中せせら笑う。

「で、兄弟たちはどうしたいんだい」

「願わくばバソンさんは将となり、卑劣なる文魁之とその一統から矢を奪って欲しい。そして、得た矢を巡って我らが改めて競い、優れた者をあなたに付き従わせて大賽に出場させたいのだ」

（立派そうなことを言っているが、こちらも馬鹿だな）

千里はうんざりしてきた。バソンの力を利用してこれまで勝てなかった文魁之たちに一撃を食らわせようとしているだけである。正面から当たって天狐組にも勝てないような連中が、大賽に出ても恥を晒《さら》すだけだ。

気配を消したまま、千里は木立の中に姿を消そうとした。文魁之に教え、手を打つよう促すためである。だがここで、彼は一つ思いついた。よくよく考えてみると、文魁之のために働く義理はない。

（紀昌のやつは……いいや。あいつだって裏切り者だ）

人質になってくれたのも、自分のためだと最早千里は思えなかった。ここでバソンに天狐組ごと潰してもらい、どさくさに紛《まぎ》れて矢の束を得てしまえば、多くの問題が一挙に解決する。

「やっぱりぼくって頭いいな」

バソンは修行者の助力を断り、大股で山道を進みだす。麻姑山は闇に包まれていたが、一切頓着《とんちゃく》することなく、力強く進むうちに文魁之の房の前にたどり着いた。

房の中からは楽しげに騒ぐ声が漏れ出ている。扉が開き、誰かが出て来た。その人影ははっと驚いたようだったが、何事もなかったように茂みの中に消える。バソンも何も言わないまま房の扉の前に立つと、大きく拳を振りかぶった。

「何をするつもりだ」

と身を乗り出した瞬間、バソンは拳を振り抜く。煉瓦《れんが》を積み上げた房は、一撃で土煙と共に瓦礫《がれき》と化した。

あとは大乱闘である。酔いも醒《さ》めて手近な者に摑みかかる天狐組の面々は同士討ちを始め、視界が晴れるにつれて頭を抱える始末だ。

「ああっ」

誰かが悲鳴を上げる。

「ここに置いてあった矢がない！」

千里も驚いて目を見開く。確かに、宴の肴のように房の中央に置かれていた五十本の矢の束がすっかり消えていた。文魁之は手下たちに探すよう命じながら、ゆっくりと歩を進めた。

「お前が新入りの吐蕃人か。国で居づらくなるような罪でも犯してきたか」

「何言ってんの？」

文魁之の言葉にバソンはきょとんとした表情を浮かべて訊《き》き返した。

「蛮人で中原に来る者は、戦い敗れて囚《とら》われた者か、国内の難を恐れて逃げて来た者だ。いずれにしても戦士としては不十分。武宮に来ても強くはなれないよ」

「ああ、そうなの。でもおいら、どちらでもないよ」

バソンは大して気にもせず手を振った。

「おめえ、千里以外ではここで一番強いんだってな。勝負しようぜ。おめえが勝ったらこれをやる」

「こちらは……ええっと」

担いできた矢の袋をどんと前に置いた。

手下から集めた矢を探すが、見当たらない。そこに、鄭紀昌が麻袋を持って現れた。

「矢はここにある。文魁之、存分に戦いな」

「そ、そうか。よし、やってやるぞ。千里が跪《ひざまず》いた今、お前をぶっ倒せば、俺は名実ともに麻姑山最強の男だ」

心底安堵した魁之は拳で胸を叩き、己の戦意を掻《か》きたてる。

「何だよ、堂々とした男じゃねえか。いいね。この山の連中は気持ちがいいぜ。何で遣り合う？　槍でも弓でも刀でも、好きな武器で相手をするぞ」

「組打ちを所望」

文魁之は諸肌《もろはだ》脱ぎになって前へと出た。バソンは二叉槍をどんと地面に突き立てると、びりびりと地面が震える。

「よし来た」

同じく諸肌脱ぎになったバソンと文魁之ががっしりと組み合う。酒の勢いは文魁之に力を与え、炎のように赤みに覆われた肉体に筋の縁《ふち》どりがくっきりと現れた。バソンの浅黒い肌にも血管が浮かぶ。

「つええな！」

バソンが笑みを浮かべつつ力を込めると、文魁之の体が足首まで地にめり込む。

「こんなものじゃないぞ！」

文魁之が力を掛け返すと、今度はバソンが膝まで地面にめり込んだ。力比べをしつつ、文魁之はかっ、かっと息吹を始めた。

「武定山摔角《しゅつかく》の絶技、とくと見るがいい」

ただでさえ威圧感のある筋肉の鎧《よろい》が、さらに隆起し始める。血管が全身を覆い巻きついていくように見えた。その様を面白そうに眺めていたバソンが、濛気《もうき》を上げて猛《たけ》る肉体を前にして両手を広げた。

「何でもいいや。本気見せてくれ！」

脚を踏みしめた文魁之が、地面を蹴る。凄まじい震動を残し、彼は己を弾丸として バソンへと激突する。腕で受け止めてはじき返そうとしたバソンが、吹き飛ばされた。さらに太さを増した腕でその首根っこを摑むと抱え上げ、頭から地面に叩きつける。

(あいつ、組み力が強いと思ったらあんな流儀修めてやがったのか)

取っ組み合いでは千里でも分《ぶ》が悪い。

「どうだ」

文魁之が力瘤《ちからこぶ》を作り、子分たちに誇示してみせるとやんやの喝采が湧き起こる。だがもちろん、その程度のことで倒れるバソンではない。

「すっげえ!」

首のばねだけで起き上がったバソンは拳を地面に叩きつけて喜びを表した。

「おめえ、組打ちだけなら千里よりぜんっぜん強いよ」

「当たり前だ。あんなちんまいのに負けるかよ」

「でも、おいらよりは弱いな」

と言ったものだから文魁之は赤黒く変色した顔をますます紅潮させた。雄たけびを上げると、文魁之は再び地を蹴って間合いを詰める。頭から激突しようと一本の剛槍《ごうそう》のように飛んだ。

鈍い金属音が一つ響く。文魁之は間合いを取り直し、再び突貫した。だが、近づこうとするたびに音がして、その度《たび》に魁之は立ち止まらなければならなかった。千里は初め、バソンが何をしているのかわからなかったが、三度目でついに理解した。

「拳を使っているのか！」

突っ込んでくる文魁之が間合いに入った瞬間、バソンの拳が魁之の頭を打つ。金属音はその時に生じていた。肉体を鋼《はがね》と化した魁之の頭が音を立てているのだ。何度やっても間合いに飛び込めない文魁之は、ぎりぎりの所で止まって構えをとる。

相手を摑み取ろうとする獰猛《どうもう》な熊に似た形である。

「雪羆《せっひ》捕鳥！」

右に飛ぶと見せかけて左から長い腕を飛ばす。だがバソンは引っかからず冷静に拳で対応する。だが転倒するかに見えた文魁之は、その脚でバソンの足首を絡《から》め取った。

「おわ」

初めて驚きの声を上げたバソンの体の上で滑らかに体を動かすと、遂には馬乗りになった。以前千里が同じ手で馬乗りになられ、しこたま殴られた形と同じである。

「どうだ。降参したら許してやるぞ。俺にここまで手こずらせたのは、千里だけだ」

「あのちびと一緒にすんなよ」

バソンは文魁之の腹に手を置いた。

「くすぐるつもりかよ。お前の拳は俺の石頭でも痛かったからな。お返ししてやる！」

拳を振り下ろそうとして、文魁之の顔が苦痛に歪んだ。千里はバソンの指が、文魁之の硬そうな腹筋にめり込んでいるのを見て目を瞠《みは》った。

文魁之は苦しげな呻《うめ》き声を上げてバソンの手首を掴み、引き離そうとするがうまくいかない。

「参ったするのはおめえの方だ」

「……誰が、するか！」

文魁之はバソンの手首から手を放し、その顔の前で一閃させた。ぎりぎりで顔を逸《そ》らせたバソンであったが、その鼻筋から頬にかけて三条の血線が刻まれている。

(暗器まで仕込んでたのか。それくらいやると思ったけどさ)

千里は小さく舌打ちする。薄い刃を指の間に挟んでいた文魁之はそれを投げ捨てると、さらにもう一つ暗器を取り出した。三寸ほどの太い針である。

「やっぱりお前は強すぎる。仲間に入っても言うことを聞かせるのは難しそうだ」

だが肩の急所に狙いを定めた文魁之の体が、ふわりと浮き上がった。

「ふん、無駄だ。俺の肉体を鋼《はがね》と化す硬外功は、お前の指程度では破れはせん」

青みすら加え始めた腹筋は、バソンの指を飲み込んで固まる。抜こうとしても、今度は鉄塊の中に指をとられたように動かない。

「殺しはしないぜ。俺の慈悲に感謝しな」

「それはおいらのせりふだよ。堂々と戦う男なら、きっちり勝ち負けつけるだけにしようと思っていたのにさ」

「何？」

「そういうずるをされたら、おいらも気分が悪いってこと」

「兵は詭道なり。勝った者が強いんだ」

「おめえの考え、嫌いじゃないぜ。それに勝った者が強いってのはその通りだよ」

勝ち誇る文魁之の体を、バソンは腕力だけで吊り上げた。文魁之は針を突き出しても、その皮膚を破ることは出来ない。

「なるほど、息を調えるだけでこんなに体って丈夫になるもんだな」

バソンの皮膚が黒く変色している。それは黒鋼の鈍い輝きを放っていた。

「これなら甲冑《かっちゅう》いらずだ」

既に針先は丸く変形している。

「何故だ……」

「真似しやすいな、その技」

刃も針も、当然拳も通じず文魁之は歯がみする。そんな彼を高々と持ち上げると、バソンは大きく跳躍した。十数丈の高さに一瞬にして達するその脚力に千里は舌を巻く。

悲鳴を上げる文魁之の体をしっかりと抱きとめて頭を大地へと向かせると、バソンは螺旋《らせん》を描きながら落下する。

「ちょいと痛いぜ！」

二人は炸裂音に近い轟きを遺《のこ》して土煙の中に消えた。破片の一つが千里の頭上をかすめ、背後の立木を一本砕き割る。土煙の中から最初に姿を現したバソンは、手を打って文魁之の豪勇を誉めたたえた。

「ちょっと小ずるいところはあるけど、強い奴だったぜ。確かに、他の連中じゃ歯が立たないよな。ああ、親分の仇《かたき》をとりたいという勇者がいるなら受け付けるぞ」

バソンの言葉に、天狐組の面々も何も反論できない。頭領は地面にめり込んだまま動かず、バソンは涼しい顔に微かな切り傷をつけているのみだ。

「よし話はついたな。おいら以外に大賽に出るやつは、もう一度決めようか。千里の姿が見えないようだけど、どうしちまったのかな」

そんなことを言いつつ、バソンは置かれていた麻袋の中を覗き込む。そして中々顔を出さなかった。修行者たちが囁《ささや》き合い、千里も何をしているのかと目を凝らす。やがて袋から顔を出したバソンは、

「無い……」

と呆然とした表情で言った。

「……無いって、何が」

頭を振ってようやく立ち上がった文魁之は、不機嫌な声で訊ねた。バソンは黙って袋を文魁之に見せる。中を覗き込んだ魁之も、やはりしばらく動きを止めていた。そして出て来た顔は、憤怒《ふんぬ》の形相に覆われている。

「鄭紀昌はどこだ！」

ぽかんとしている子分たちの前で、文魁之は袋の中身をぶちまけて見せた。そこには数十本の小枝が入っているのみで、矢は一本もない。千里も鄭紀昌の姿がいつしか消えていることに気付かなかった。

バソンは憮然として自分が持ってきた袋の中身を覗く。そして無造作に袋を振って中身を地面に広げると、やはり枝の束が転がり落ちてきた。ようやく事態を理解した文魁之の子分たちも、様子を見に来ていた他の組の連中も騒ぎだす。

（アホどもが。すっかりはめられやがって）

だが鄭紀昌の姿を見失ったのは千里とて同じである。空を見上げると、未明の色へと変わっている。

（やばいぞこりゃ）

千里が持っているのは自身の一本だ。二百五十本近くをバソンが一人で持ち、五十本を文魁之が持っていたが、その全てを鄭紀昌に騙《だま》し取られた格好となっている。だが千里は、これを好機と考えた。

うまくやれば鄭紀昌が矢をほぼ独占できる。そうなれば、バソンや文魁之を手下にする時も優位に話を進めやすい。ただ問題なのは、鄭紀昌の思惑である。

（あいつの射切りは確かにすごいけど、この山の筆頭になって大賽を戦うという器量はない。どういうつもりなんだ）

文魁之たちはもはや敵味方を越えて、協力して山狩りを始めている。夜が明けきる時刻は、既に定められていた。竦斯《しょうし》が麻姑の洞に続く岩峰の下で待っている。夜明けに矢を持って行き、本数を記録してもらって選抜戦は終わる。

夜明けの半刻前になると、竦斯が一つ鐘を打つ。そして、もう一度打つまでに竦斯に認めてもらう必要があった。

（鄭紀昌も竦斯さんのところへは必ず行くはずだ）

そこを狙うしかない。だが、同じことを武宮の修行者全員が考えているのは明らかだった。出撃する部隊のように整然と、麻姑の洞がある岩峰へと進み始めている。

千里は、彼らが鄭紀昌の気配を捉えられるとは思っていなかった。これまで何度も遣り合って、文魁之たちに気取られたことはない。だが今度は、千里も自信があった。

人差し指を風にさらし、ふっと息を吹きかける。闇の中にわずかに糸が光り、そして消えた。

「内外を繋《つな》ぎ、相手の気配を探る術、うまくいってるかな」

これまでの旅や、趙帰真につけられていた結界を手掛かりに、自ら編み出したものだ。

この糸に気付くほどの技量は鄭紀昌にはないはずだ。千里はそう考え、一人木立の中に入る。だが、その千里の肩をがっしりと摑む二つの手があった。

「こら千里」

バソンが眉を吊り上げて顔を怒らせている。

「もしかして、矢を一ヵ所に集めさせてずらかろうとしていたのは、お前の策かよ」

だがその声は怒っているというよりも、感心している雰囲気すらあった。だがもう片方の肩を摑んでいる手には、殺気が込められている。

「貴様、最初からそのつもりだったのかよ」

文魁之の目は、暗闇の中でも血走っているのが見えるほどである。

「うるせえな。そんなわけねえだろ」

狙ってはいたが、鄭紀昌と示し合わせていないのは本当だ。

「痛いから放しやがれ」

「駄目だ。もしこのまま鄭紀昌が矢を一人占めして、俺が大賽に出られなかったら、絶対にお前を殺すからな」

文魁之が凄む。

「……武宮で修行者が修行者を私怨で殺すのは大罪だぞ」

「そんなの関係ねえ」

睨み合う千里と文魁之を、バソンがそれ以上の馬鹿力で引き離した。

「そんなことやってる場合かよ」

「絶対許せないね」

「お前、今何をしなきゃいけないんだよ」

「それは……」

バソンの言葉は、文魁之に冷静さを取り戻させた。千里の首をへし折って溜飲《りゅういん》を下げることと大賽に出て天下に名を上げることの得失がわからないほど、彼も愚かではない。

「鄭紀昌の行方はわかるのか」

「これから探すんだ」

「心当たりは？」

千里は頷いたが、その種明かしはしなかった。周囲の気配を探るふりをしながら、山に分け入っていく。鄭紀昌は気配を消す術こそ一人前だが、体術はそれほどでもない。山中を走る速さも、千里たち三人よりは大きく劣っていた。

しかも気配の糸を、千里に握られている。

「こっちだ」

「おいらにはちっともわからねえ」

「俺もだ。どういう術を使っているんだよ」

文魁之とバソンは首を捻《ひね》っている。

「ぼくと鄭紀昌の間には深い繫がりがあるんだ。ぼくにしかわからないのも無理はない。バソンだってピキさんが遠くにいてもわかるだろ」

千里が言った適当な説明で、バソンは納得がいったようだった。

麻姑山には無数の小さな峰があるが、千里の宿房近くに、弁天峰というのがあった。女神の名前はついているが、雑木と苧に覆われた何ということもない峰の一つである。

そこから、鄭紀昌の気配が伝わって来ていた。

（夜明けまで身を潜めているつもりだな）

千里としては、それでも良かった。鄭紀昌がほぼ全ての矢を持ち、千里が一本持っている。文魁之の焦りようから見て、自分の矢も袋に入れておいたらしい。そうなると、一位と二位はもう確定だ。あとは竦斯と麻姑の裁量でもう一人が決まるだろうが、そうなればバソンが選ばれるのは間違いないだろう。

千里は内心ほくそ笑み、敢《あ》えてゆっくりと弁天峰の中を進んだ。

「どこなんだよ」

苛立った文魁之の声を聞き流しつつ、ゆっくりと気配のする方に進む。あとは何とか合図して、先に竦斯のもとへ向かわせればいい。

気配の源まであと一里半となったところで、千里は足を止めた。これくらい距離をとっていれば、鄭紀昌に気配を悟られることはない。そこから曲射で矢を打ち込んで鄭紀昌を驚かせ、竦斯の所へ走らせるつもりだった。

「待て」

千里はバソン達を止める。

「ここからぼくが狙ってみる」

「当たるのかよ」

文魁之は疑わしそうだ。

「お前よりは当たるよ」

と言われて黙りこむ。さすがのバソンも、鄭紀昌の気配が摑めないようでくちびるをへの字に曲げて腕組みをしていた。

（動くなよ……）

ぎりぎりの所に落ちるように角度を調節し、弓を射上げる。美しい放物線を描いた矢は、音も立てずに茂みの中へと突き刺さった。だが、鄭紀昌の気配に変化はなく、驚いた様子もない。

「何だよ、当たったのかよ」

文魁之は闇に手をかざして見ている。千里は胸騒ぎがしてもう一本矢を番《つが》えるが、その前にバソンが走り出していた。千里と文魁之も慌てて後を追う。茂みを飛び越えるようにして矢の落ちたあたりにたどり着いた千里は、絶句した。

「これは……」

一本の立木に、何かが貼り付けてある。バソンが慎重な手つきで剝がしてみると三寸四方の、ごく小さな薄皮のようなものだ。千里はそこが鄭紀昌の気配の源であることを確認して愕然《がくぜん》とする。

（ぼくが糸を付けた所を自分で剝がしたのか。そこまで……）

鄭紀昌は尋常ではない射切りの技を手に入れていたが、長い時間の中から戻った後も失わなかった技がもう一つあったのだ。鄭紀昌は千里に気配を摑まれていることを、見破っていた。

「どういうことだよ」

怒りで顔を真っ赤にした文魁之が千里に迫るが、

「ぼくに怒るより、鄭紀昌を追った方がいいんじゃないか。本当に夜が明けてしまうぞ」

千里が言うなり、今度は文魁之が走り出す。バソンは千里と並ぶように追いながら、

「千里、お前本当に知らなかったのか」

「口裏を合わせていたわけじゃないし、まさかここでぼくも一杯食わされるとは思っていなかったよ」

「なるほどね。しかし大した奴だなぁ。千里の子分にしておくのはもったいない。おいらの仲間に欲しいくらいだ。いい狩人になると思うよ」

「すぐに音を上げると思うな」

「そうじゃないって。鄭紀昌ってやつ、きっと中原が向いていないと思うんだ。おいらたちの国に来れば、羊や牦牛《ヤク》を追って穏やかに暮らせるんだけど」

「ここは武宮だよ。吐蕃の生活に憧《あこが》れる奴なんているかよ」

バソンは口を噤《つぐ》み、麻姑の岩峰へと向かう。

「向き不向きってもんがあるんだよ」

千里たちが麻姑の洞へ続く断崖下にある祠へと向かう。道が石畳に変わったところ

で彼らは足を止めた。払暁《ふつぎょう》のほの暗い中に、鄭紀昌が立っている。

「中々やるじゃないか」

千里は称《たた》えつつ一歩前に踏み出した。

「大将、俺でもあんたに勝てるんだよ」

「そうかな？」

飛びかかろうとする文魁之とバソンを千里が手で制する。

「勝負ってやつは最後の瞬間までわからないよ」

「もう勝負はついてる。大将、ここで負けを認めたら、矢を何本か譲ってあげるよ」

「ぼくがそんなことをすると思うか？」

「させる」

鄭紀昌は腰に提げていた短弓を引き絞った。

「俺の射切りの技はもう知っているはずだ。殺しはしないけど、急所を射て動けなくすることも出来るんだぞ」

くちびるを嚙《か》み、千里は前進を止めた。どれほどの速さで駆けても、矢の速さには敵わない。鄭紀昌の構えは堂々として、千里をぴたりと狙っている。

「焦るな、紀昌。大賽が終わったら堂々と挑戦を受けてやるから」

「気が変わった。俺は山の皆と天下に、大将に勝ったことを知らしめたい」

「そんなこと意味ないだろ」

千里が一歩踏み出そうとすると、首の横を旋風が通り過ぎて行った。頸動脈《けいどうみゃく》の真上、皮一枚を見事に射切っていた。

「意味はある」

「どんな！」

「ずっと上を見上げることしか出来なかった人間の気持ちが、大将にわかるもんか」

「それはぼくのせいじゃないだろうが」

「そうだよ。でも、大将を越えないと俺は一歩も先に進めない」

その声と気配に、千里は憶えがあった。かつて共に旅をした武僧と、よく似ていた。

「行け！」

不意にバソンが叫ぶ。その声を合図にするように、千里は跳躍した。鄭紀昌の鏃がはっきりと千里の眉間を狙っている。舌打ちした鄭紀昌は、矢を放つ。だが矢は、千里の頭上をかすめ、何本かの髪と共に飛び去った。

視界に鄭紀昌が大きくなるにつれて、その表情が苦しげなものに変わっていく。

「弓を捨てろ、紀昌！」

「大将！」

二つの叫びが交錯し、雷光のような矢が千里を貫いたかに見えた。千里の小さな体は鄭紀昌に激突し、二人は転がり合って止まった。鄭紀昌の上には千里が馬乗りになり、大の字になった鄭紀昌は目を見開いて空を見上げている。

千里の顎《あご》を伝って、ひとしずく血が垂れた。

「お前、随分鍛えたな」

鄭紀昌の肉体からは、かつての緩みが消えていた。

「射切り、外れたぞ」

「違うよ。外してやったんだよ」

「さっきバソンが言ってた。紀昌は吐蕃で羊や牦牛を飼い、獣を狩って生きていくのが合ってるかも知れないって」

そうかもね、と言って鄭紀昌は苦笑を浮かべる。

「矢を持って行きな。今回もやっぱり大将の勝ちだ」

「大賽が終わったら勝負しよう、紀昌」

「……考えとく」

千里は矢の袋から無造作に数本掴み取ると、懐に入れる。バソンも同じように数本とっただけで文魁之に袋を渡した。

「い、いいのかよ。これだと俺が大賽の代表になっちまうぞ」

息を詰めて千里と鄭紀昌の遣り取りを見ていた文魁之は、用心深く袋に手を伸ばす。

「武宮の筆頭になりたかったんだろ。しっかりやれよ」

バソンはばんと文魁之の背中を叩いた。そしてまだ大の字になっている鄭紀昌のもとで膝をつく。

「勝負を挑むなら、相手への情を捨てるんだ。それが出来ないなら、戦いを挑んじゃ駄目だ。自分の命を縮めることになるぞ」

「わかってる」

鄭紀昌は立ち上がると、千里たちを見ずに房の方へと戻っていった。一部始終を見つめていた竦斯の影が、微かに見えた。

三

麻姑は全山に布告する。

「此度《こたび》の大賽、麻姑山を代表する修行者は文魁之、高千里、そしてバソンの三名とする。残りの者は大賽の準備を手伝い、他の武宮に侮られぬよう全力を尽くすように」

そして、三人は麻姑のもとに呼び出される。

「結局はこの三人となったな」

「当然です」

千里は昂然《こうぜん》と胸を張った。

「何を言うか。危なかったではないか。お前の慢心、奇策、そのことごとくが危機を招いたとわかっておるのか」

麻姑に厳しい声で叱責されて、千里はしょんぼりと肩を落とした。

「ともかく、文魁之を麻姑山筆頭として、お前たちは武宮大賽で天下の修行者たちと腕を比べることとなった。これまでは、会場となる武宮の得意とする得物を以って競うこととなっていたが、今回はいささか異なるので注意しなければならぬ」

そう語る麻姑の声は苦々しげである。

「軍を率いて戦う者から最前線で敵とぶつかり合う者に至るまで、武に必要なことは三つある。武力、知力、そして天佑《てんゆう》を引き寄せる強い運である」

千里と文魁之は顔を見合わせる。

「時の運、ですか」

千里の言葉に麻姑は頷いた。

「将たる者は、人を愛し、天に愛されねばならん」

「そんなこと、どうやって調べるんだよ」

バソンが訊ねると、

「そのために新たな大賽会場を、我ら武宮を預かる神仙は創り上げた」

麻姑は三人を山の頂《いただき》へと誘い、西の方を指さす。そこはもともと麻姑山もその一部とする大陸南方の大山塊が広がっているはずであったが、その一画が四角く切り取られていた。百里四方の平原が広がっている。

「あれが大賽の会場……。いつの間に」

「武宮百八仙の力を以ってすれば、あのようなことはたやすいことだ。方百里の会場に百八の入り口が設《しつら》えてある。そして、会場の中央に祭壇があって、その上に武宮の至宝、武神賽が封印と共に祀《まつ》ってあるのだ。それを手に入れ、神仙が一堂に会する審査場まで持って来た者が、大賽の勝利者となる」

「それなら、選抜戦とあまり変わりがないですね」

「大いに変わる。大賽に来る者たちはいずれ劣らぬ使い手どもだ」

それにしても、と麻姑は顔をしかめる。

「私は実に不本意であったがな。これまで通りの大賽で良かったものを」

麻姑の言う通り、これまで通りごくまっとうに弓矢で腕試しをすれば、麻姑山の三人が冠を奪うことはまず間違いなかった。

「あの狐じじいめ。大賽でも何を仕掛けて来るか」

香酔洞《こうすいどう》の立角《りっかく》を思い出しているのか、麻姑は舌打ちして目を吊り上げる。文魁之は目の前の光景に呆然としていたが、千里とバソンはけろりとして、会場を指さして騒いでいる。

「お前たちは気楽だな」

「何が？」

「得意の弓で戦えないかも知れないんだぞ」

「要は強くて頭が良くて運が強ければいいんだよ。だったらぼくとバソンがいれば、中々なものだ。バソンは頭が悪いけど体は強いし、運も強そう……」

ぺしんと頭を叩かれて千里はよろめく。その様を見て麻姑は思わず笑い出した。

「お前たちくらい気楽に構えていれば何とでもなろう。文魁之、お前は大丈夫か」

「え、ええ」

千里たちの様子に気押された様子の彼に、麻姑が優しく声をかけた。

「お前は一番矢を集めた山の筆頭だ。しっかり戦ってくるのだぞ」

「はい。天下に名を上げてまいります。しかし……」

文魁之は千里たちを見て、眩《まぶ》しそうに目を細めた。

「どうもこいつらは、摑みどころがありません」

「武人として、この二人の近くにいることはお前にとっても悪いことではない」

「千里は俺より弱いはずなんですが」

「それは恐れと驕《おご》りであるぞ」

麻姑はぴしりとたしなめた。

「は、申し訳ありません！　しかし私は、バソンとも五分に遣り合えました。最後は負けましたけれど……」

恐縮しつつも、文魁之は言いたてる。

「お前は天分もあり、人をまとめる将領の才もある。しかし、己の非力を認めることで、新たに開ける地平もあるのだぞ」

師の言葉を聞いて、文魁之はじっと考え込み、そして口を開いた。

「前から薄々は感じていたのですが、大賽の選抜戦で痛感させられました。俺、あいつらと一緒に大賽に出て大丈夫なんでしょうか」

「あっぱれであるぞ」

麻姑は文魁之を称えた。文魁之はこれまで、麻姑に何度か言葉をかけてもらったことがあり、それが自慢の種ではあった。しかしこのように誉められたことはなかったし、他人が誉められることを見たこともなかった。

「そんなに珍しいか」

麻姑は苦笑いを浮かべた。

「だがこれは、お前の苦難を思っての激励でもある。大賽でお前は、これまで目にしたことのない光景を目の当《ま》たりにするやも知れぬ。だがそこで、退いてはならぬ。何故神仙が武宮に下り、人の子らを教えているのか、その真の意味を知るのだ」

「真の意味、ですか」

もの問いたげな文魁之に答えが与えられることはなかった。

「一つだけ。力で負け、技で負け、術で負けたとしても、心まで敗北してはならぬ。桁外《けた》れの武に勝るものがあるとすれば、それはお前の内側にあるのだ」

文魁之は教示に感謝しつつ、腹の底が冷えて、全身が震える感覚を抑えきれないでいた。

第七章　武宮大賽《ぶきゆうたいさい》

一

そこは山がちな大地を切り開いて忽然《こつぜん》と姿を現した、巨大な城であった。

大賽《たいさい》の参加者は麻姑山《まこさん》と城の中間にある小さな砦《とりで》で出場の手続きを行う。出場には武宮《ぶきゆう》の神仙が認めたという書付があればよく、それを砦で受付を行う竦斯《しようし》に手渡せばよい。その際、会場に持ち込む武器も届け出なければならない。絶海《ぜつかい》は随心棍《ずいしんこん》を見せ、蔑収《べつしゆう》は飛鏢《ひひよう》を届け出た。

「二人でいいのかい」

竦斯は探るように訊《たず》ねた。

「規定には三人まで、とあるはずですが」

硬く冷たい声で絶海は返す。

「殺しちゃだめだよ」

絶海の変貌に驚きつつ、竦斯はそう言い渡した。

「力量の近い者同士が武でぶつかれば、何が起こるか分かりませんよ」

「可能な限り、殺してはだめ。あなたたちが挑む大賽は戦場ではなく、あくまでも武を試す場であることを忘れないように」

薄笑いを浮かべて頷《うなず》く。

「これを。あなた達は東の十三番目の門前に行きなさい」

銅貨に似た丸い金属板を竦斯は二人に手渡した。

「大賽会場は東西二つに分かれている。五十四ずつの武宮はそれぞれ目の前にある門から入り、迷宮に入ることになるわ。そこを抜けると中央に広場があり、真ん中に尖《せん》塔《とう》が立っている。そこを目指すのよ」

絶海が会場に目をやると、煉瓦《れんが》と版築《はんちく》を高々と盛り上げた城壁は五丈ほどもあり、一定の間隔で鉄の小さな扉が取り付けてある。それぞれの門扉《もんぴ》の上には武宮の名が記され、三人ずつ若者が立ち開始の合図を待っていた。修行者たちは高揚と緊張と、そして冷静と自信を表情に漲《みなぎ》らせている。

「正午の鐘と共に門が一斉に開くと大賽は始まるから。この会場の中央に誰よりも速くたどり着くためには、東から入る他の修行者と何度も戦って勝ち抜かなければならない。そして、西で勝ち抜いた者たちと技を競うのです」

そして、会場中央の尖塔の上に祀《まつ》られた宝貝《ほうばい》を得た者が、大賽の勝者となる。

「いい？　くれぐれも……」

「殺しませんよ。相手が素直に負けを認めるような人たちならね」

絶海は竦斯の言葉を最後まで聞くことなく、蔑収を促して指示された門の前へと向かった。空を見上げれば色とりどりの雲や風、龍や鳳《おおとり》など不思議の生き物に乗った神仙たちが見下ろしている。そんな中、正午は間近となっていた。

崖州《がいしゅう》額井峰《がくせいほう》、と記された門の前に絶海は立っている。随心棍は腰に戻し、代わりに瘴気《しょうき》をまとった黒き弓が握られていた。隣の武宮の若者たちが、指をさして気味悪がり、蔑収を見て野卑な声を上げている。

「修行者にも下品なのがいるのだな。あいつら、殺してこようか」

蔑収は団子でも買いに行くような口調で言う。

「無用なことです」

「いい腕試しになるぞ？」

「それは大賽が始まってからいくらでも出来ること」

武宮の選抜戦と同じで、大賽においても相手を殺すことは禁じられている。だが、高い武力を持っている者同士がぶつかり合うこともあり、時に犠牲者は出た。従って、相手を殺したからといって即失格にはならない。

「本当に二人で大丈夫なのか」

「随分と弱気なのですね」

蔑収の言葉に、絶海は嘲笑を以《も》って応じた。

「兄上は言っていた。千里《せんり》とバソンはまだ底が見えない。敵に回す時には、重々注意しなければ手ひどい敗北を喫するであろう、と」

「やはり玄冥《げんめい》さんの視界に私は入っていなかったのですね」

「お前のことも言っていた。絶海は俺と同類だ、って」

絶海はぷっと唾を吐いた。

「同じではない。あの方は千里たちと同類ですよ」

「私に凄《すご》んでどうする」

蔑収にたしなめられて、絶海はそっぽを向いた。それがさらに、両隣で大賽の開始を待つ若者たちの笑いを誘ったようであった。

「武宮では勝っても、女に負けるとは見苦しい」

右隣の一人が、からかうように声を飛ばしてきた。

「もう一人はそこの娘に振られて帰っちまったのかい」

絶海と蔑収は顔を見合わせる。

「なあ娘、俺たちの武宮が勝ったら、こっちにおいでよ。そこの坊主よりは可愛がってやれるぜ」

よく通る声は近くの若者たちの笑いを誘い、一帯は騒がしくなった。

「言わせておけばいいですよ。これで私たちがあいつらの首をねじ切っても、正当な理由になりますから。侮《あなど》りを受けた怒りを堪《こら》え切れなかったと言えばお咎《とが》めもないだろう。上で漂っている連中には、この光景が見えているはず」

だが蔑収は表情を曇らせた。

「私たちが宝貝を得た後、神仙たちから逃れることが出来るだろうか」

「大丈夫ですよ。宝貝の力を使えば、どのような神仙であろうと、上回ることが出来る」

「ならいいのだが」

絶海は何も言わず、蔑収を抱き寄せた。周りから驚きの声が上がり、野卑な声すら飛んでくる。蔑収はしばらく抗《あらが》っていたが、やがて力を抜いた。

「見境の無い奴だ」

「この後、しばらくありません」

「わかっている」

正午の鐘が鳴らされる。絶海は蔑収から体を離し、門扉へ顔を向ける。麻姑が高らかに大賽の開始を告げ、大弓を引く。額井峰の黄櫨《こうろ》、嶺羊王《れいようおう》の角、降天の苧《からむし》で組まれた弓に、麻姑の膨大な気が注ぎ込まれて形を変えていく。新たな命が与えられたかのように弓は円形へと近づき、麻姑の美しいうなじにも筋が立つほどに力が漲っていた。

　ゆっくりと引き絞られた弓から五尺はあろうかという矢が放たれると、鳴鏑《めいてき》が高らかな音を立てて空を切り裂いた。

　他の修行者たちも既に絶海たちをからかうことを止《や》め、得物を手に引き締まった表情へと変わる。門扉が重々しい音を立てて開くと、百八武宮の若者たちは一斉に大賽の場へと踏み込んでいった。


　一方、千里たちは門扉が開いたというのに、中に入らず睨《にら》み合っていた。

「何でお前の言うことを聞かなきゃならないんだ」

　千里が文魁之《ぶんかいし》に詰め寄っている。

「俺が筆頭だってお前も認めただろ！」

　文魁之も負けじと言い返す。

「お前が筆頭になるのは百歩譲って認めてやるが、ぼくに命令することは認めないぞ」

「お前さ、鄭紀昌《ていきしよう》と一緒に頭下げに来た時、言うこと聞くって言ったじゃねえか」

「この千里さまが本心から言ってるとでも思ったのかよ」

「武人が口から出まかせか」

「勝つために手を選ばないんだよ」

苛立《いらだ》たしげに文魁之は頭を掻《か》きむしる。

「麻姑さまが言ってたぞ。今回の大賽、他の武宮の連中はどんな手を使ってくるかわからない。三人一致団結して」

「だったらぼくの言うことを聞いていればいい」

と下らない口論は果てしない。バソンは鼻をほじりながら聞いていたが、

「なあ、大賽の間ずっとやってるつもりかよ。おいら一人でも行くぜ」

それでも止《や》まない口論に業を煮やしたバソンは、槍の柄で二人の頭を一発ずつ殴ると、頭を押さえてうずくまる二人の首根っこを捕まえて門扉の中に放り込んだ。

「ほんと、先が思いやられるわ」

バソンはため息をついた。

門の中に入ると、両側を高い壁に遮られた道があるだけだ。少し進むと曲がり角があり、やがて分岐にさしかかった。千里と文魁之も今は口論を止め、分かれ道の前で首を捻《ひね》っている。

「どっちだろう」

「大賽会場の中央に向かっていけばいいんだから、右じゃないか」

と文魁之が言えば、

「そんな素直な道を作ってるわけないだろ。ここを築いたのは百八人の神仙だぞ」

そう千里が反論する。バソンはそこに加わらず、しばらく風を見て左へと進み始めた。千里と文魁之も何やら文句を言いながらもついてくる。

「何か目算があるのかよ」

「ないよ。でも止まっていてもしょうがないだろ。ともかく進んで、他の武宮の奴らよりも先に真ん中へたどり着く。それだけ考えようぜ」

「バソンの方がよっぽど武人らしいわ」

と文魁之が罵《のの》り、千里と摑《つか》みあいを始める。だが、そんな彼らの前に三人の若者が姿を現した。彼らも足を止め、様子をうかがっている。

「どうする？」

千里がバソンと文魁之に訊ねる。

「前に進まなきゃな」

バソンがにやりと笑って槍を構える。その様子を見て、相手は右往左往し始めた。

バソンは油断せず構えを崩さないが、目の前で起こる光景に驚かざるを得ない。

「な、なんだありゃ」

三人のはずが数を増していく。やがて道を埋め尽くすほどの部隊となり、一斉に刀を抜いた。それが一斉に殺到してバソンは受けに回らざるを得なくなる。

だ。

「バソン！」

千里と文魁之も慌てて加勢するが、相手も武宮の選抜をくぐり抜けた猛者《もさ》たちだけのことはあって、たちまち三人は斬りたてられる。もちろん、三人は着実に斬り返してもいる。だが一人倒すとまた一人増え、二人斬るといつのまにか二人戻っているのだ。

「でたらめな術があるもんだな。だったらこちらも滅茶苦茶にやってやるぜ！」

バソンは二叉槍を振り回す。千里と文魁之も矢を立て続けに放つと、何人かの人影が破裂音と共に消し飛んだ。三人の勢いにさすがの相手も押し戻される。

「ちょっと待って」

千里が足元に落ちている小さな紙片を拾い上げた。

「符か何かか？」

文魁之が覗き込む。だがそこに小さく、ハズレ、とだけ書いてあった。

「こっちもそうだ」

別の紙にもやはりそう書いてある。

「馬鹿にしやがって」

とバソンは舌打ちをした。その間にも、剣を持つ若者の数はどんどん増えていく。

その様《さま》を見て、文魁之が思い出したと叫んだ。

「一刀を百刀にして、寡《か》よく衆を討つ。虚に実を与えて壁と成《な》す。介都山《かいとざん》の秘伝だ」

「よく知ってるな」

バソンと千里は感心して言った。

「当たり前だ。大賽に出るのなら相手になる連中のことを学ぶのは当然のことだろう。千里はやってないのか」

「全然。戦場で相手のこと勉強する暇があるかよ」

「敵を知るのが兵法の第一歩だ」

「強いか弱いかだけだろ」

バソンと千里の大雑把《おおざっぱ》なもの言いに文魁之は頭を抱える。

「いいから話を聞けよ。あいつらの術は、やみくもに叩き潰しても延々と湧いて出るだけだ。どこかに本体があるから、そいつを叩《たた》くんだ」

「どれが本体なんだよ」

と千里が訊ねるが、

「それがわかれば苦労しねえよ！」

逆に怒る始末だ。

態勢を整えた介都山の者たちは、歩調を揃え刃を光らせて進んでくる。顔をよく見ると、確かに三人分しかない。持っている刀は刃渡り三尺の大刀だ。その太刀筋は冴えわたり、踏み込みも鋭い。バソンの二叉槍が狭い通路では十分に力を発揮できないでいる。

「俺が食い止める」

文魁之は硬外功で身を鋼《はがね》と化し、百の刃の中に躍り込んで剣を振るう。千里も刃の林の中を跳躍しつつ小刀を閃《ひらめ》かすが、目の前に落ちてくるのはハズレの紙ばかりである。

「これじゃ埒《らち》があかない」

千里が苛立って叫ぶ。まだ疲労はないが、大賽が始まったばかりでこれほど手こずっていては勝利はおぼつかないのだ。

「おい、ハズレがあるならアタリもあるんじゃないの」

バソンは槍を捨て、拳《こぶし》で手当たり次第に殴り飛ばしている。だが、数十人に一斉に襲いかかられて劣勢になりつつあった。

「そうかも知れないけど、だからアタリがどれなのかわからないんだよ」

千里は一向に数が減らない相手に業を煮やしていた。

「見た目は同じだけど、やっぱハズレとアタリは違うんじゃないの！」

文魁之の声に千里ははっとした。彼は鄭紀昌に出し抜かれてから、どうして自分の糸が見破られ、そして自分は見誤ったかを考え続けていた。

人間の肉体のあらゆる部分に気配は宿る。だが、その本体を離れた肉体の一部はやはり変質するのだ。そのことに気付いた千里は、三つの顔のうち一つを選び、片端から気の糸を付け始めた。

「何をしてるんだ！」

攻撃を避けるだけで走り回る千里を見て、バソンが焦《じ》れたように叫ぶ。

「黙って見てな！」

最後の一人まで触れて、糸を付け終わると大きく間合いをとってバソンの後ろに隠れた。

「なんて術だ……」

糸から伝わって来る気配を摑みつつ、千里は感心した。

「バソン、あの中にアタリはいるよ」

それは辛うじてわかる。

「そりゃそうだろう。で、どれなんだ」

相手の動きは素早く、千里が指さそうとしてもすぐに同じ顔に紛《まぎ》れてしまい、バソンにうまく伝えることが出来ない。しかし、本体は前面に出ていないことがほとんどであった。

「バソン、文魁之、ともかく前に出てくる連中を食い止めてくれ。ぼくが飛び込んで本体の動きを止めてくる」

「アタリがわかったんだな。任せろ」

バソンと文魁之の魁偉《かいい》な肉体が刃の波を抑えている間、千里は跳躍して一人に狙いを定める。狙いを付けられた男は慌てて隠れようとするが、その前に千里のかかとが彼の顎《あご》を砕いていた。目を回して倒れると同時に、数十人の影が音もなく消える。

「よし、一人潰した」

三分の二になった彼らは慌てて数を増やし、同じように回廊を埋め尽くす。同じようにして、千里は二人目の本体も沈黙させたが、最後の一人は厄介だった。

糸を付けるところまではうまくいった。だが、本体がどこにあるかがわからない。全てが本体のようでもあり、分身のようでもある。

「納木湖《ナムこ》の嶺羊王と同じからくりかも知れない」

千里はバソンと気息を通じ合わせ、本体を定めようと持ちかける。

「ほい来た」

バソンは千里の手を握ると、瞑目して集中を始めた。千里もバソンの中にある草原の中に降り立ち、真の姿がどこかを探し求める。だがそこに、三人目の姿はなかった。

「まだか！」

千里が見ると、文魁之が押しこまれている。

「だめだ。おいらはあいつの手助けに行くぞ」

切り刻まれそうになった文魁之の前に立ちはだかって敵を一掃したバソンにも、数を増した剣士たちがさらに襲いかかっている。

「何故いない」

気配の糸は繫《つな》げたままだ。それぞれが虚の気配も実の気配も両方放っている。一人が、千里に向かってきた。糸で探っていることを覚《さと》られたのかと焦ったが、千里はその気配がおかしなことに気付いた。

千里は逆に間合いを詰め、さらに二本、三本と糸を繫げていく。人間にしてはやけに静かで大きな気配があるのに、その肉体から出ているわけではなかった。

（もう一本……）

気の糸をつければ違和感の正体がはっきりする。しかし相手の攻撃も激しさを増し、間合いに踏み込めない。だが彼の腰のあたりに猛烈な勢いで、文魁之が体当たりを敢行する。

「やれ！」

千里は踏み込んで糸をつける。すると、ついに男の背後にある気配の正体が眼前に映し出された。彼を操っている者は、ここにはいなかった。

頭上には武宮百八の神仙が観戦している。その内の一つから秘《ひそ》かな太い管のようなものが、彼に繋がっていた。

「何だよ、こんなのアリかよ」

バソンは怒る。千里は声の限りに麻姑を呼ぶ。事態を把握した麻姑が一人の仙人を大賽上空から摘《つ》まみだすと、三人目の男は霞《かすみ》となって消えた。

「魁之、大丈夫かよ」

千里は文魁之の傷口を縫い、膏薬《こうやく》を塗りこめて応急処置をする。

「よく見破ったな。もうだめかと思ったよ」

「大賽で勝とうって男が簡単に音を上げるんじゃない。泣きごと言ってると置いていくぞ」

「わかったよ」

顔をしかめて文魁之は立ち上がる。千里とバソンは文魁之に肩を貸しつつ、先へと進み始めた。

二

蔑収の衣は、絶海が初めて出会った時と同じように血の褐色に染まりつつあった。

そして、絶海の衣も同じく、乾いた血に彩られていた。

「あまり殺し過ぎるなよ」

「そちらこそ、気を付けて下さいよ」

既に、五つの武宮と出会い、十五人を地に這《は》わせていた。蔑収の暗器によって一人が確実に命を落としている。そして絶海は、二人の命を奪っていた。

「顔色が悪いぞ、絶海」

「まさか。すっきりしていますよ」

絶海は己の手のひらを開き、ついていた血を衣の裾で拭《ぬぐ》った。

「相手が殺そうとしているのです。何故殺してはいけないのですか？　仏《ほとけ》も愚かな禁を課したものです。己が生き残るため敵を殺すのは自然の摂理。正しいのは我々ですよ」

「その割には震えが来ていたようだが」

「あまり余計なことを言うと後でお仕置きですよ」

怖い怖い、と蔑収は肩をすくめる。だが、頭上を見上げて舌打ちを一つした。

「あの連中、うっとうしいな。先ほどから私たちを見ている数が増えている」

「目立ちますからね」

「途中で止められては元も子もない」

「止めはしませんよ。私たちは何の違反も犯していない」

何度も行き止まりにぶつかりながら、絶海は余裕を見せつつ先へと進み続ける。

「また出たぞ」

蔑収はうんざりした表情を浮かべた。三人の若者が、絶海と蔑収の姿を見て怯《おび》えたように立ちすくんだ。

「我らの邪魔をするおつもりですか？」

絶海はゆるゆると歩みを止めないまま訊ねる。三人の若者は三尖刀《さんせんとう》を提げていた。

「その得物、理天渓《りてんけい》の方々ですね。一度手合わせをしたいと願っていたところです」

絶海が随心棍を三尖刀に変える。

「お、お前ら額井峰の者か」

「そうですよ。あなた方も天下に名の響いた武宮から選ばれた者なら、自分から名乗ったらいかがですか？」

さすがにそう言われては黙って引き下がるわけにはいかない。

「我は田郎正《でんろうせい》」

「俺は楊易威《ようえきい》」

「私が徳憲《とくけん》」

その名を聞いて、絶海はにやりと笑った。

「おや、田郎正さんと楊易威さん、私に見覚えがありませんか」

絶海はさらに足を進めた。三人のうち二人が愕然《がくぜん》として思わず三尖刀をとり落としそうになった。

「以前、嶺南《れいなん》で手合わせした嵩山《すうざん》の武僧か。いつの間に還俗《げんぞく》して額井峰に鞍替えした。武宮を変えることはそう簡単ではないはず」

詰《なじ》るように訊ねる。

「ちょっと色々ありましてね」

「し、しかし気配が違いすぎる。まるで別人だ……」

楊易威は膝が震え出していた。

「別人ではありません。それはあなた方が見ている通りだ」

「いや、違う。かつてのお前は強くはあったが、簡単に揺らぐ脆《もろ》さが見てとれた。だが……。お前、一体何人の命を奪った？」

「まだ数えるほどですよ。さあ、武人に長々とした口説《くぜつ》は不要でしょう。前のように、私を叩きのめし、侮辱するがいい」

絶海から放たれる圧力に、田郎正たちは戦《おのの》く。だが一番年若い徳憲という修行者が三尖刀を舞わせて前に出た。

「兄貴たちは何を恐れているのですか。このような生意気な坊主、私が蹴散らして御覧に入れます」

絶海は楽しげな笑みを浮かべて三尖刀を肩に担いだまま、構えもとらない。

「我ら理天渓の三尖刀、猿まねで会得できるものではないぞ！」

三尺の柄の両側に偃月《えんげつ》の刃を付けた殺傷力の高い武器である。だがそれだけに扱いも難しく、自在に振るえるようになるまで長い修練が必要だった。

「では猿まねに敗れて下さいな」

「まずその舌から斬ってくれる」

徳憲が三尖刀を旋回させる速さはやがて刃を一枚の銀盤に見せるほどとなり、風を切る音は烈風の鋭さとなって耳に突き刺さる。

「我が理天渓三尖刀の切れ味、とくと味わえ！」

徳憲は凄まじい速さで回転する刃と共に一気に突っ込んでくる。体さばきのみでは避け切れず、後退を余儀なくされる。

「この速さ、お前には見切れまい」

下がり続けた絶海が壁に追い詰められる。

「お前は他の武宮の修行者を殺しているらしいな。その仇《かたき》を取ってやる！」

「何のために？」

「義のためだ」

「頼まれてもいない義のために己の命を捨てるのは感心しませんね。そういうのを欺《ぎ》瞞《まん》というのですよ。あなたは誰かを殺したいだけ。私と同じだ」

「寝言は地獄で言え！」

巨大な銀盤が絶海に襲いかかる。鈍い音と共に、回転していた銀盤が止まる。だが次の瞬間、倒れ伏していたのは徳憲の方であった。

「遅すぎるんですよ」

絶海の切っ先が、回転する徳憲の刃の間を縫ってその左胸を貫いていたのである。

「地獄で寝言を言うのはあなたの方でしたね」

徳憲の体が崩れ落ち、田郎正と楊易威が悲嘆の叫びを上げる。

「許さぬ！」

「徳憲の仇！」

二人が徳憲以上の刃風を繰り出すが、絶海は涼しい顔で受け流す。

「武宮には阿呆しかいないのですかね。戦いの要諦《ようてい》も知らないようでは、程度の低さが知れるというものです。すぐに弟分の後を追わせてあげますよ」

絶海の頰に黒い翳《かげ》が差す。陰惨な笑みがくちびるの端を吊り上げた。

田郎正たちの踏み込みも刃風も、徳憲よりも数段勝《まさ》っている。だが絶海は後退すらしない。隙間も見えない刃の嵐の中に自ら体を預けていった。

二本の三尖刀が宙を飛んで壁と地面に突き立ち、田郎正と楊易威は顔を押さえてうずくまった。

「よかったですね。私があなた方のようにやみくもに三尖刀を振り回していたら、今頃首が飛んでいましたよ」

田郎正の顔を見た楊易威があっと声を上げる。その目元は石のように腫《は》れ上がっていた。その楊易威の鼻も無残に曲がっている。

「武宮から選び抜かれたといっても、指一本で十分なんですよ」

指をぱちりと鳴らしつつ、ゆっくりと歩み寄っていく。

「愚弄《ぐろう》しおって」

「最初に愚弄したのは、あなた方です。武人が受けた侮辱を武によって返すのは当然のこと。私は武人の法に則《のっと》って動いているのみ」

田郎正はよろめく足元を叱咤《しった》しつつ、三尖刀を壁から引き抜く。

「その通りだ。俺はお前を侮った。それはお前が俺たちより弱かったからだ。強弱を以って武人を侮辱する。それは回り回って、己に返ってくる。師は常々我ら弟子たちを戒《いまし》めていらっしゃった」

田郎正は長い息吹を行う。長く高い音を立てて息を吸い、ゆっくりと吐き出す。腹が膨らみ、へこむと同時によろめきが収まる。

「いい息吹ですね」

「俺はお前を侮辱し、お前もそうした。既に貸し借りはない。これからが本当の勝負だ」

「違いますね」

あっさりと絶海は否定した。

「あなたにはもう、蔑《さげす》む価値すらない。その息吹、己の魂魄《こんぱく》を削って肉体に与え、一時の強さを得る邪道の技ですよね」

「邪道ではない。己の魂魄を武のために使うのであれば本望だ」

「それが焦りなんですよ。焦って出す技で私に勝てるとは思ってはいますまい。僥倖《ぎょうこう》だけを望んで戦地に赴《おもむ》いてもそこには死あるのみ」

「勝負はどちらかが倒れるまでわからぬ」

「なるほど、馬鹿は死ななければ治らない、というわけですね」

絶海は短く、かっと息を吐いた。三尖刀の刃がうねり、数倍の大きさとなる。

「理天渓の動きとはこんな感じですかね」

絶海は柄の中心を持ち、ゆっくりと回し始めた。徐々に速度を上げた刃はやがて巨大な銀盤となり、旋風を巻き起こす。

「貴様、何なんだ……」

「さあ、魂魄を削ってまで元気を取り戻したのですから、かかってこないと損ですよ」

田郎正は眦《まなじり》を決して、絶海に対峙する。その隣には楊易威も立つ。彼も息吹によって力を取り戻し、三尖刀を構え直していた。

「友情ですか。美しいですね」

絶海のくちびるが歪《ゆが》む。

「地獄で傷でも舐《な》め合っているがいい。蛆虫《うじむし》のようにな！」

憤怒の形相で絶海が三尖刀を投げる。轟音と共に田郎正たちへと飛んだ銀盤の刃の前に何者かが立ち塞《ふさ》がった。腹に響く音と共に、巨大な刃を擁した三尖刀が受け止められていた。

「おや、仙人が大賽に参加してもいいのですか」

田郎正たちと絶海の間に立ち、絶海のものに引けを取らないほど大きな刃の三尖刀で受け止めていたのは、長身の若い男だった。

「我が武宮は敗れた。お前たちの勝ちだ」

「そうですか。さすがに潔いですね」

理天渓の仙人、李鉄拐《りてっかい》は絶海の三尖刀を手に取り、しばし眺めると首を振って絶海に返した。

「嵩山もお前のような人間に随心棍を与えるとは、何を考えているのか」

「負けたのですから、速やかに大賽の場から出ていただけますか。我らも先を急いでいるのです」

李鉄拐は強い眼差しで絶海を見つめたが、仙人の眼光を受けても一切怯まない。

「絶海とやら、お前は額井峰で武を修めた者ではあるまい」

「そうですよ。嵩山に学びました。何か問題が？」

「いや、お前の技は嵩山のものを下敷きにしているが、既に別物となっている。嵩山の武はそのように乾き切ってはいない」

「詮索は大賽が終わってからにしていただけませんか。いかに武宮の神仙といえども、一参加者の道を邪魔する権利はないはずです」

「……その通りだ。だが一つ忠告しておく。故《ゆえ》なく殺すな。お前は既に多くの武宮を敵に回しているぞ」

絶海は微《かす》かな笑みを以って応じたのみであった。

三

千里たち三人は、数え切れないほど行き止まりに道を阻《はば》まれつつ、中央へ向かって着実に近づいていた。戦った武宮も四つを数える。時折、壁の向こうから気合いを掛ける声や叫び、そして悲鳴が聞こえてくる。

「あっちこっちで遣り合ってるな」

「おそらく、残っているのは数えるほどのはずだ」

文魁之が指を折って計算している。

「そんなことわかるのか？」

「同じように他の連中もぶつかり合ってるとしたら、百八の半分から始まって五十四の半分が二十七、その半分はおよそ十四、その半分が七、と考えると俺たちはもう四回戦っているから残りは三か四だと思う」

「へえ、お前賢いなぁ」

とバソンが感心している。

「こんな簡単なことで誉められても嬉しくねえ」

文魁之はむしろ不機嫌になった。彼は奔馬《ほんば》を二頭結わえつけた馬車の御者をやらされているような疲労を覚えていた。とにかく言うことを聞かないし、考えなしにあちこち進むのでやたらと時間がかかる。それでいて、他の武宮と手合わせとなると恐ろしい強さを発揮して勝ってしまうのだから始末に負えなかった。

特に彼が震撼《しんかん》したのは、千里の底なしぶりである。

（組打ちになれば、確かに俺の方が強いはずなんだ）

弓は千里の方が上。槍では五分だろうと文魁之は考えている。他の武宮から来た者たちはさすがに選抜されているだけあって、弱い者はいなかった。千里では荷が重かろうと文魁之が心配になる相手すらいた。

（だが、いつの間にか勝っている）

それが不気味でならない。麻姑が言っていた、人を超えた者たちの不気味さに、文魁之は近くに居ながら押しつぶされそうな気すらしていた。結局彼は前に出て闘うことはできず、状況を把握することが仕事のようになっていた。

残り三つか四つになった武宮は、どこも飛び抜けた腕の持ち主に違いない。千里やバソンのように力任せでは勝てないだろう。

彼は頭上を見上げ、太陽の動きと自分たちの経路から、ほぼ中心に来ていることを悟っていた。その時、バソンが大きな声を出した。彼らが左へ曲がる角を折れると、長い直線があった。

両側に壁がある見慣れた光景であったが、そこで文魁之も信じられないものを見た。

「あれってありなのかよ！」

バソンが顔をしかめる。直線の遥か向こうで、三つの人影が壁に潜り込もうとしていた。千里たちの速さに気付いた彼らは慌てて壁の中に姿を消す。

「上で見ている連中は？」

千里が空を指さすが、あれだけあった彩雲や龍の類《たぐい》がいなくなっている。

「ちょっと見てくる」

「待て！　壁を飛び越えると反則になるぞ」

「壁に穴開けているやつもいるじゃないか」

千里は口を尖《とが》らせる。

「だからって俺たちがしてどうする」

文魁之の言葉に千里とバソンも頷く。バソンは、槍を構えると、数歩走って飛んだ。槍を支えに高度を稼ぎ、壁の高さぎりぎりまで飛んで目だけ出して、着地した。

「どうも神仙の連中、反対側で集まってる」

「ともかく壁抜けて行った連中を追わないと、勝ちをさらわれるぜ」

千里は一吠えすると、全力で走っていく。バソンも急いでその後を追った。千里は壁の中にすっと姿を消すが、穴は小さくて大柄な文魁之とバソンは入れない。

「文魁之、お前先に行け」

「おう！」

頭から突っ込むが、尻の所で詰まった。

「押してくれ」

「あいよ！」

バソンは馬鹿力で押し込むが、文魁之の尻は思った以上に大きく、がっちりとはまって抜けなくなってしまった。このやろ、と蹴り飛ばすと文魁之はたまらず悲鳴を上げた。

「蹴ってどうすんだ！」

「だってお前、思い切り引っ張ったら体ちぎれちまうぞ」

「それも勘弁してくれ」

さらに悪いことに、一ヵ所に集まっていた神仙たちが、一部戻り始めてくるところであった。いち早く戻って来た老仙人が、貝笛をけたたましく鳴らした。

「不正を働いている者がおるぞ！」

「不正？　おい文魁之、ずるをしてる奴がいるってよ」

「どこに……ってそれ俺たちのことじゃないのか」

「違うだろ」

だが神仙たちは続々と、バソンと壁にはまったままの文魁之のもとへと集まりだした。

「おお、壁に穴を開けるとは何とふてぶてしい奴らじゃ。正々堂々と競えない者は去らねばならぬ」

老仙人は巨大な白狐に跨《また》がり、その顔も狐のように目が吊りあがっている。

「待ってくれよ、じいちゃん」

バソンは文魁之を引き抜くのを諦《あきら》め、神仙たちに事情を話した。だがどの顔も険しい表情である。

「じいちゃんではない。わしは武宮香酔洞《こうすいどう》を取り仕切る立角《りっかく》である。お前たちはここ麻姑山の修行者であろう。開催地の者が大賽に泥を塗るとは何事か！　麻姑もさぞ悲しんでおろう」

仙人が憤然と叱《しか》りつける。だがバソンはいささかも怯《ひる》むことなく、自分たちの前に居並ぶ神仙に向かい、自分たちの前に壁の中へと姿を消した者たちがいたことを訴えた。

「嘘をつくと許さんぞ。二度と槍も弓も持てぬ体となる」

「嘘じゃねえって」

老狐仙とバソンは睨み合う。神仙たちはバソンの内側を覗き込み、そこに一片の偽りもないことを確認して首を捻っているが、文魁之の尻が何よりの証拠といえばそうではあった。

「心を清浄に見せかけて神仙をも誑《たぶら》かすとは、お前は修行の方向を間違っておる。危うい力を持っていると言わざるを得んな。どこぞ山の下に封印してくれようか」

老狐は牙を剝《む》き出しにして脅しにかかるが、バソンは動じない。

「お前は人間としては力を持っているが、それ以上の者への敬意を失っているのではないか」

「そんなことあるか。高原の民ほど、天地を敬っている人々はいない。おいらだってそうだ。じいちゃん、そんなことも知らないのか」

バソンのからかうような言葉に、神仙の何人かが吹き出した。

「それその態度が、神仙を敬っておらぬと言うのだ」

「天地は何があっても敬うよ。でもじいちゃん、本当か嘘かも見抜けないでよく神仙を名乗っていられるよな」

老狐はついに怒りを発し、手のひらに青い炎を呼び出した。

「お前のような無礼者は消えぬ炎の中で永遠に苦しみ、己の愚かさを知るがよい」

老人が炎を投げつけようとした時、上空を何者かの影がよぎった。バソンも思わず見上げると、そこには巨大な雲雀《ひばり》が空を覆い尽くさんとする翼をはためかせている。

「そこまでにしておけ」

麻姑がいつもの姿に戻り、バソンを守るように前に立った。

「何だ。己の弟子はお前もかわいいか。だが、大賽は武宮を任された神仙たちの協力と規律の順守によって行われている。お前の弟子だからといって許すわけにはいかんぞ」

「確かに、あなたの言う通りだ」

麻姑の言葉に、老狐はにやりと笑う。

「今回は問題児が多いのう。やたらと殺しまくる奴もいれば、このように壁に穴を開けようと企む者もいる。次回からはさらに規律の徹底をせねばな」

再び麻姑は頷いた。

「その通り。では、不正を働いたお前の弟子を真っ先に罰さねばならんな」

神仙たちの視線が一斉に老狐に向けられた。

「な、何を言い出すのじゃ。お前は己の弟子にかけられた嫌疑を逸らそうと、わしの弟子にいちゃもんをつける気か」

「お前の弟子が中心に向かっている」

「そうじゃろう。我が弟子たちは優秀じゃからな」

「あらかじめここに穴が開いていることを弟子に教えていた」

「ばかな」

老狐は顔をしかめて手を振った。

「言いがかりもいい加減にせんと怒るぞ」

「では何故、お前の弟子たちがこの辺りに差し掛かった時に我ら全員を呼び集めた」

「それは、この大賽を司《つかさど》る者全員で協議せねばならぬ事態が起こったからじゃ。麻姑も見たであろう。あの額井峰の修行者である絶海と蔑収という者たちは、やたらと他の武宮の者たちを手にかけて進んでおる。これほど血なまぐさい大賽は、始まって以来じゃ」

「彼我《ひが》の強弱を読み取り、進退を決することも武の一つ」

麻姑は断じるように言う。

「お前の言うことも理屈じゃが、神仙全体でこのまま大賽を進めるかを決めねばなるまい」

老狐は己の理屈に満足したのか、顎《あご》を上げて麻姑を見た。

「では、お前が我々の気を引くように絶海たちを指さして吠えたてている間に、私が鳥となって気配を消し、はるか上空へ飛んだことには気づいていたか？」

と言ったものだから老狐の表情は一変した。

「仙人ともあろうものがころころと顔色を変えおって。愚か者が！」

麻姑は恐ろしい形相で一喝した。さらに一喝すると、麻姑の口中から一塊《ひとかたまり》の霧が現れ、やがて一枚の額となった。その中に、この場で起こったことが映し出された。

老狐仙の弟子たちが、上空から神仙たちの姿が消えたことを確かめて、壁のある一点に手を置いた。ことりと音がしただけで壁が崩れ落ちる。小さな穴であったが、彼らは器用に潜り抜けて行った。

「今回の大賽、目に付いたのが神仙の手出しだ。隠れてであろうが大っぴらであろうが、弟子想いの範囲を越えて非常に見苦しい。以降の開催では重々考えなければ、大賽など名目に過ぎなくなるだろう」

麻姑の言葉に、立角は夕立に打たれたようにしゅんとして、見る影もない。既に、先へ進みかけていた弟子たちも別の神仙たちに摑まり、大賽会場の外へと摘《つ》まみだされた。

「では続行だ」

麻姑の言葉に神仙たちが頷く。そして彼らが空へと戻り、麻姑とバソンが残された。

「麻姑さんも上で見ててもらっていいぜ。すんでのところでずるい連中に持って行かれちまうところだった」

「どうも形式を変えろとうるさいと思ったら、こんな手の込んだことを考えていたとはな。それに」

麻姑はバソンの耳元にくちびるを近づけた。

「気を付けなければならないのはこれからかも知れんぞ」

「どうして？　絶海が来てるんだろ」

「どうも様子がおかしい」

バソンは首を傾《かし》げる。

「ともかく、気を付けるよう千里と文魁之にも言っておけ。以降は決着がつくまで、私も手出しは出来ぬ」

そして麻姑は雲雀へと姿を変え、空へと戻っていった。バソンは突き出た文魁之の尻を一つ叩くと拳を振り上げ、壁を殴りつけた。八方にひびが入り、壁が崩れ落ちる。瓦礫の中から文魁之を引き上げる。

「もうこれ、ずるじゃないよね？」

バソンは空を見上げたが、神仙たちは沈黙したままであった。

四

轟音で大地が揺れたが、絶海と蔑収は走り続けている。彼らは先ほど、思わぬ足止めを食らった。三尖刀の一団を倒したはいいが、上で見ている神仙たちから難癖をつけられていたのである。

神仙たちは彼らを責める者と弁護する者で割れ、絶海はいい加減苛々《いらいら》させられた。議論がまとまるかどうか判然とせぬうちに神仙たちは去り、再び彼らの進路は開いたのだ。

「次が最後かな。どのような連中が相手になるか」

蔑収は音が聞こえた方を見据えながら言った。

「必ず彼らが来ます」

それはもう、絶海の確信であった。

「元の仲間か」

「来てくれなければ困るのです」

「でないと、お前は前に進めないからな」

それには答えず、絶海は一段と速度を上げ、大賽会場の中央へと進む。既に、彼らの行く手を阻む者はなく、会場は静まり返っている。神仙たちの姿も中央の上空へと集まり、勝敗の帰趨《きすう》を確かめようとしていた。

（いよいよだ……）

彼は懐《ふところ》にある三枚の符を握った。

だが、この符を使いたくはなかった。これを使えば必ず勝てる、と甘蟬《かんせん》老人は言った。それは、よくよく考えてみれば絶海にとっては失礼な話であった。

己の思念で大弓を創り上げることが出来ても、まだ負ける要素があると言われているようなものだ。彼は甘蟬の小天地で得た感覚によって、千里たちを越えた実感があった。

これほど近くに、千里とバソンのでたらめに強い気配が充満している。かつてはこれが頼もしい以上に、恐ろしかった。何故、自分にはこれほどの素養がないのか。二人の何十倍も修行をしているのに、どうして足元にも及ばないのか。

しかも彼らは、憐《あわ》れみすらかけてきた。

そのことを思い返すと、体が炎に包まれたように熱くなる。優しさだと彼らは言うだろう。だが、優しさも憐れみも己より強い者に与えられることはない。

「……許さない」

心に思うたびに、黒い炎が全身を包んでいく。その炎を外へと吐き出す度に、常軌を逸した力が満ちてくるのだ。だから絶海は、心おきなく千里とバソンを憎んだ。殺意が津波のように襲いかかって来て、快感に身が震えた。

「絶海」

蔑収が声をかける。

この少女ですら、もはや望みを叶《かな》える道具でしかない。かつては焦がれるように思いを寄せたが、己が物となったら飽きた。強い者が欲するものを手に入れ、そして捨てる。それは崇高な権利だ。異界の少女ですら、もう自由に扱える。

千里もバソンも、趙帰真《ちょうきしん》も共工《きょうこう》も、そしてこの天地全体ですらこの手に握る。それだけの力が、自分にはある。その確認を、これからしていくのだ。

単調な回廊の先に、一際《ひときわ》壮麗な鉄扉《てっぴ》が現れた。鳥獣や神宝を図案としたものが、多数ちりばめられている。その数は左右五十四ずつあり、武宮を表していた。

「この先のようですね」

ひんやりとした鉄に触れると、その重さと込められた封印を感じ取れた。

「ただ強くても、ここには入ることが出来ない、というわけですね」

封印を施された扉は、絶海にとってもはや障壁ではなかった。本当の壁はその向こう側にいる。絶海は力を入れるでもなく、ただ扉を押す。彼を受け入れるように、巨大な扉は軋《きし》みを上げて開いた。

左右を見ると五里四方はありそうな、広々とした空間が広がっていた。磨《みが》き上げられた巨石が敷き詰められてあるが、それ以外の装飾は一切ない。そして、中央には藍《あい》色の瓦が葺《ふ》かれた円形の三層塔がある。塔の先端には銀色に光る長い棒が空に向かって伸びており、その頂点がわずかに膨らんでいた。

塔の陰から、二つの人影がゆっくりと進み出てきた。絶海はその姿を見て微かな笑みを浮かべる。

「やはり来ましたね」

小さな影と大きな影の正体を見間違えるはずはなかった。もう、以前のような気後れは感じない。千里とバソンから流れ出る巨大な気配が空を震わせているというのに、腰が引けることはなかった。

私の方が強い。

初めて心から思える自分に、絶海は満足していた。二人の手には弓が握られているのが見えた。絶海は左手を軽く下げ、そして握る。手から小さな炎が上がり、やがて弓の形へと変化していった。弓には何重にも細い炎が巻きつき、その力を増していく。

「あいつらを倒して塔の上の宝を奪えば勝ちか」

蔑収が途中の修行者から奪った剣先で指す。

「蔑収さんは飛鏢を使わないのですか」

「飛び道具はお前が使っていれば十分だろう。お前が後ろ、私が前だ」

そう言いながら歩みつつ、

「もうお前は私の後ろを任せられる程度には強くなった」

と小さな声で言った。

絶海は黙って、顎をわずかに上げる。それを合図に走り出した蔑収に向かって、二つの光が襲いかかった。大きく横に飛んで避けた彼女の動きを予知したように、もう一つの光条が追いすがる。

千里とバソンは見事な構えで矢を放っているのが見えた。絶海はそれを見ながら、瘴気の弓をゆっくりと引き絞る。

蔑収の体を貫くかに見えた光は、彼女の背後から飛来した漆黒の線にはじき返される。絶海の放った黒き矢が彼女を守っているのだ。

そして彼女も、ただ黙って逃げているだけではない。着実に光の矢が飛来する源に距離を詰め始めていた。絶海もそれを援護するように、矢を放ち続ける。

(このような技、千里にはなかったな)

絶海はにやりと笑う。自分が新たな力を得ている間に、千里たちも長足《ちょうそく》の進歩を見せている。それでこそ、叩き潰すかいがあろうというものだ。

光の矢が地面に突き立つたびに、爆音が轟《とどろ》いて敷き詰められていた石が跳ね飛ぶ。土煙が波となって広場を覆う。だが、千里が放っているのであろう光の矢は蔑収の気配を見失うことはなく、絶海も蔑収を狙う矢を外すことはない。

「前へ！」

絶海は叫ぶと共に、一際禍々《まがまが》しく大きな矢を手の中に浮きださせた。蔑収は一瞬視線を向けて頷くと、輝く矢が放たれる源へと突進した。

歯を食いしばった絶海の全身が膨れ上がり、黒い炎が巻き起こる。

「受け取れ！」

咆哮《ほうこう》と共に放たれた黒き大鏃は蔑収に近づくにつれて無数に分裂し、蔑収を守るように取り囲む。その一つ一つが光の矢が襲い来るたびに迎撃して叩き落とした。

蔑収の双剣が、遂に千里の間合いへと斬り込む。鈍い金属音と共に光矢の嵐が止まった。千里のすぐ目の前に二つの刃があり、その刃を二叉槍が受け止めていた。

「そこだ」

絶海が笑みを浮かべるのと同時に、黒き蛇たちがバソンに噛《か》みついた。怨恨を餌として育った黒き鏃は、標的に毒を注ぎ込む。バソンの皮膚はみるみるうちに黒く変色し、膝をついて倒れ伏した。

「あっけない。あの程度の者に私は恐れを抱いていたのか」

絶海が失望したように黒き弓を消そうとしたその時である。

「まだだ！」

蔑収が全力で跳躍し、何かを避けている。だが避け切れず、足を射ぬかれて膝をつく。絶海は随心棍を流星鎚《りゅうせいつい》に変えて蔑収を引き戻す。棍を投げて再び黒き弓を出すと、矢を立て続けに放った。

絶海の目には、千里とバソンが気配を消しつつ放った矢がはっきりと見えていた。絶海の矢とぶつかると轟音と共に彼らの矢も消滅し、同時に千里と倒れていたはずのバソンの気配も完全に消えた。

「珍しい技を使う」

蔑収は痛みに顔を歪めているが、絶海は一瞥《いちべつ》を与えたのみで、じっと周囲を探っている。

「もう少し働いてもらわねば困りますよ。あなたもこのまま半端者で終わりたくはないでしょう？　玄冥さんたちにも笑われますよ」

「わかっている。嫌味を言っている暇があったらあいつらを探せ」

蔑収は自ら衣を裂いて傷を縛る。白い太ももが見えても、絶海は視線を逸らすこともなくなっていた。

「異界の者にも血はあるのですね」

「今さら何を言っている。私と体を重ねて、既に血の滾《たぎ》りも肌の熱さも知っているだろう」

「そうでした」

余裕を見せてはいるものの、絶海は徐々に焦りを覚えつつあった。この場から、千里とバソンの気配は消え去っていた。

(どこにいるのか定められない。どの道私と別れた後、何やら新しい術を手に入れたのだろう。だがそれは私も同じだ)

そして、もう一つ気になることがあった。千里たちは三人で参加しているはずなのに、もう一人の姿が見えない。絶海は弓を消し、随心棍を携えたまま、ゆっくりと歩き出した。中央の塔へと向かう。敢えて周囲を窺《うかが》うような素振りも見せない。

勝利の証《あかし》は、相手を倒さなければ手に入れられない。だが塔に絶海が近づけば黙って見ているわけにもいくまい。

そう考えた絶海の考えは、正しかった。千里たちは再び姿を現したからである。

五

絶海は思わず、懐の符をいじった。だが、すぐに手を離す。力を借りずとも、勝てる。心の中にわずかにうず巻いた怯えを捨てる。

小さな水たまりと喝破された彼の内側にある泉は、今や黒い輝きをもってたゆたっている。素養の大きさはもう変えられない。だが深くは出来る。

恨みと妬《ねた》みと、そして研鑽《けんさん》によって絶海はその泉を掘り続けた。その結果、新たな源泉を掘り当てた。はるかな深みから湧きあがって来る粘り気のある、それでいて美しく黒い液体は絶海に無限の力を与えてくれる。その粘りが、揺らぎを抑えてくれる。それでも、目の前の二人の影は絶海の心を揺らした。

「よう」

バソンがいつもの笑顔で絶海に向かって手を上げる。千里はどこかぶすっとした顔で、絶海とは視線を合わせない。当然だろう。今や彼我に分かれる敵となったのだ。そして、敢えて姿を現した二人に、絶海は再び怒りを滾らせつつあった。

「腕を上げたな、坊さん」

「あなた達も、随分と強くなりました」

絶海は胸を反らし、見下ろすように二人に言った。

「でもさ。ちょっとつらいよ。今の絶海の戦い方。何を焦ってるんだ」

バソンは頬を掻きながら、遠慮がちに言った。

「何も焦ってなどいない。最初から言っているように、私はただ強さを求めている。武の深奥と真髄を探し続けているだけです。あなたにとやかく言われるいわれはない」

バソンは困ったように視線を落とした。千里が絶海を睨みつける。

「何を拗《す》ねてんの？」

と突き刺すような口調で言う。

「拗ねる？　何を」

「聞いたよ。麻姑さまの誘いも蹴って修行に出て、そこで得た力を使って額井峰を乗っ取ったんだろ」

「さあ。別にお答えする必要はありませんね」

「ぼくたちを越えたいから、何でもしようとしてる」

絶海は千里の言葉に反応して、黒き泉が沸き立ち始めるのを感じていた。

「武で勝ろうとするのに、手段を選ばなければならない、という法はありません」

「そうだけど、絶海が絶海じゃなくなってる」

「だから何だと言うんです？　人は変わるもの。千里さま、あなただって随分変わったじゃないですか」

「それは……知らないよ」

「だったら私の変化もあなたには関係のないことだ」

千里は一瞬、悲しそうな表情を浮かべたがすぐに険しいものへと戻した。

「このままだと、ぼくたちはお前を倒さなきゃならない。だから退いてくれ」

「そうでしょうね。でも同じことが逆にも言えますよ。そんなことを口にするのも、私を相手と見ていない証拠ではありませんか」

だがバソンが、違う、と否定した。

「坊さん、あんたの力はもうおいらたちと同じかそれ以上だ。優劣を決めようとすれば、全力でかからなくちゃならねえ」

絶海は味わったことのない快感にぞくりと背筋が震えた。バソンが自分を称《たた》えている。しかも、お世辞や慰めなどではない。視界がかすむほどの歓喜が全身を駆け巡った。

「そうですよ。ぜひ全力でかかって来てもらいたいものです」

だが、絶海の快楽はまだ頂点に達したわけではない。こちらを対等以上と認めた二人を叩きのめしてこそ、初めて心が晴れるのだ。

「でないと、あなた達が死にます」

　笑みが抑えきれず、絶海の口角は上がった。

「坊さん、わかってくれ。あんたが今追いかけている強さは、暗いんだ。おいらたち高原の民は、鹿を追う。鳥を射る。だがそれは何のためか。自分の血肉とし、家族を養うためだ。だからおいらたちは天地への感謝を忘れない。命を落とした獣たちへの敬意を忘れない」

　バソンの声は訴えかけるように真摯《しんし》なものであった。それが絶海の心をさらに滾らせた。

「だが坊さん、今のあんたの強さは、おいらたちの高原ではもっとも忌《い》まれるものだ。憎しみのために殺し、虐《しいた》げる強さだ。それは必ず返って来て、自分を傷つけちまうんだよ」

「どのような武であれ、凶であることは変わりない。どのような綺麗事を言ったところで、それは他を傷つけ殺すためのもの。あなたが言っているのは、自分を慰めるための理屈でしかありません」

　千里が苛立ったように舌打ちをした。

「これ以上説得しても無駄だよ」

　千里はバソンの腰を叩く。

「おいら、坊さんと遣り合いたくないよ」

半分泣き顔になってバソンは首を振る。しかしそれは、絶海の神経を逆なでしただけであった。口では何とでも言える。結局は、己の力量が優れて絶海を傷つけることを恐れている。

快感に震えていた絶海の内側が再び黒く染め上げられた。

「遣り合いたくないなら私に殺されますか？　ピキさんがさぞかし悲しむでしょうね。ああそうそう、高原では夫が亡くなればその兄弟が妻を得るんでしたっけ」

この一言がバソンの表情を一変させた。

「確かに、坊さんの言う通りだぜ。おいらが死んじまったら、ピキを悲しませることになる。誰かのものにしちまう。おいら、それだけはしたくないんだ」

迷いを見せていたバソンの気迫が急激に膨れ上がった。周囲を圧して、絶海も表情を変えてしまうほどの力強さだ。

「坊さん、もう一度頼む。退いてくれ」

懇願ではなく、強迫の響きがこもっていた。

「それほど戦うのが嫌なら、あなた方が負けを認めて下がればいいではありませんか。それで万事解決ですよ。何でも思い通りになると考えているのが傲慢なんですよ」

「お前な……」

千里が前に出かけたところを、バソンが止めた。

「おいらにやらせてくれ」

「面白い。どちらが先でも、私は構いませんよ」

絶海は随心棍を二叉槍に変えた。相手の得物で返り討ちにする。これほどの快感はない。それをバソン相手にやってのけたら、それ以上の喜びは考えられなかった。

「千里は先に行って宝貝を手に入れてくれ」

だがその前に、蔑収が立ち塞がった。

「武宮の連中が大切にしているとかいう宝貝にもお前らにも興味はないが、父と兄への手土産としては、お前の首が丁度よかろう」

蔑収の双剣がひらめく。

「何でまたお前と絶海が手を組んでるんだよ」

「お前も兄上と手を結んだだろう？」

「別に頼んでないよ」

「私だってそうだ。しかし、今はあの男を支えると決めた」

その強い言葉に押されたように、千里は斬撃を受け切れず後退する。

「どうして？」

「絶海は私と同じだ」

共に強大な力を持つ者を身近に持ち、限界と劣等感の中で苦しんできた。

「あの男の心を、私は理解できる。絶海は己の 志《こころざし》 のためにこれまでの自分を捨て去ることさえした。だからこそ、あいつには我が助けを受ける価値がある」

「そんなことをして何になるんだ」

千里には理解できなかった。

「わかるまい。お前は我が兄や父には遥かに劣るだろう。だがその天分、生まれ育った道筋、それはこの天地において肩を並べる者はわずかしかおらぬ。お前の強さと輝きは時に人を救うかも知れぬが、同時に押し潰しているのだ」

「知ったことかよ！」

「だから今、思い知るのだ」

蔑収の剣からほうほうの体《てい》で逃げ回る千里は、必死に矢を番《つが》えて射かける。だが間合いを詰められては弓も力を発揮できない。何本目かの矢が叩き落とされた瞬間、千里の喉元に刃が突きつけられた。

「ここまでだ。負けを認めろ」

「……何故すぐにぼくを殺さない？」

「お前を殺したいのは私ではない。絶海だ。だが私に簡単に制されるようであれば、今のあいつには到底敵わぬ」

指の間に飛鏢が現れて消えたかと思うと、血塗られた双剣が姿を現した。

六

バソンは構えようとして、すぐに解いてしまう。その様が絶海をとてつもなく苛立たせた。

「やる気はないのですか。絶海が踏み込んでもその分だけ下がってしまう。

「帰るよ。でもさぁ……今の絶海とはやっぱ遣り合いたくない」

「そんなくどい人でしたか？　それとも臆したか！」

気合いと共にもう一段速度を上げた絶海は徐々にバソンとの距離を詰め始めた。

「あなたの野生の強さを全て出さないと、私の槍先にかかってしまいますよ」

ついに、絶海の二叉槍がバソンの衣にかかりかけた。

「仕方ねえ……」

バソンの目がぎらりと光る。

「これだけ言っても、もう坊さんの心には届かないんだな」

「届くわけがありませんよ。私たちはもう、拠《よ》って立つ場所が違うのです。いえ、もともと我々は相容《あいい》れない存在。持てるあなた方に、持たざる者の思いは理解できない」

「そうかよ」

顔を上げたバソンを見て、絶海は顔色を変えた。そこには、絶海が親しんだ人懐《ひとなつ》っこい狩人の明るさはなかった。

「なるほど、それが高原の戦士が見せる殺戮《さつりく》の顔ですか」

「どういう顔してるか、自分じゃ見えねえけどな」

「いい顔ですよ。私がずっと見たいと願っていた顔です。今のあなたを倒してこそ、初めてあなたを越えたことになる」

「越えた越えないとか、どうだっていい。お別れだ」

バソンの槍先は、まっすぐに絶海へと突き出される。何ということのない、まっすぐの突きである。どの流派でも必ず最初に学ぶであろう、基本中の基本だ。絶海は鏡で映すように、その突きを二叉槍で受け止めようとした。

その力は十分にわかっている。そして、今の絶海であればやすやすと受け止めることが出来る筈であった。しかし、気付くと絶海は尻もちをついていた。

ただ槍を右手に持ち、冷たく静かな光を湛《たた》えた瞳を、バソンは向けている。素早く立ちあがった絶海は、手のひらを上にして指を曲げ、挑発した。

「そんなものですか？」

応えないまま、バソンは絶海の胴を薙《な》ぐ。だがやはり、絶海は受け止めきれず体勢を崩した。慌てて下がる絶海を、バソンは無表情に追う。大股で歩いているだけのバソンに追い詰められ始めていることに、絶海は気付いた。

「なるほど、私を狩っているわけですね」

「違うな。狩りの獲物なら、追っててもっと楽しいぜ。今のおいらの気分は、村を荒らす狼を追い払っている気分だ」

「私も随分と出世したものだ」

「出世じゃねえ。友から獣に落ちたんだよ」

「真剣に戦っていただけるなら、獣でも結構！」

絶海が槍を地面に突き立てる。石畳に亀裂が入り、衝撃がバソンの体を揺らした。その一瞬の隙に、絶海は間合いを大きくとると左腕を突き出す。そこに黒い輝きを放つ大弓が現れた。

するとバソンも弓を構える。いつも腰に手挟《たばさ》んでいる、牦牛《ヤク》の骨と角を貼り合わせて作ったごく粗末な小弓だ。

「そんなもので、私の弓と争おうというのですか。あなたは高原一の狩人であり戦士だ。もう少し賢いと思ったのですが、残念です」

絶海の弓から黒き矢が放たれる。だがバソンは、木を削った先に鋼の鏃を付けたごく普通の矢で迎え、撃ち落とした。

「な……」

一瞬の驚きを怒りの表情に変え、絶海は二の矢、三の矢と続ける。黒き矢の間隔は短くなり、途切れることなくバソンへと向かって風を切る。バソンの箙《えびら》に入っていた矢は底を突く。

「最早これまでですね」

「そうかも知れねえな」

絶海はぞくぞくと背筋を駆け上がって来る快感に身を震わせた。だがバソンも、凄絶な笑みを浮かべる。

「今の坊さん、気持ちよさそうだなぁ」

バソンは憐れむような口調で言った。

「気持ちいいですね。私はあなたより強いのですから」

「どうしてそう思うんだい？」

「今、あなたの目の前で繰り広げられている情景がそれを示しているではありませんか。あなたの粗末な矢は尽き、私には内より生まれる無限の闇の矢があります」

「そうだな。ほんと、千里も坊さんもすごいや。初めて会った時は、二人とも全然大したことねえな、って思ってたのに。いつの間にかすっげえ力を手にしている」

「誉めても何も出ませんよ」

「出るんだなこれが」

にっと笑ったバソンは、手を大きく開いた。そこには、青い光を放つ長弓が姿を現していた。絶海は目を見開き、くちびるを噛みしめる。

「……いつの間にその術を？」

「千里に出来る。坊さんにも出来る。もしかしたらおいらにも出来るかなと思ってね」

「ずっと修行されていたのですか」

「いや。今思いついた」

絶海の顔が青ざめる。

「い、今思いついた、ですって？　この技を得るために、私は甘蟬老人のもとを訪れ、艱難《かんなん》の末にようやくこの境地にたどり着いたのです。思いつきで出来るような技ではない」

「だって、出来ちまったんだもん」

「苛立たせるんですよ。その言い方が！」

絶海は目をいからせ、矢を乱射する。やみくもに射ているようで、その全てがバソンの急所を狙う。だがバソンはその青い弓に張られた弦を一度愛おしそうに撫でると、矢も番えないまま一杯に引き絞った。

絶海が放った矢がバソンに突き立つ寸前、バソンは優しく弦を離す。澄んだ高い音とともに、周囲に高原の冷風が吹き荒れた。黒き矢は青き氷に包まれて地に落ち、粉々に砕け散る。

「へえ……おいらの矢はこんな感じになるんだ」

バソンは手の中の長弓を惚れ惚れと眺める。

「念じたのではないのですか」

「おいらは高原の人間だからさ。やっぱり雪と氷は付き合い深いんだよ。だから出て来たんじゃないの。手にもしっくり来るし、これなら坊さんとも互角に遣り合えそうだ」

絶海はがくりと肩を落とす。

「どうしてあなた達はいつもいつも……」

その肩は震えはじめていた。

「その弓を得るために、あなたはどんな鍛錬を積んだ。どれほどのものを失った。どれほど苦しみ、悩んだ！」

「おいらは鍛錬などしないし、何も失っていないし、苦しんでも悩んでもいないよ」

バソンは気の毒そうに言った。

「坊さんが色々苦労しているのは知ってる。おいらはすげえと思うし、今の坊さんはつええよ。でもおいらとは違う。吐蕃《とばん》の狩人は強くなきゃ、育つこともできない。中《ちゅう》原《げん》の漢人とは違うんだよ」

どこか弁解するような口調である。絶海の瞳は真っ赤に充血していた。全身が黒い炎に包まれ、それはやがて大蛇の姿となって立ち上がる。

「違う？　そうでしょう。あなたと私は違う。私の方が何倍も修練を積んできた。天分だけを頼りに生きてきたあなたとは同じではない」

「本当に強い奴が鍛錬なんてするかな」

バソンがごく無邪気に言ったものだから、絶海の怒りは頂点に達した。

「鍛錬は天分を超える！」

「羊はいくら鍛えても虎にはなれないよ。でも坊さん、あんたがもし羊だとしても、一番強い羊だよ。虎と戦っても負けないくらいに強い角と脚を持ってる」

「そんな慰めは侮辱と変わらぬ！」

「慰めてないって」

戸惑った表情を浮かべるバソンに、大蛇に似た絶海の弓が毒矢を放つ。それは全て黒き弾丸となってバソンのすぐそばで炸裂《さくれつ》する。だが爆風はバソンを傷つけず、凍りついて動きを止める。

自然に大地を踏みしめ、青く輝く弓を構えるバソンの姿に、絶海は一瞬見惚《みと》れそうになった。

「すっげえ。こんな技があるんだ」

笑顔になってバソンは矢を放つ。軽やかに舞う鏃は絶海の放つ黒き矢を全て受け止め、跳ね返した。どれほど絶海が力を込めようと、雄たけびを上げようと矢は届かず、バソンの体に傷一つつけることは出来ない。

「どうして……どうしてあなたはそんなに恵まれているんだ！」

天を仰いで絶海は叫ぶ。

「恵まれてるんじゃないって」

「持てる者はいつもそう言う。自分は普通だ。何を僻《ひが》むことがあるのか、と。私を押しつぶそうとする巨大な壁も、上から見下ろせば難しいものに見えることはないだろうが！」

絶海は喚《わめ》くなりぴたりと動きを止めた。そして懐から、甘蟬から授かった符を一枚取り出す。額には汗が浮かび、くちもとを歪めて歯をむき出しにして見せる。

「なんだそりゃ」

バソンも舞いを止め、絶海の手元に視線を注ぐ。

「こんな時に妖《あやかし》退治でもやろうっての？」

「そう。化け物退治です。消えるべき妖がここにはいる」

自分の顔を指差したバソンに向かって、絶海は頷く。

「おいらは呪文や符では退治出来ないぜ」

「どうでしょうね！」

符を宙に投げ上げる。そして絶海は弓を構えて矢を番えた。バソンも静かな表情で弓を構える。二人の間を小さな符がゆっくりと舞い上がり、頂点で眩《まばゆ》い光を発した。

「私の強さは勝敗を超えたのです。あなたのようにいい加減な強さで人を愚弄するような者は、地獄へ落ちるがいい」

「坊さん、お前はおいらの……」

周囲を白光に取り巻かれたバソンの表情が初めて慌てた。

「どうですか。怖いですか？　全てを私に握られた気持ちを聞かせて下さいよ」

何かを叫んでいるバソンを見て、絶海はひきつった笑い声を上げた。だがバソンはかえって静かな表情を取り戻し、ゆっくりとくちびるを動かす。

「おや、慈悲を乞《こ》う気になりましたか」

だがくちびるの動きを読み取った絶海はますます激昂する。

「千里にも勝てないですって……死ね！」

甲高《かんだか》い絶叫に合わせるように光はバソンを押し包み、絶海は黒き弓を滾らせる。

「私の勝ちだ」

バソンの体に無数の黒い矢が突き立ち、そしてその体は前のめりに倒れた。

「は、はは……。バソンさんに勝った。高原一の狩人も私の敵ではなかった」

倒れたバソンを蹴りつけようとして、絶海は動きを止める。数歩後退して、弓を消した彼は両手を天に突き上げる。

「やった！」

子供のように跳ねまわりながら、絶海は喜びの絶頂の中にいた。その視界の隅に、呆然と立ち尽くす千里が入った。

七

千里は忽然と姿を消した蔑収を思わず探す。

彼女の双剣と千里の短剣は激しく火花を散らすこと数十合、優劣は判然としないほどに伯仲していた。蔑収の剣技と体術、そして暗器はどこから痛撃を与えてくるかわからない。千里は何度も危うい局面を迎えながらも、全て受け切った。

そこに千里は、懐かしいものすら感じていた。ふと、

（こいつも玄冥みたいに話をしたり一緒に旅したり出来るのかな）

そんなことを考えてしまうほどであった。視界の隅で、何かが光った。

「ふん、絶海のやつ、ようやく使う気になったか」

蔑収はにこりと笑う。

「使う？」

「切り札だよ」

千里は蔑収の体に異変が起きていることに気付いた。緩やかに風になびく衣の色彩が、薄くなり始めていた。返り血を浴びて褐色となった衣が薄桃色へと変じている。それは衣だけではなく、蔑収全体に及んでいたのだ。

「憎まれ口ばかり叩いていながら、本当は私のことを何よりも……」

次の瞬間、頭上の光に吸い込まれるようにして蔑収の姿は消えたのだった。

「どうなってんだ」

頭上の光の下には、絶海がいた。弓を放った後の姿勢のまま動かない。そして彼の対面には、バソンが倒れていた。全身にうごめく黒い矢を突き立たせ、こちらもぴくりとも動かない。

そして千里が見たものは、踊るように喜ぶ絶海だった。その喜びようは、見る者の腹の底が冷えるような狂いっぷりであった。

「絶海……」

「おや千里さま。御覧になりましたか？　私はついにバソンを倒しましたよ。あなたも、異界の王子も敵わなかった、高原随一の狩人で戦士を、私は越えたのです」

狂い踊りを止めた絶海は、上気した顔で千里を見下ろした。

「嘘だろ」

「嘘？　バソンが私に負けたことがそんなに信じられませんか？　ほら、結局あなたもそうだ。私の力がバソンに遠く及ばないと思っているから、驚きになる。もし逆であれば、あなたは眉ひとつ動かさなかったことでしょうよ」

千里は苛立ちを額《ひたい》に表して、絶海を睨む。

「あなたを相手にするには気をつけなければならない」

笑みを浮かべながら、絶海は自らの頬を撫でた。

「表に出ている強さと、奥底から出てくる強さ、それがあまりに違いすぎる。巨大な歪みがもたらす予想外の強さが、共工と対峙することを許し、時輪《じりん》と空翼《くうよく》すらも一つに戻した。軽々しく手を出せば、私も危うい」

絶海は手の中に符を弄《もてあそ》んでいる。

「しかし、今の私にはこれがある」

「何だそれは？」

千里はその符が、バソンと絶海の間に投じられた物と同じであると気付いた。

「符ですよ」

「見ればわかる。バソンを倒した秘密はそれにあるのか」

「ほう……またそうやって私を侮辱する」

「いい加減、そのひねた言い方をやめろよ」

「千里さまに言われるようでは私もおしまいですね」

あくまでも揶揄《やゆ》する口調を崩さない。

(何があったんだ……)

千里は怒りよりも戸惑いを覚えた。彼の知る絶海は、謙虚で優しく、そして勤勉な男だった。目の前の人間を愚弄することもなければ、自分の非力さに拗ねた物言いをすることもなかった。

「私は昔から、こんな人間ですよ。そうであることを隠さずに生きるようにしてから、ようやく真の力が開花した。だったら、いい修行者を装う必要などどこにもないではありませんか」

「何を言っても悪口に聞こえるようじゃ普通じゃないぞ」

「あなたはこの符を見て、バソンを倒した秘密はここにあると言った。つまり、私が自力では彼を倒せないと思っていたのでしょう？」

「……ああ、その通りだよ。以前の絶海の力では、バソンには到底敵わなかった」

「しかし人は成長するのです。私は武の真髄を極めんと天下を渡り歩き、ついには高原一の男を倒すまでに至った。あなたが中原一の勇者だとは思っていませんが、私の成長を測るには格好の相手です」

「そりゃ光栄だね」

既に千里の眉間には、深い苛立ちと激しい怒りの気配が立ちこめていた。

「そう、そうですよ。あなたはそうでないと」

「バソンも怒らせて負けたんじゃ話にならないよな」

「蔑収の相手をしながら見ていたんですか」

「だって、あいつ横目でお前の方ばかり見ているからさ」

「その隙に殺さないのがあなたの弱さです。だからあなたは、私を殺すことは出来ない」

「出来ないかどうか、試してみろよ！」

千里の弓は、弓仙のものと同じ材料を使っている特殊な短弓だ。対する絶海は、自ら発した黒き気を弓の形へと創り上げる。

「どっちがより力があるでしょうね。麻姑と同じ材を使ったその弓か、私の心が産み出したこの弓か。いざ、優劣をつけようではありませんか」

だが千里は、絶海の技を警戒しているわけではなかった。

(確かに、絶海はおそろしく強くなった。以前の力とは別物だ。でも本当に怖いのはあの符……)

蔑収も千里も真剣に戦いつつも、どこかバソンと絶海の戦いに気持ちをとらわれていた。かつて仲間同士であった者が異なる旅路を経て再び相まみえた時、その勝負はどうなるのか興味が尽きなかったこともある。

だから、最後に符が投げられたことも、横目では微かに見ていた。

(いくら強くなった絶海でも、武技だけでは決してバソンには勝てない)

それだけは、動かしようのない事実であった。千里はバソンの内側に広がる無限の草原を知っている。そこには自然の猛威も強弱のぶつかりも全てある。なのに、この上なく清浄で、触れているだけで心が満たされていく。

そこから湧き出す力こそ、バソンの強さの源泉である。

無限の大河に、小さな泉は勝つことが出来ない。絶海の強さは、たとえて言うなれば僅《わず》かな水に力を加え、ごく細い穴から押し出しているような強さだ。それは確かに、岩を砕き鋼を切ることが出来るかも知れないが、全てを飲み込んで押し潰す激流に勝ることはない。

(でも、流れを逆さまにするようなでたらめな力があれば、話は別だ)

絶海は、千里の視線をもてあそぶように符を揺らしてから、懐にしまった。

「先ほどバソンと手合わせをしたおかげで、私は一つのことに気付きました。確かに、私の力の源は小さい。あなた方に比べればごみのような素質しかありません」

でもね、と絶海は続ける。

「私にはあなた方二人にも、いえ、この天地の誰にも負けないものがある」

絶海の体を覆う黒い炎が大きさを増した。千里は、絶海の内側にある泉が沸き立つように溢《あふ》れるのを感じてたじろぐ。泉から溢れたその黒い〝想い〟は、湖となり、ついには大海となって広がった。

しかし、その海は太陽の光を受けてまばゆく青く光る大海原ではなかった。澱《おり》と泥を混ぜ合わせた、どす黒く異臭を放つ粘り気ある海面だった。

（これがあの絶海なのかよ……）

「そうですよ。これが私の内なる、真の力です！」

哄笑《こうしょう》しつつ、絶海は弓を構える。

黒き炎の奔流は彼の体を持ち上げ、その手に抱かれた弓は恨みと妬みを集めて、いびつな装飾に満ちたものとなっている。

「これでやっと、私はあなた達を越える」

「くそ……」

その力は、千里の想像を遥かに超えていた。

「不射之射《ふしゃのしゃ》……」

共工を押し戻したあの絶技が使えれば、今の絶海にも対抗できる。だが、あの時よりも技量も力も増しているはずなのに、千里は己の中にその姿を再現できないでいた。

「そうですよ。あの絶技でなければ、勝てませんよ」

揶揄するように言う絶海を見て、千里はかえって落ち着きを取り戻した。不射之射は出せないまでも、手のうちには己の弓があるではないか。

「それでは私に勝てないと言っている」

「侮られてると思ってる？」

千里は短弓に矢を番える。

「最後まで愚かな子どもだ」

黒炎を上げる絶海の弓にも、いびつな形をした漆黒の矢が姿を現した。だが、絶海の顔が苦渋に歪んだ。千里は絶海の内側で、膨れ上がった黒き泉が荒れ狂っているのを見た。バソンの澄みきった高原とはあまりに違う光景に、千里は痛ましさしか感じられない。

「もう諦めようよ。ここでの勝ち負けが何になるんだよ。ぼくたちは……」

「仲間とでも言いたいのですか！」

尽きかけていた黒き炎が再び燃えさかる。

「過去はもう過去なのです。あなた達など、仲間でも何でもない」

「違う。ぼくたちが一緒に旅をして、笑って、睨み合って、とてつもない冒険を共にしてきた過去がぼくと絶海の関わりを作った。その事実が消えるわけじゃない」

「私はそのせいで、苦しんだ」

「だったらその苦しさを乗り越えろよ。お前は武の道を歩いているんだろ！」

「あなたも持てる者の驕《おご》りで私を嬲《なぶ》るのか！　皆そうやって私を！」

「いい加減見苦しいんだよ！」

無数の黒き鏃と輝ける矢が交錯し、轟音を立てて大賽会場を揺るがす。その合間を縫って、千里と絶海が共に距離を詰め、拳をぶつけ合った。いつ果てるとも知れない音の中で、迷路を形づくっていた壁が崩れ始めている。

一際激しい衝突の後、二人の間に一瞬の空隙《くうげき》が生じた。鏃の応酬が止《や》み、静寂が訪れる。

（符を使わないのか……）

千里はふとそのことが気になった。あの符は不思議な効力を発する宝貝の一種に違いない。宝貝である以上、力を発動するまでに何らかの手順を踏む筈だ。

絶海はあくまでも実力で自分をねじ伏せたいと考えている。それはありありと伝わって来た。だが、手ごわさは感じるものの、恐怖までは感じない。玄冥やバソンを相手にしている時の方が、よほど怖さはあった。

しかし、圧倒も出来ない。それだけの力を絶海も身に付けていた。

（それにしても何だろう、この疲れは）

千里が額をぬぐうと、べったりと髪が貼りついている。猛烈な汗が全身を濡らしていた。だが、絶海も苦しそうだった。千里は絶海と一旦十丈以上の距離をとって向き合っているが、髪の生えそろいかけた頭に汗が光っているのが見える。肩も僅かに上下していた。

いっそ符を使わせずに制してしまえれば、と千里は考えた。大賽に勝利すれば、趙帰真の力を借りることも出来る。絶海がわずかに体を震わせているのを見て、千里はくちびるを嚙んだ。

まだ間に合う。

気息を整えた千里は、再び全身に力を漲らせ始める。焦らぬよう、急がぬよう気を高めていく。それをみた絶海も、呼法で回復を早め始めた。

「何度やっても、あなたは私に勝てませんよ。それはつまり、バソンにも玄冥にも勝てぬということ。己の限界を知りなさい」

「そうかも知れないけど、絶海もぼくには勝てないよ」

千里は軽い口調で言い返した。

「結局お前は、誰にも勝てないんだ」

「私は全てに勝つ」

「ずるして勝っても、価値はない」

「手段はどうであれ、勝った者が尊いのです。それにあなたには、何の力を借りなくとも勝ちますから心配ご無用」

「お前は自分の怪我の心配でもしてろ！」

そう言いつつ、千里は気配を極限まで消す。だが、絶海は隠れようともしない。千里は鮮やかに跳躍しつつ、無数の矢を放った。全てが絶海の急所を射貫《いぬ》いていくが、その姿は幻となり、光の矢は虚しく宙へと消える。

一方の絶海は、地を踏みしめて疾駆すると、矢の出所へと迫る。

矢の間合いはやがて大槍の間合いとなり、剣の間合いとなり、そしてついには組打ちの間合いとなった。それでも二人は、鎌の応酬を止めない。

千里が番えれば絶海も番える。絶海が矢を放てば千里も応じる。二人の動きは鏡のように等しく、互いの速さを上回ろうとするその動きは上空で見ている神仙たちの目にも捉えられなくなっていた。

二人は瞬《まばた》き一つしない。

瞳の前に鏃が迫っても、自ら放った鏃で防いでいく。弦の音は風を切って周囲にこだまし、ぶつかり合う鏃は耳に響く音と火花を立てて消える。互いの呼吸と筋骨の動きを見つつ、相手を凌駕《りょうが》しようと秘術を尽くした。

「これで終わりだ」

無限の応酬の果てに、絶海の鼻先に千里の鏃が突きつけられた。

「そうですね。終わりは近い。さあ、矢を放つのです。鏃が私を貫き、命を奪うさまを目の前で見る栄誉を千里さまに与えましょう」

だが千里は中々矢を射ることが出来ない。

「絶海、お願いだ。こちらへ戻って来るんだ」

苦しげに千里は頼む。

「こちら？　こちらとはどちらですか」

「それは……」

「あなたは自分の身近にいる者が全て味方だと勘違いしてはいませんか？　五嶽真形《ごがくしんぎょう》図《ず》を巡って争った時の趙帰真は裏切って共工につきました。想いを寄せた空《くう》の少女も、あなたを置いて去った。私が敵にならないとは限らないと予想も出来ないようでは、将たる器には足りませんね」

「何とでも言え。ぼくはただ、お前を殺したくない」

「あなたは殺すことに慣れた方がいい。愛する者ですら殺す勇がなければ、勝利を得ることは出来ない」

「……止めろ、絶海」

「理解できないならばそれまで」

千里の背後で、かさりと乾いた音がした。彼はそれが、絶海の切り札であることに気付いて鳥肌を立てる。だがそれでも、瞬時に弦を引き、絶海に狙いを定めた。絶海は、まるで焦らすように、ゆっくりと符を取り出す。

（ぼくの方が速いはずだ！）

祈るような思いで弦から指を離す。外れようのない距離を鏃が飛び進む。千里にはその様《さま》がやけに遅く見えた。もどかしいほどの速さで進んだ鏃は、絶海から外れて飛び去る。

符が宙に舞い、恍惚とした笑みを浮かべた絶海の黒き弓から矢が放たれる瞬間、その首筋を何かが掠《かす》めて行った。

驚きの声を上げる千里の左肩に激痛が走る。絶海の矢は確かに彼の体を貫いていた。だが、何処からか飛来した矢は、絶海の肩の腱を〝射切って〟いたのだ。千里は薄れゆく意識の中で、鄭紀昌の声を聞いたような気がしていた。

そして、千里の心から絶海の存在が、霞となって消え去っていった。ただ、白い符がひらひらと意識の中でいつまでも漂っていた。

八

急所を射切られながら、絶海はすぐさま返しの矢を送って反撃した。そして全身の気迫を込めて傷口を止めると、よろめきつつ歩き出す。随心棍を剣に変え、まだ息のある千里に止《とど》めを刺そうとして思いとどまった。

「私が勝った。私は千里にもバソンにも勝ったのだ」

あとは大賽に勝利した証を手にして、天下無双を宣言すればいい。誰も自分より優れた武は持ってなどいない。

止めたとはいえ、大量の血を失った絶海は疲労の極みにいた。勝利の杯はもう手の届くところにある。彼は大賽会場の中央に立てられた円形の塔を、よじ登り始めた。表面が磨き上げられた、手がかりも一切ない尖塔だ。

本来の彼の体力であればあっという間によじ登り、先端に手が届く程度の高さだ。だが今は、自らの体が鉄塊になったように重い。

「もう少し、あともう少し……」

経文を唱えるように、絶海は上へと登っていく。磨き上げられた彩石を組んで作られた塔は滑りやすく、手がかりもない。だが絶海は、拳を突き立て、つま先を蹴り込み、頂へと近づいていく。

頂近くは、最早つま先を蹴り込む場所すらなかった。絶海は疲れ果てた体を細い棒に巻きつけるようにして、ようやく頂点に置かれた小箱に手を伸ばす。それは、ひんやりとして疲れた体に心地よかった。やがて小さく拍動を始めたそれは、尖塔から自らを切り離す。

絶海は限りない喜びとともに、それを抱いた。小さな飾り箱である。この中身が何であるか、彼は知らない。中身には興味はない。ただ、己が天下無双だという証になればそれでよかった。

百八の神仙がかけた封印がかかっている。それぞれの武宮を示す図像が透かし彫りにされており、鍵へと繋がっている。

勝負がつき、神仙たち全員が勝ち負けを判別した時に初めて、その封印が解かれる。武神賽《ぶしんさい》の持つ因果超越の力を垣間見た修行者は次の階梯《かいてい》への手掛かりを摑むと言われている。

そして勝者は証を手にした後、再び神仙たちに返還する。箱の鍵がかちりと音を立てて開いた。神仙は絶海を勝者と認めたのである。安堵した絶海は一瞬気を抜いた。

塔の手掛かりから指が外れ、腕の中にある小箱を抱いたまま、絶海は落下する。

この程度の高さであれば、頑丈な彼の肉体が壊れることはない。ただ、意識を失わないように努めながら、着地する瞬間を待った。地に足を付ければ、後はこの証を、空からこの大勝負を検分していた神仙たちに示せばいい。

背中に衝撃が走り、地面に達したことを絶海は知る。ふらつく頭を押さえて立ちあがり、勝者の証を天に掲げようとした時、彼は愕然とした。

「な、ない……」

腕の中にしっかりと抱いていたはずの飾り箱が、無くなっている。

「わ、私は確かに手にしたんだ」

天下無双の勇者にしては見苦しいほどに、絶海は這《は》いまわって探した。だが磨き上げられた大賽会場の床には、何も落ちていない。

「待ってくれ！」

絶海が空を見上げると、神仙たちの乗る雲や神獣たちがどこかへ行こうとしている。悲鳴を上げ、腕を振り回していた絶海は、異変に気付いた。空の一角が、黒く厚い雲に覆われていたからである。

「何だあれは……」

雲の上にあるのは、壮麗な銀の装飾を施された輿《こし》であった。担いでいるのは百官のようにも見えて、そうではない。その袖から見える腕は赤く太く、担ぐ者たちの瞳は金色に輝いて口からは青い焔《ほのお》を吐いている。輿の後ろには歩騎の大軍が付き従い、その後尾は見えない。長大な行列は、徐々に高度を下げ、絶海の目にも全容が明らかになってきた。

そしてその先頭に立つ老人の姿を見て、絶海は目を疑った。

「甘蟬師……」

輿の御簾《みす》が開き、その奥にしつらえられた玉座に長身の男が座っている。老人は何かを頭上に掲げ、そして御簾の奥へと捧げる。玉座の両脇に侍している童子がそれを受け取り、男に手渡した。

深く頷いた男は、ゆっくりと箱を開ける。

「それは、私が手に入れた武神賽……」

絶海の言葉をかき消すように箱が眩い光を放ち、激しい閃光《せんこう》があたりを覆う。絶海は輿に乗っている男が、朽ち果てた肉体を持っていることに気付いた。数百年の乾燥から抜け出て来たように乾いている。だが、その手のひらにのせられた小箱が放つ光が、男の肉体を変化させ始めていた。

肌に潤いが戻り、虚ろであった瞳に輝きが戻り、乱れていた髪に照りが甦《よみがえ》る。それは威厳に溢れた皇帝の姿であった。颯爽《さっそう》と壮気に満ち、全身から放たれる威厳に黒る。

雲が紫へと色を変えていく。

驚きにしばし動きを止めていた神仙たちも、行列を取り囲むように地上へと降りる。

「亡者よ、何をしに陵《みささぎ》から出て参った」

麻姑は前へ出て、そう詰問した。麻姑の威風も辺りを払うに十分なものであったが、皇帝と並ぶと幾分劣る。絶海は言葉も忘れて、その様を見つめていた。

「呂用之《りようようし》よ」

皇帝はあろうことか、麻姑の言葉を無視した。そして甘蟬老人に対し、呂用之、と呼びかけた。その声に応えるように、甘蟬の姿が若い道士の姿へと変わる。

「よくぞ武神賽を手に入れてくれた」

「陛下の御心のままに」

「これで、私は再び地上の主となる。そして、天上を統《す》べて真の皇帝となって君臨するであろう」

呂用之が万歳を叫び、付き従う者たちも歓声を上げる。

「待て」

麻姑が一喝した。

「黙って聞いていれば勝手なことを申す。死者は冥府で大人しくしておれ」

皇帝は初めて気付いたかのように、顔を麻姑に向けた。

「私は甦った」

「違う。お前は死人だ」

「死から遠ざかった仙人が、人の生死を言うことは許さぬ」

「許すか許さぬかは、天の理《ことわり》が決めることだ」

「最早この天地は我が手に返った。如何《いか》に人を超えた者であろうと、我が命に従わねばならぬ」

静かな言葉の応酬のはずなのに、目に見えない巨大な力がぶつかりあっていた。大賽会場の中央に立つ塔が、砂の城のように崩れていく。

「隋《ずい》の煬帝《ようだい》よ」

麻姑の言葉に絶海は驚いた。だが、全ての神仙はそのことを知っているかのように、表情を変えず皇帝を見つめている。そして煬帝も、武宮全ての神仙を前にして気後れする様子は一切なかった。

「冥府へ帰れ」

「私が死の国に戻ることはあり得ぬ」

「お前に永遠の命は与えられない」

「与えられないのであれば、私自身が永遠となるまで」

「それは許されない」

「許されなければ、どうするのだ。鳥仙麻姑よ」

煬帝の声に、わずかに揶揄《やゆ》の気配が混じった。麻姑から殺気が吹きあがる。

「亡者たちよ、ここはお前たちにはふさわしくない場所だ。消えてもらおう」

「その前に、お前たち武宮の神仙に一つ機会を与えよう」

「機会？」

「もしお前たちが我に忠誠を誓うなら、わが功業に参加する栄誉を与えよう」

神仙たちは顔を見合わせる。

「阿呆が。そのような誘いに……」

せせら笑おうとした麻姑は、一瞬呆然と言葉を失った。数人の神仙が、煬帝の前に頭を下げ、呂用之に招き入れられて紫雲に乗った。その中には老狐仙もいる。

「真理に近い者は己の行く道を間違えないものだ。私の姿とこの武神賽を目にして、そして力を感じていながらこの雲に乗らないのは、神仙ではない。凡夫以下の愚者である」

さらに数人の神仙が移っていく。

「老君《ろうくん》に武宮を任された者があまりにも情けない」

麻姑は目じりを吊り上げた。

「死人が甦って口にしていい言葉ではないな。お前は天地の理に逆らっている」

「私がここにいることが理。私こそが理である」

麻姑が遂に怒りを発し、大きく羽を広げる。

「鳥はどれほど高く速く飛ぼうとも、天そのものに触れることは出来ぬ」

「天であればそうかも知れぬが、お前は死人で私は仙人だ」

羽が逆立ち、無数の刃となって煬帝を襲う。しかし彼の前に立った呂用之が袖を広げ、全ての刃を受け止めた。

「弓の仙人よ、絶技を以って陛下に相対《あいたい》しないと失礼であろう」

「先の時輪空翼の際もちょろちょろとしておった道士だな。何を企んでいるのかと思ったら死せる皇帝の復活か。死者を甦らせたところで何も変わらぬよ」

ふん、と呂用之は鼻で笑った。

「変わりますし、変えますよ。陛下がお戻りになったのです」

「お前のような道士は見たことも聞いたこともない。どこの出自だ」

「何でも見通せる目をお持ちなのでしょう？」

からかうように、呂用之のくちびるの端がにっと上がった。

「世間のことを何でも知っていると思ったら、大間違いですよ」

「ともかく、ここは神聖なる大賽の会場である。お遊戯をしたいのであれば、別の所に行ってするがよい。その前に、大賽の証をこちらに渡すのだ。それを持つ権利は、あそこの絶海という修行者にある」

呂用之は雲から降りて行って、絶海に手を伸ばそうとする。その前に麻姑が立ちふさがった。

「お前たちからは邪悪の臭いしかせん。修行者に穢《きたな》い手でさわるでない」

「……面倒くさいですね」

額に青筋を立てた呂用之は、煬帝の方を振り返る。

「陛下、この鳥女消していただけますか。そろそろ刻限です」

絶海は驚愕した。武宮の仙人に向かい、これほどあからさまな悪態をつくのは、殺してくれと言っているようなものである。今の彼でも、それはさすがに差し控えていたことだ。

「よかろう」

煬帝は麻姑と呂用之の遣り取りを楽しげに見ていたが、手の内に弄《もてあそ》んでいた武神賽を眉間に掲げる。

「陛下はこれから天地一新を行うのです。かつて作り上げる前に潰《つい》えた理想を、今ここに再生させるのですよ」

呂用之の言葉を合図にするように、麻姑が地を蹴る。甲高《かんだか》く一声鳴いて自ら光の矢となった麻姑は、煬帝の左胸に狙いを定めていた。しかし、煬帝が武神賽を目の前の空間に振ると、神代の文字が記された印文が現れ、突貫してきた麻姑を受け止めた。衝撃は波となって大賽会場の一角を崩す。麻姑を援護しようとした数人の神仙が炎の柱といかずちの嵐を巻き起こして煬帝へと襲いかかった。だが賽が転がるや古《いにしえ》の印が中空に浮かびあがり、全てを食い止めて消してしまう。

さらに戦おうとした彼らの前には、煬帝側に寝返った神仙たちが立ちふさがった。

「私もまだ本調子ではないのか。因果を逆転させるには至らぬ」

煬帝が品よく首を傾げた瞬間、炸裂音と共に麻姑の体が弾け飛ぶ。そこに一つの疾風が飛来し、麻姑の体を抱き止めた。

「おや……」

呂用之が嬉しそうな笑みを浮かべる。

「隠れていれば楽に死ねるものを」

麻姑の体を抱き上げているのは、趙帰真であった。

「止《や》めるのです、煬帝」

だがその前に呂用之が立ち塞がる。

「西王母《せいおうぼ》の出来そこないの息子がするべきことは、まず跪《ひざまず》いて罪を詫びることではないのですか。五嶽真形図を古の敗者に渡そうとしたり、私に何度も後れをとったり、見苦しいことこの上ない。あなたはただ、見ていればいいのです。天地は私と陛下で新たなものへと変えます。力と知恵に溢れた、同じ心を持つ者たちだけでね。それが西王母の、最も優れた子である私の務めだ」

趙帰真が一瞬表情をこわばらせた。

「何か不思議ですか？　あなたが西王母の子なら、私もそうだ。そのお心を受けたのが自分だけだと思いあがらないことです。第一、この天地の全ても兄弟ではありませんか」

「あなたは何者なんです」

嘲笑を無視し、探るように趙帰真は訊ねた。

「あなたの結界を破り、裏をかき、そして気配すら悟らせない。この世で無双の道士であるあなたを、軽々と凌駕出来るのは、同じ血を引き継ぎ、さらに優れた資質を持った者のみではありませんか」

呂用之の言葉を聞いた趙帰真は、ふっと笑みを浮かべた。

「何がおかしい」

「恐れは無知から生まれる。そして今、恐れの源は去った。一つだけ言っておきましょう。西王母さまは天地の一新などお望みではない。でなければ、千里やバソン、絶海といった思いを託した者たちをお残しにならない」

「ですが、五嶽真形図無き今、最強の力を持つ宝貝である武神賽は既に私たちの手にある。そして煬帝さまは復活された。起こしてはならない易姓革命はなかったことにしましょう。既に因果の力は煬帝さまの手に戻った。そして、私は時輪から時の力をわずかですが譲り受けている。後は天地を一新し、五嶽真形図を探し当てて理想の世を作るのみ。我々には充分な資格がある」

呂用之は得意げに哄笑すると、煬帝に向かって頷いて見せた。

「では、始めよう」

再び眩い輝きを放ち始めた武神賽を大事そうに手のひらに包み、初めて玉座を立った。間合いを詰めようとした趙帰真は賽の放つ光に捉えられ、身動きを封じられる。

「新たな天地へ」

眷属《けんぞく》たちが大歓声を上げる中、煬帝は宙に現れた太極の文様へと武神賽を投げ上げる。

賽から無数の光輪が伸び、地を覆っていく。大賽会場を中心に体を押し潰すような力場が作り上げられていく。逃れようとした絶海は、どれだけ走っても四方を壁に囲まれていることに気付いた。

何かの気配に気付いて頭上を見上げると、煬帝の巨大な顔が覗いている。冕冠《べんかん》から垂れる旒《りゅう》は大寺院の柱のように太く、わずかに左右に揺れている。

「お前はまだ、我がために為《な》すべきことがある」

「い、嫌だ！」

「拒むことは出来ぬ。弱き者のままで終わるか」

その言葉に絶海は顔を青ざめさせた。煬帝の放つ圧力は、絶海に失禁すらさせていた。

「私に武神賽をもたらしたのはお前だ。信賞必罰は治世の礎《いしずえ》、お前を措《お》いて天地の一新はならぬ」

煬帝の巨大な手は、絶海を包みこみ紫雲の中へと引きずり上げる。その直後、複雑な文様へと変化した太極図は神代文字で埋め尽くされた符となり、大賽会場を覆い尽くす。

倒れている千里やバソンたちの体ごと、大賽会場は一つの袋へと吸い込まれ、地中へと姿を消した。満足そうに眺めていた呂用之は再び煬帝を促して紫雲を天高く浮上させる。

「陛下、私がお手伝いいたします」

「うむ。まだ甦ったばかりでうまくいかぬ」

「心配いりませぬよ」

呂用之は煬帝の手に自らの手を添える。武神賽は金色の閃光を放つと、その光は八方へと広がり、天地を包んでいく。それと共に、天地に存在する物全てが消えて行く。

「五嶽真形図に代わる力……。長年の研鑽《けんさん》の結果、天地を何度でもやり直せる方策を手に入れた。そのためには陛下のお力が必要だったのです」

うっとりと皇帝を見上げる。煬帝からは既に死人の乾きは消え、生ける者の輝きが戻っていた。

「わかっている。だからこそ私は目覚めた」

呂用之の笑顔は宝箱を開けた少年のように、澄みきったものへと変わっていく。

「始めましょう」

五嶽真形図がかつて都を砂に変えた以上の力が、武神賽と煬帝から流れ出していた。

「世が、変わっていきます……。死が生に、敗北が勝利に」

恍惚となった呂用之の手が、一瞬武神賽から離れた。呂用之の表情が一変した。その視線の先に趙帰真の残像があり、すぐに消えた。その時である。大賽会場であった地から飛来した一条の光が、武神賽に命中する。煬帝は慌てず宙を飛びかけた賽を摑み、合わせて呂用之の手も摑んだ。

「好きにはさせない！」

文魁之と鄭紀昌が地に落ちていた麻姑の弓を引き、一矢を報いたのだ。

「屑がいっぱしに神仙の弓を使うか」

煬帝が一喝すると、その声が矢となって二人に襲いかかる。あまりの速さに二人は逃げきれないが、文魁之が鄭紀昌の前に立ちふさがった。呼法によって肉体を鋼鉄とした文魁之が叫ぶ。

「二の矢を！」

鄭紀昌は頷き、麻姑の大弓に矢を番える。霊物で組み上げられた矢の力は凄まじく、弦を引き絞る鄭紀昌の気脈は耐えきれず血を噴き出した。その間にも煬帝から放たれる紫光の矢は文魁之に突き立っていく。

「麻姑さまは仰《おっしゃ》った。武に開きがあっても、心を折られぬ限り敗北ではない！」

「文魁之……」

「だから諦めねえぞ。俺は天下一の武人、文魁之だ！」

弓の強さに抗えなかった鄭紀昌の表情が一変する。閉じかけていた弓が再び開き始めた。

「それでいい。俺もこれ以上はもたねえ……」

膝をついた文魁之の肩越しに、鄭紀昌は気合いと共に矢を放つ。肩口から鮮血が流れ落ちる中を飛んだ矢は、煬帝の首筋を確かに射切った。

「見事な腕だな。私が生ける身であったなら命を奪われていたことであろう」

その矢は乾いた肌を一枚斬り裂いただけであった。煬帝は人差し指で首筋を撫で、その指先を鄭紀昌に向ける。ぴしり、と鋭い音が響くと、鄭紀昌は麻姑の弓を取り落とし、倒れ伏した。

その様を見つめていた煬帝は、語気を鋭くして呂用之をたしなめる。

「大事の前に気を抜いてはならん。過ちを繰り返すことになるぞ」

「も、申し訳ありません」

呂用之は気息を整えると、心気を凝らす皇帝を助けて、因果を逆転させる作業に集中した。

終

死ぬのかな、と千里《せんり》はぼんやり考えていた。

絶海《ぜっかい》の符がもたらした力は、理不尽としか言いようがなかった。結果を決めるだけでなく、因果を固定されてはどんな腕前があっても勝ちようがない。朱甲《しゅこう》の時とは違い、その隙を見つける前に勝敗を制せられてしまった。

（案外痛くないな。でも怖いや……）

感じたことのない恐れが、千里の中にあった。

絶海の黒い矢が体を無数に貫いたところまでは憶《おぼ》えている。その瞬間、自分の中の何かが弾けて意識を失った。底無しの穴にゆっくりと落ち続けている自分に気付いたのは、つい先ほどのことだった。

体は無傷で、痛みもない。頭上には微かな光点があり、足下には果てしの無い闇が広がっている。遥か上空に、一つの影が見えた。

何だろう、と首を傾げていると見覚えのある姿が落ちて来た。

「麻姑《まこ》さま、こんなところで何をなさっているんですか」

「ちょっとしくじってしまってな」

胡坐《あぐら》をかき、尖《とが》った鼻の頭をかきながら、決まり悪そうに麻姑は経緯を説明した。

「……まずくないですか」

「あいつら、あそこまで大それたことを考えているとはな。人の迷惑を何と心得ているのやら」

麻姑の羽も衣も傷だらけになっていることに、千里は驚いた。

「他の連中もこの有様だ」

上からぼたぼたと神仙たちが落ちてくる。皆一様に苦笑したり千里と麻姑に手を振ったりして、先に闇の中へと消えて行く。

「ここは……」

「煬帝《ようだい》と呂用之《りよようし》のやつ、武神賽《ぶしんさい》に手を加えてとんでもないことを企てている。天地を始原の状態に戻して、己が意のままに動く世を作るつもりだ」

「それは五嶽真形図《ごがくしんぎようず》と……」

「図は前の騒動で力を失ったからな。それに匹敵する力を奴らは手にした」

大きなため息をついて、麻姑は何度か羽ばたく。

「我らも始原の一点に放りこまれて、存在もなかったことにされるのだろう」

恐れを面《おもて》に出すこともなく、麻姑は淡々と千里に告げた。

「だがこのまま終わるのも癪《しゃく》だから、最後に一矢報いようとしたわけだが、どうにもならぬ。お前にはまた苦労をかけることになりそうだ」

「どういうことです？」

「時輪《じりん》と空翼《くうよく》にちょっかいを出したのも、煬帝などという死人を引っ張り出してきたのも、全てこのためであったらしい。この企み、止められるとしたらお前たちしかおらぬ。西王母《せいおうぼ》さまは趙帰真《ちょうきしん》を生み、共工《きょうこう》たちを生み、お前たちを生み、そして呂用之を生んだ。武神賽の力が悪用されて天地が始原の姿に戻ってしまった以上、西王母さまの意思を受けた魂のうち、どれが世を制するかで未来は大きく変わる」

「麻姑さまたち神仙でも勝てない相手なのであれば、ぼくでは手に余りますよ……」

武宮《ぶきゅう》の神仙の力は千里も良く知っている。それは人がどれほど修行を積もうと届くことの無い、至高の境地だ。その神仙が束になっても敵《かな》わないのだ。

「自信ないです」

「自信を失うのは勝手だが、お前の天地がきれいさっぱりなくなってしまうぞ」

「……父上や母上は？」

「今の状態では、気の毒だが無事にはすむまい。我らですらこのざまだからな」

「鄭紀昌《ていきしょう》は？」

「覆された天地で命を全うできる者はおるまいな」

「しかしぼく一人では……」

その時、頭上から誰かがふわりと降りて来た。趙帰真がバソンを抱いて落下してくる。

「いやはや、今回は本当に私は役立たずでした。バソンさんを何とか助けることと、麻姑さまたちの力を結集して武神賽を一時的に煬帝たちの手から離すことくらいしか出来ませんでしたね」

麻姑は趙帰真をねぎらいつつも、

「状況はほぼ敗北に近い。だが武宮の神仙たちの力を結集し、お前たちの道筋だけは確保した。その道も武神賽の力に邪魔されて、一筋縄ではいくまいが」

と千里に渋い顔で告げる。

「どんな道なのですか？」

「武神賽は全ての因果を操ることのできる秘宝だ。勝敗も帰趨《きすう》も、全て手中に収めることになる。もちろん、扱うには凄まじい道力が必要だがな。煬帝と呂用之は全力を傾けてその力を発動させ、天地を一新させようとしている。我らが用意したお前たちの道も、どのように変化しているかわからぬ」

そろそろ刻限のようだ、と麻姑は微笑《ほほえ》む。

「これを飲め」

麻姑は千里の口を開けさせると、小さな薬丹を放り込んだ。

「傷は全て治る。こういうことは滅多にせんのだが、師として弟子を助けられなかった私の、せめてもの気持ちだ」

体じゅうが熱くなり、激痛が千里の骨を軋《きし》ませた。だが彼が痛みをやり過ごすと、傷口は全てふさがり、激戦の疲れも全て消え去っていた。

「大賽、我が武宮には不利な条件であったが、よく頑張った。最後の絶海にはしてやられたが、因果の符の力にはさすがに逆らえまい」

礼を述べた千里が顔を上げると、麻姑の落ちる速さが増していく。

「さあ行け。私はまた、お前たちと共に麻姑山に戻る時が来るのを草葉の陰で待っているぞ」

そう言い残して笑みを見せると、麻姑は姿を消した。趙帰真が続いて千里の前に来ると、別れを述べる。

「道士も行ってしまうのか」

「もう大賽は終わっていますから、思い切って力を振るいたいのですがね。煬帝の力があれほどのものだったとは、意外でした。武神賽を通じて出された力にしてやられて、お二人を投げ上げることしか出来ますまい」

「投げ上げるって、どこに？」

「元いた天地、と言いたいところですがそれも確かではありません。ともかく、お二人の運が残っているのであれば、どこかへたどり着くでしょう」

「そうか……」

「お話をしてる猶予はもはやなくなりました。後は頼みましたよ！」

趙帰真は千里の首根っこを摑むと、気合いと共に投げ上げる。そしてもう一度、咆《ほう》哮《こう》ともいえる叫びが道士から聞こえると、今度はバソンが下から飛んできた。その広い背中が千里にぶつかり、二人は毬《まり》のように固まって上へと飛ぶ。

回転は止まらず、どれだけの時間宙を舞っていたかわからない。千里もいい加減気分が悪くなって、手足をばたつかせると、つま先が何かに引っかかった。もがくようにそこに指先を引っ掛けた千里だったが、滑って再び体が浮いてしまう。

だが力強い手が千里を引っ張り上げ、ようやく両足が地に着いた。

「助かったな」

バソンがにっと笑う。千里も思わず、

「ありがと」

と礼を言った。辺りの視界が明らかになるにつれて、バソンの顔は喜びに包まれ始めた。そこはチャイダムの村であった。千里も見覚えのある光景に胸を撫で下ろす。

だが牦牛《ヤク》や羊がのんびりと草を食《は》んでいるのに、人影がない。

「水でも汲《く》みに行っているのかな」

どこかそわそわと自分の天幕の入り口をまくったバソンが動きを止めた。千里は夫婦の再会を邪魔しないよう、その背中を見つめていたが、膝をついたバソンを見て慌てて駆け寄る。

ピキが鮮血を流して倒れていた。

「これは……」

言葉を失っていた千里は何とか我に返ると、急いで他の天幕を覗いて回る。そこにはやはり、ピキと同じように惨殺された人々の姿があった。

「バソン……」

バソンは答えず、ただ泣いていた。その震える背中を、千里は呆然と見つめているしかない。

ふと地鳴りを感じて千里は振り向いた。

解説

末國善己（文芸評論家）

＊物語の重要な展開に言及している箇所があります。本編を未読の方はご注意ください。

唐の征東大将軍・高承簡《こうしょうかん》を父に、異類の紅葉《こうよう》を母に持つ千里が活躍する仁木英之の人気シリーズ〈千里伝〉も、本書『武神の賽』で第三巻となる。

天地すべてを作り変える力を持つ五嶽真形図《ごがくしんぎょうず》をめぐって、異界を支配する共工《きょうこう》一派と戦う第一巻『千里伝』、不可分なはずの時空が、少年の姿をした「時輪《じりん》」と少女の姿をした「空翼《くうよく》」に分かれたことから時間が歪《ゆが》み、それを正すため「時輪」の行方を追う第二巻『時輪の轍《わだち》』と書き継がれてきたシリーズは、道教や陰陽二元論といった東洋思想をベースにした壮大な中華ファンタジーとして高く評価されている。

まさにハイ・ファンタジーと呼ぶに相応《ふさわ》しい重厚さを持つ〈千里伝〉だが、その一方で著者は、努力・友情・勝利という少年マンガを思わせるテイストを前面に出したり、弓の名手になった千里と冒険の旅に出るのが、妖魔を見る特殊能力を持ち、弓の達人でもある吐蕃《とばん》人の戦士バソン、少林寺で修行した僧の絶海《ぜっかい》という家庭用ゲーム機のロールプレイングゲーム（RPG）を思わせる編成になっていたりと、中国もの、あるいはファンタジーと身構えなくても楽しめる物語を作っているのだ。

それだけに、「週刊少年ジャンプ」で、中華風の世界をベースにした鳥山明の『ドラゴンボール』や、藤崎竜が中国の神怪小説をマンガ化した『封神演義』を読み、RPGの『ドラゴンクエスト』や『幻想水滸伝』シリーズで遊んだ経験があれば、すんなりと作品の中に入っていけるだろう。シリアスなテーマを、肩肘張らずに楽しめる物語に包んで描いたことも、シリーズの人気を支えているのである。

人間の父と異類の母を持ち、一八歳になっても五歳児の姿をしている千里は、いかにもファンタジーのヒーローっぽく思えるかもしれないが、実は唐末期に実在した高《こう》駢《べん》（千里は字《あざな》）のことなのだ。漢詩が好きなら、「緑樹陰濃かにして夏日長し　楼台影を倒にして池塘に入る　水晶の簾動いて微風起こり　一架の薔薇満院香し」の『山亭夏日』の作者といえば、分かりやすいかもしれない。もちろん千里の出生の秘密などはフィクションだが、千里たちが巻き込まれる事件の裏で陰謀をめぐらせている道士の呂用之《りようし》、皇帝武宗《ぶそう》の信任が厚い趙帰真《ちょうきしん》なども実在の人物で、中国史に詳しいと思わずニヤリとしてしまうエピソードも少なくない。そのため正統的な中国の歴史小説が好きでも、十分に満足できるはずだ。

著者は、一〇代の少女にしか見えない仙人の僕僕《ぼくぼく》と、弟子になったニートの青年・王弁《おうべん》を主人公にした中華ファンタジー〈僕僕先生〉シリーズを発表する一方、『朱温』『李嗣源』といった骨太の歴史小説も書いている。この二つの要素が絶妙にブレンドされた〈千里伝〉は、著者の持ち味がすべてつぎ込まれた作品といっても過言ではないのである。

『千里伝』が五嶽真形図という〝宝〟の争奪戦、『時輪の轍』が逃げ出した「時輪」の追跡と、それぞれに血湧き肉躍《おど》る物語だったが、本書も、武術の達人たちが技を競い頂点を決める武術大会「武宮大賽《ぶきゅうたいさい》」をクライマックスにした王道の冒険活劇となっている。「武宮大賽」へ向けて物語が進むだけに、アクション・シーンも満載。今回も共工の子・玄冥《げんめい》、句芒《こうぼう》、蔑収《べつしゅう》の三兄妹が登場するが、なかでも飛鏢《ひひょう》という投擲《とうてき》武器を自在に操る末の妹・蔑収の戦闘能力は凄まじく、これに新キャラクターで大槍を使う黄乙《こうおつ》、双剣で華麗に舞う女仙の明珠《めいしゅ》なども加わり、壮絶な異種格闘技戦が繰り広げられていくので、読み始めたらページをめくる手が止まらないはずだ。

時の歪みを元に戻す戦いを終えた千里は、弓の武宮・麻姑山《まこさん》に帰っていた。五年に一度の「武宮大賽」が麻姑山で開催されることになり、麻姑の弟子たちが出場選手になるべく修行に励むなか、千里はライバルの文魁之《ぶんかいし》から自分の体にあった新しい弓を作ることを勧められる。折しも、麻姑から弓の材料となる「崖州《がいしゅう》の額井峰《がくせいほう》に生える黄《こう》櫨《ろ》」「吐蕃の納木湖《ナムこ》に住む嶺羊王《れいようおう》の角《つの》」「麻姑山にある降天の苧《からむし》」を探すことを命じられた千里は、新たな冒険の旅に出る。額井峰を訪ねた千里が、「因果」を操る能力を持つため手も足も出ない黄乙をどのように倒すかが、前半の山場といえよう。

やがて「嶺羊王の角」を求めて吐蕃へ向かった千里は、バソンと再会。千里の旅は、RPGでいえば最高の武器を合成するためのアイテム探し。初めて吐蕃の地を踏んだ千里が、バソンとなぜ民族が違うだけで戦争をしなければならないのかを議論する、現代にも通じる社会問題が描かれていることも含め、前二作の流れから大きな逸脱はない。「武宮大賽」への出場は二人一組が原則とされているので、この二人に絶海が合流するかと思いきや、物語は予想を裏切る驚天動地の展開になっていくのだ。

千里がアイテム探しをしている頃、二度も重要な戦いに臨《のぞ》みながら、何の役にも立てなかったと悔いる絶海は、重い宿命を背負って生れてきたがゆえに、計《はか》り知れない才能を身につけている千里、人間でありながら千里に匹敵する天賦《てんぷ》の才に恵まれたバソンとの実力差に悩んでいた。新たな修行の旅を始めた絶海は、蔑収と再会。師を探すため、誰彼構わず戦いを挑む蔑収と行動を共にしていた絶海は、気を溜《た》めることなく技を出し、蔑収を軽くいなした老人・甘蟬《かんせん》と出会い弟子入りを志願する。

「小さき己を知り、向き合うことでより大きな者に勝る道を歩め」と語る甘蟬を理想の師と考え、修行を積んでいた絶海だったが、密かに恋心を抱いていた蔑収が、人間を餌《えさ》にする怪鳥に攫《さら》われたことで、状況が一変する。

　蔑収を返して欲しいと懇願する絶海は、怪鳥に生き物を餌にするのは「天地自然の理」であり、その「理」は人間が餌であっても変らないと論破されたことで激怒。少林寺で学んだ「慈悲と不殺」の教えを捨て、逆らう者は皆殺しにする欲望を受け入れることで自分の殻《から》を破った絶海は、千里やバソンに匹敵するパワーを手にする。そして絶海は、自分が最高の武術家であることを証明し、「あらゆる事象」を思いのままにできる優勝賞品「武神の賽」を手にするため、「武宮大賽」へ向かうのである。

〈千里伝〉シリーズは、これまでも、西洋的な善悪二元論とは異なる東洋的な〝善〟と〝悪〟のあり方を描いた『千里伝』、未来へ進むとは、人生を選ぶとは何かに迫った『時輪の轍』と、壮大なテーマを追求してきた。本書も、なぜ大国は少数民族を抑圧するのかや、ほかの動植物の死の上に築かれている人間の命の意味を掘り下げるなどしているが、最も強調されているのは、誰にとっても無関係ではない〝強さ〟とは何かという問題である。

　幼い頃から武術の天才だった千里、武術の腕も人間性も優れているバソンとは異なり、高い潜在能力を持ちながら、内側の「気」が巧《うま》く制御できなかったため、少林寺でどれだけ修行しても武術の腕があがらず、そのことにコンプレックスを持ちながらも、コツコツと努力を続けていた絶海は、最も読者に近いキャラクターだった。

それだけに、たゆまぬ修行の結果ではなく、RPG的に表現すれば〝裏技〟を使って千里たちに匹敵する力を手にした絶海を見ると、衝撃を受けるのではないだろうか。ただ、〝裏技〟にすがるしかなかった絶海の弱さと葛藤はとてもリアルなので、決して他人事《ひとごと》とは思えないはずだ。

学校や会社に通っていると、自分より努力していないのに、成績がよかったり、スポーツが巧かったりする友人を目にすることがあるだろう。その場合、当然ながら、まず今以上に努力をするが、なお追いつけないほど才能の差があったとしたら、それでも張り合うか、別ルートを探すか（バソンの言葉を借りれば、「虎」にはなれないが「虎と戦っても負けない」「一番強い羊」になる道はある）の選択を迫られる。

前作で「武の深奥《しんおう》など、それぞれが求めるものであって誰かと比べるものではないでしょう」と超然としていた絶海が、コンプレックスに負け、〝強さ〟に憧《あこが》れるあまり〝ダークサイド〟に落ちるまでの苦悩は、まさに進むも地獄、退くも地獄の究極の選択といえるだけに、拒絶反応よりも、共感の方が大きいように思える。

〝裏技〟に手を出してまで〝強さ〟を獲得した絶海は、目標の達成が難しいとしたら、撤退を考えるのが〝強さ〟なのか、それとも絶望的な戦いを続けるのが〝強さ〟

なのかを問い掛けているので、一人一人が自分なりの答えを探すことになるだろう。

やがて、人としての倫理も愛も捨て「獣」となった絶海は、「武宮大賽」でバソン、千里と激突する。〝強さ〟を手にし、強者は弱者を蹂躙《じゅうりん》する権利を持っていると考える絶海は、政治家や企業家が、庶民の生活などかえりみてくれないように思え、普通の生活をしている庶民が、困窮《こんきゅう》している人へのいたわりを忘れつつある〝負〟の連鎖が深まっている現代の象徴といえる。そして、傲慢になり弱者を見下し始めた絶海と、吐蕃の民を侵略から守るために武の才能を磨いてきたバソンの直接対決は、上に立ち、少しでも〝強さ〟を持った人間の責務とは何かを考えることを迫っているのである。

考えてみると、千里が第一巻に初登場した時は、才能を鼻にかけ、弱い人間を蔑《さげす》む嫌なガキだった。傲岸不遜《ごうがんふそん》、傍若無人だった千里は、自分より優れた個性を持つバソン、絶海と出会うことで、己の未熟さを知り、謙虚さを身につけていった。『千里伝』と本書を読み比べると、千里が別人に見えることだろう。しかし、今度は友人として千里を導いた絶海が、〝強さ〟のみを唯一絶対の真理と考え、弱い人間を平気で殺戮《さつりく》する凶徒へと変じた。その意味で、真の〝強さ〟とは、武の技術というフィジカルを極めることなのか、武の修行を通して、人を愛し慈しむ精神性を高めることなのかを問うのは、シリーズ全体を貫くテーマといっても間違いではあるまい。

　さて、〝ダークサイド〟の力を得た絶海と、バソン、千里の対決の結果は実際に本書で確認していただくとして、千里たちが「武宮大賽」に向けて修行をしていた裏で暗躍を続けていた呂用之は、ついに〝ラスボス〟の復活に成功。その正体も本書のラストで明らかになる。最終巻となる『千里伝　乾坤《けんこん》の児《こ》』は、絶海よりも非情な〝ラスボス〟によって世界は支配され、千里たちが愛した人も妖魔も、次々と命を落としていく。千里たちは、強大な〝ラスボス〟とどのように戦うのか、〝ダークサイド〟に落ちた絶海の行方は、と本書を読んでいると続きが気になるエピソードが連続し、〝強さ〟とは何かを問うテーマも、ますます深められている。シリーズの結末が気になる人は、既に単行本として刊行されている最終巻に早く目を通して欲しい。

本書は二〇一一年一一月、小社より単行本として刊行されました。

|著者| 仁木英之　1973年、大阪府生まれ。信州大学人文学部卒業。2006年『夕陽《せきよう》の梨―五代英雄伝』(学習研究社) で第12回学研歴史群像大賞最優秀賞、『僕僕先生』(新潮文庫) で第18回日本ファンタジーノベル大賞を受賞。近著に『魔神航路』『童子の輪舞曲―僕僕先生』『我ニ救国ノ策アリ―佐久間象山向天記』『大坂将星伝』『撲撲少年』など。

武神《ぶしん》の賽《さい》　千里伝《せんりでん》

仁木英之《にきひでゆき》

2013年7月12日第1刷発行

講談社文庫
定価はカバーに
表示してあります

発行者――鈴木　哲
発行所――株式会社　講談社
東京都文京区音羽2-12-21　〒112-8001
電話　出版部 (03) 5395-3510
　　　販売部 (03) 5395-5817
　　　業務部 (03) 5395-3615

Printed in Japan

デザイン―菊地信義
本文データ制作―講談社デジタル製作部
印刷―――信毎書籍印刷株式会社
製本―――株式会社国宝社

ISBN978-4-06-277584-7

講談社文庫刊行の辞

二十一世紀の到来を目睫に望みながら、われわれはいま、人類史上かつて例を見ない巨大な転換期をむかえようとしている。

世界も、日本も、激動の予兆に対する期待とおののきを内に蔵して、未知の時代に歩み入ろうとしている。このときにあたり、創業の人野間清治の「ナショナル・エデュケイター」への志を現代に甦らせようと意図して、われわれはここに古今の文芸作品はいうまでもなく、ひろく人文・社会・自然の諸科学から東西の名著を網羅する、新しい綜合文庫の発刊を決意した。

激動の転換期はまた断絶の時代である。われわれは戦後二十五年間の出版文化のありかたへの深い反省をこめて、この断絶の時代にあえて人間的な持続を求めようとする。いたずらに浮薄な商業主義のあだ花を追い求めることなく、長期にわたって良書に生命をあたえようとつとめるところにしか、今後の出版文化の真の繁栄はあり得ないと信じるからである。

同時にわれわれはこの綜合文庫の刊行を通じて、人文・社会・自然の諸科学が、結局人間の学にほかならないことを立証しようと願っている。かつて知識とは、「汝自身を知る」ことにつきていた。現代社会の瑣末な情報の氾濫のなかから、力強い知識の源泉を掘り起し、技術文明のただなかに、生きた人間の姿を復活させること。それこそわれわれの切なる希求である。

われわれは権威に盲従せず、俗流に媚びることなく、渾然一体となって日本の「草の根」をかたちづくる若く新しい世代の人々に、心をこめてこの新しい綜合文庫をおくり届けたい。それは知識の泉であるとともに感受性のふるさとであり、もっとも有機的に組織され、社会に開かれた万人のための大学をめざしている。大方の支援と協力を衷心より切望してやまない。

一九七一年七月

野間省一

講談社文庫 最新刊

畠中恵
若様組まいる
世が世なら若殿様だった巡査の卵の青年たち。旧幕臣の子息たちが繰り広げる爽快活劇。

あさのあつこ
NO.6〔ナンバーシックス〕#8
沙布の身に起きた異変に愕然とする紫苑とネズミ。混迷を極めるNO.6に未来はあるのか。

真保裕一
ダイスをころがせ！(上)(下)
お金はないし、コネもない。頼りは情熱と仲間たちの絆。痛快選挙青春ミステリー長編！

大崎善生
ユーラシアの双子(上)(下)
シベリアから鉄路でユーラシア大陸を横断。孤独の荒野に見える、微かな希望を追う旅。

高里椎奈
天上の羊 砂糖菓子の迷児〈薬屋探偵怪奇譚〉
警察に事故死とされた姉の死。疑念を抱いた妹は、真相究明を薬屋店長リベザルに依頼。

勝目梓
死《しに》支《じ》度《たく》
九十九歳の老人の〝死支度〟とは？ 真の勝目梓小説！ 深い感動が押し寄せる連作短編集。

多和田葉子
尼僧とキューピッドの弓
官能の矢に射られて〝駆け落ち〟した尼僧をめぐる噂と、内面の真実。紫式部文学賞受賞作。

天《あま》祢《ね》涼
キョウカンカク 美しき夜に
サイコキラーvs.探偵・音宮美夜《おとみやみや》、降臨。メフィスト賞受賞作を全面改稿。衝撃のミステリー。

伊東潤
戦国鎌倉悲譚 剋
仏門への憧憬と、尼僧との恋の狭間で懊悩する玉縄北条家の当主・氏舜《うじとし》の数奇な運命とは。

松宮宏
くすぶり亦《また》蔵《ぞう》〈秘剣こいわらい〉
奇妙なサムライ・スモーカーが全米を巻き込んで大騒動を起す。「秘剣」シリーズ第二弾！

宮城谷昌光
湖底の城 一〈呉越春秋〉
名匠が「今だからこそ描けた」新しい中国歴史小説。楚の伍子胥から壮大な物語が始まる。

湖底の城 二〈呉越春秋〉
自らの目で、信頼できる臣を得た伍子胥。家族に近づく恐ろしい陰謀に、下した決断は。

講談社文芸文庫

深沢七郎
花に舞う／日本遊民伝
深沢七郎音楽小説選
解説＝中川五郎　年譜＝山本幸正
ギターの名手だった深沢七郎の小説はどれも音楽的と評されるが、中でも音楽的題材が描かれた作品を精選。様々に生きる人々への著者の眼差しが見えてくる一冊。
978-4-06-290201-4　ふK3

庄野英二
ロッテルダムの灯
年譜＝著者
従軍した中国や東南アジアで胸に刻まれた、命あるものの美しさ、尊さ、儚さを異国情緒をまじえて綴った随筆集。作者自らが「何よりも愛着深い作品」と述懐した。
978-4-06-290199-4　しP1

柄谷行人・蓮實重彥
柄谷行人蓮實重彥全対話
世界へ向けて今なお発信し続ける二人の知性が文学、映画、現代思想から言語、物語、歴史まで縦横無尽に語り合った全記録。単行本未収録対談「文学と思想」初収録。

978-4-06-290200-7　かB11

講談社文庫　目録

西村　健　ゆげ福〈博多探偵事件ファイル〉
西村　健　はしご〈博多探偵ゆげ福〉
西村　健　残　火
楡　周平　青狼記(上)(下)
楡　周平　陪審法廷
楡　周平　宿　命(上)(下)〈ワンス・アポン・ア・タイム・イン・東京〉
楡　周平　血　戦〈ワンス・アポン・ア・タイム・イン・東京2〉
西村　滋　お菓子放浪記
西尾維新　クビキリサイクル〈青色サヴァンと戯言遣い〉
西尾維新　クビシメロマンチスト〈人間失格・零崎人識〉
西尾維新　クビツリハイスクール〈戯言遣いの弟子〉
西尾維新　サイコロジカル(上)〈兎吊木垓輔の戯言殺し〉/(下)〈曳かれ者の小唄〉
西尾維新　ヒトクイマジカル〈殺戮奇術の匂宮兄妹〉
西尾維新　ネコソギラジカル(上)〈十三階段〉
西尾維新　ネコソギラジカル(中)〈赤き征裁vs.橙なる種〉
西尾維新　ネコソギラジカル(下)〈青色サヴァンと戯言遣い〉
西尾維新　ダブルダウン勘繰郎《かんぐろう》 トリプルプレイ助悪郎《スケアクロウ》
西尾維新　零崎双識の人間試験
西尾維新　零崎軋識《ぜろざきしきしき》の人間ノック

西尾維新　零崎曲識の人間人間
西尾維新　xxxHOLiC アナザーホリック ランドルト環《かん》エアロゾル
西村賢太　どうで死ぬ身の一踊り
仁木英之　千　里　伝
仁木英之　時　輪　の　轍《わだち》〈千里伝〉
貫井徳郎　修羅の終わり
貫井徳郎　鬼流殺生祭
貫井徳郎　妖奇切断譜
貫井徳郎　被害者は誰？
A・ネルソン　「ネルソンさん、あなたは人を殺しましたか？」
野村　進　コリアン世界の旅
野村　進　救急精神病棟
野村　進　脳を知りたい！
法月綸太郎　雪　密　室
法月綸太郎　誰《たそ》　彼《がれ》
法月綸太郎　頼子のために
法月綸太郎　ふたたび赤い悪夢
法月綸太郎　法月綸太郎の冒険
法月綸太郎　法月綸太郎の新冒険

法月綸太郎　法月綸太郎の功績
法月綸太郎　新装版 密閉教室
乃南アサ　鍵
乃南アサ　ラ　イ　ン
乃南アサ　窓
乃南アサ　不　発　弾
乃南アサ　火のみち(上)(下)
乃南アサ　ニサッタ、ニサッタ(上)(下)
乃南アサ　地のはてから(上)(下)
野口悠紀雄　「超」勉強法
野口悠紀雄　「超」勉強法・実践編
野口悠紀雄　「超」発想法
野口悠紀雄　「超」英語法
野口悠紀雄　超「超」整理法〈クラウド時代を勝ち抜く仕事の新セオリー〉
野沢　尚　破線のマリス
野沢　尚　リ　ミ　ッ　ト
野沢　尚　呼《よ》人《ひと》
野沢　尚　深　紅
野沢　尚　砦　な　き　者

2013年6月15日現在